小学館文庫

恩送り

泥濘の十手

麻宮 好

小学館

恩送り

泥濘の十手

序

仔猫《こねこ》の鳴き声がする。

庫裡《くり》の庭にいた美緒《みお》はふと気づき、山門のほうを振り返った。

猫が境内に迷い込んでくることはこれまでもあったけれど、誰かを呼んでいるような声が気になった。おっ母《か》さまとはぐれてしまったのかな。美緒は小さな下駄を鳴らして山門へと向かう。

昨日は風が吹いて少し寒かったものの今朝は吐く息が白くならない。ただ、仔猫の声はますます高くなる。もしかしたら、おなかをすかせているのかもしれないと思えば、美緒の下駄の音は自《おの》ずと速くなった。

息を切らして山門をくぐると、あ、と美緒の唇から驚きの声が洩《も》れた。

そこにいたのは仔猫ではなく、赤子であった。顔を真っ赤にして泣いている。

「よしよし」

まだ六歳の美緒に抱き上げることはできないから、手を伸ばして桃の実みたいな頬をそっとつついてやった。すると、赤子がぴたりと泣き止《や》んだ。口をへの字にし、泣き濡《ぬ》れた大きな目でこちらをじっと見つめている。澄んだその目を見ているうち、頬ずりしたいような気持ちが胸にふつふつとわいてくる。なぜだろうと思ったら赤子の産着と美緒の着物の柄がよく似ていることに気づいた。

葉っぱの柄だ。

何だか弟か妹を授かったようで美緒は嬉《うれ》しくなった。

「大丈夫だよ」

頭をそうっと撫《な》でてやると、ヒナの羽毛みたいなふわふわした髪が指先をくすぐる。あったかくてやわらかくて心地いい。美緒の唇から笑みがこぼれ、への字の唇もふわりとほどける。あ、笑った。いい子だね、と今度は赤子の手を握ると、思いがけず強い力で握り返してきた。よく見れば、産着の胸元には文字が縫いつけてある。

——まき。

そうか。あなたは「まき」というんだね。

「おまきちゃん」

名を呼びながら握った手をあやすように振ると、赤子は光の中で弾《はじ》けるように笑った。

一

半鐘の音が耳をかすめ、おまきははっと目を覚ました。

火事だ。すぐに行かなきゃ。

まだ眠っている身を叱咤《しった》するべく、勢いよく夜着をはねのける。長い髪は麻紐《あさひも》でひっつめ、走れるようにたっつけ袴《ばかま》を身につけると、隣の間で寝ている母を起こさぬようにそろそろと部屋を這《は》い出た。母も目を覚ましただろうか、と廊下で耳を澄ましてみたが、唐紙の向こうはしんとしていた。

足音を忍ばせて梯子段《はしごだん》を下り、甘味処《かんみどころ》を営む店先ではなく勝手口から心張り棒を外して表に出た。一月の冷たい夜気が寝起きの肌を容赦なく嚙《か》む。見上げれば、濃紺の空には十五夜の月が冴《さ》え冴《ざ》えと光っていた。

よかった。明るい夜だ。そう独りごち、月明かりで仄白《ほのじろ》い道を駆けていくと、佐賀《さが》町《ちょう》の木戸の辺りに数名の人影があった。

「ああ、おまきちゃん。火事は大丈夫そうだよ」まろみのある穏やかな声がおまきを止めた。「遠いし、火の手も上がってないようだから小火《ぼや》だろうよ」

ずんぐりむっくりした丸い影は、おまきの住む卯《う》の花《はな》長屋の差配人、卯兵衛《うへえ》である。その名の一字を取って卯の花長屋と呼ぶのではない。裏店《うらだな》と同じ敷地内にある、差配の家の庭に見事な卯の花が咲くからだ。木戸番小屋の向かいには、町の自治を担う自身番があるが、今月は卯兵衛が月番なのだろう。

「どの辺かわかりますか」

おまきは背伸びをし、ひしゃく星の瞬く北の空を見やった。さあ、というふうに肩をすくめた痩身の老人は、名は忘れてしまったが、近頃木戸番になったばかりの男だ。ひっつめ髪にたっつけ姿のおまきを物珍しそうにしげしげと眺めている。

「とりあえず、見てきます」

木戸を開けてくださいとおまきが言うと、木戸番の男は小粒な目をちまちまと泳がせた。小娘が夜中によその町の火事を見に行くなんてどういう料簡《りょうけん》だ。そんな顔つきである。

「開けておやり」

卯兵衛は懐から矢立《やたて》と紙を取り出してさらさらと書きつけ、これを持っておいきとおまきに差し出した。地主に土地や店子の管理を託される差配人はとにかく顔が広い。卯兵衛の一筆があれば、深更の木戸でも難なく通れる。

「ありがとう。差配さん」

礼を述べ、木戸を抜けるとおまきは走り出した。

いいんですかい、差配さん。大丈夫さ、あの子は梅屋《うめや》の娘だからね。ああ、あの岡っ引きの。

背中で二人の声を聞きながら足を速める。空は赤くないし煙も見えない。卯兵衛の言った通り、火事は大したことがなさそうだ。だが、たとえ小火だとしても火付けは重罪。十五歳以上ならば火炙《ひあぶ》りに処せられる。

どんな事情があっても火付けは許せねぇ。

深川《ふかがわ》一帯を縄張《しま》にする、岡っ引きの父はそう言っていた。

火も土も風も水も神様の領分だ。人が勝手に手なずけられるものではないし、そんなことはゆめゆめ思ってはいけない。神様、生きていくために火をお貸しください。そうお願いして火を使わせてもらうのが筋だ。だから、手前勝手な卑小な欲で火を使うなんてあってはならないことだ。

だが、世の中にはわけもなく火付けをする輩《やから》ってぇのがいるんだ。

わけもないのに？

ああ。心がざわざわするとか、くしゃくしゃするってぇだけで人様の家に火をつけちまうんだ。朋輩《ほうばい》にいじめられたとか、惚《ほ》れた男に袖にされたとかなら、傍《はた》から見てる者にもわかりやすい。けど、わけもないのに心が波立つってぇのを読み解くのは難儀だ。本人だって苦しいだろうよ。ただ、その苦しさを火付けでごまかしちゃいけねぇ。ちっちゃな子どもだって泣いてわめいて、てめぇでてめぇの心にけりをつけるもんだ。

なぜ、それほどまでに父が火付けを憎むのか。幼い頃に火付けによる火事で両親を亡くしており、自身も背中に大きな火傷《やけど》の痕を負っているからだ。

昨年の十月、松井町《まついちょう》で小火があったときも、あれは火付けだと父はひどく憤慨していた。その様子を見ておまきはふと思った。もしかしたら、お父《と》っつぁんは科人《とがにん》に心当たりがあるのだろうか。その人はお父っつぁんの言う通り「わけもなく」火付けをしてしまったのだろうか。

でも、その先をおまきが知ることはなかった。父がふっつりと姿を消してしまったからだ。その直前、おまきは父と一緒に自宅の二階にいた。

——なあ、おまき。現場には、においが残るんだ。

父の四角張った顔が引き締まった。

——においか？

——ああ、喩《たと》えだけどな。そこに誰かがいたっていう気みてぇなもんだ。だが、今度ばかりはちょいと違う。

そう言いながら父が開けた小さな柳行李《やなぎごうり》の中には、探索中に拾った様々なものが入っていた。

革の古びた巾着、紐を通した四文銭の束、小さな帳面、ちびた蠟燭《ろうそく》、綺麗《きれい》な青色の石、吸い口の欠けた煙管《キセル》など。それらの中に古布に包まれたものがあった。おまきが布を外してみると、現れたのは場違いに美しいものだった。黒漆に豪奢《ごうしゃ》な金蒔絵《きんまきえ》が施された容《い》れ物の蓋だが、やけに丸みを帯びており、内側は薄い真鍮《しんちゅう》の拵《こしら》えになっている。絵柄は紅梅と鶯《うぐいす》だが、本体がないので梅の幹は途中で切れていた。何に使うものだろう。おまきが父に訊《き》こうとしたとき、唐紙の向こうで父の手下《てか》でもあり、店の使用人でもある太一《たいち》の声がした。

人が訪ねてきたという。師走《しわす》も半ばを過ぎた、底冷えのする日のかわたれ時で店はまだ開いていたが、勝手口からひっそりと現れたそうだ。男が名乗らないんですよ、と太一は困《こう》じ顔で言った。そのことが心に引っ掛かり、おまきも父と一緒に梯子段を下りた。

薄暗い勝手口の辺りに立っていたのは、髷《まげ》も身なりもきちんとしたお店者《たなもの》といった風情の大人しそうな男だった。その男と少ない言葉を交わした後、父は慌しく家を出て、それっきりだ。年が明け、ひと月が経《た》つのに未《いま》だに戻ってこない。

父はどこかで火付けをした人間を捜しているのではないか。よんどころない事情でどこかにひそんでいるのではないか。だから、火事場に行けば会えるかもしれない
――

「おい、どこへ行く」

恫喝《どうかつ》するような声で、雪駄《せった》の足は止まり、おまきの体は前へのめった。小名木川《おなぎがわ》を越えて少し行ったところ、御船蔵の手前辺りだ。黒羽織に着流し姿の大男が青白い月気をまとい、立ちはだかっていた。いかつい体に不釣り合いな愛嬌《あいきょう》のある丸顔は、本所《ほんじょ》深川方の定町廻《じょうまちまわ》り同心、田村《たむら》だ。父に手札を与えている同心である。

こんな夜更けに誰かと思ったら、と田村は肉のついた顎に手を遣《や》った後、

「おまきじゃねぇか」

頬を緩めた。いつもの優しげな風貌にほっとし、

「はい。父が大変お世話になっております」

おまきは深々と頭を下げた。幼い頃はこの優しげな同心が大好きで「だんな、だんな」とまとわりついていたのを思い出す。

「そうか。利助《りすけ》のことはさぞや案じておるだろうな。だが、こんな夜更けにお父っつぁんを捜しているわけではあるまい。どこへ行くのだ」

「半鐘が鳴っていましたので」

「なるほど。野次馬か」

細い目が糸のようにたわんだ。

「野次馬ではございません」

おまきがきっぱりと打ち消すと、たわんだ糸がぴんと張りつめた。その糸がおまきの頭のてっぺんから足元までを一巡りする。

「野次馬でないなら、何だ」

「探索です」

「探索？」

「はい。火付けをした者は大概が火事場に戻ってきます。またはその場ににおいを残します。ですから、小火であってもそこに何らかの手掛かりがあるやもしれません」

おまきは精一杯虚勢を張って答えた。すると、田村の顔がくしゃりと崩れ、夜更けの川沿いに朗々とした声が響き渡った。

「なるほど。さすが利助の娘だ」

茶化したような物言いに頬が熱くなる。唇を噛んでおまきが顎を反らすと、田村が真顔になった。

「だが、いかな利助の娘でも、ここから先へは通さぬ」

「なにゆえですか。火の手が見えぬということは、小火だったのでしょう」

「小火でも火事は火事。おまえが言った通り、火事場には色々なものが残っておる。それを台無しにされては困る。だから、調べが終わるまでは蟻《あり》一匹たりともここを通すわけにはいかん」

田村は決然とはねつけた。

「でも、もしかしたら、火事場に父が現れるかもしれません」

細い目が僅かに見開かれた。「なにゆえ、そう思う?」

「父は、昨年起きた小火を調べておりました。世間を騒がせて喜んでいる、あるいは、己のむしゃくしゃを他所《よそ》にぶつけている。そんな不届き者の仕業ではないかと踏んでいたのだと思います。あの小火も確かこの先、松井町の辺りではなかったかと」

——どんな事情があっても火付けは許せねぇ。

おまきは父の言葉を蘇《よみがえ》らせ、ひるみそうな心を鼓して背筋を伸ばした。すると、巌《いわお》のような体が大きく縦に揺れた。田村は笑っていた。丸顔をくしゃくしゃにし、さもおかしげに体じゅうで笑っていたのだ。おまきの首根がかっと熱を持つ。

「何がおかしいんですか」

相手が田村でなければ、その横っ面をはたいていたかもしれなかった。

「すまん、すまん。たいしたもんだと感心したのだ」

だがな、と田村は語調を変え、小童《こわっぱ》のような笑みを仕舞った。

「昨年の小火は失火ということで片がついておる。仮におまえの言うように、人心擾乱《じょうらん》が目当ての火付けであれば断じて許さん。岡っ引きの助けなど借りずとも、このおれが必ずお縄にする」

「ですが、父がいるかもしれません。このひと月ほど、行方の知れぬ父がいるかもしれないのです」

堂々とした口吻《こうふん》に負けぬよう、精一杯声を張る。

「残念ながら」

現場に利助はおらなんだ、と田村は太い眉を下げた。

「まことでございますか」

「ああ、こんなことで嘘《うそ》をついてどうする」田村の目に憐憫《れんびん》の色が浮かんだ。「なあ、おまき。お父っつぁんのことは気の毒だと思う。無論、手下のことだから、心底案じてもいるし、人を使って捜させてもいる」

「でしたら――」

「だが、それとこれとは別だ。おれも御役目でここにいるのだ。無理を言って困らせるでない。とにかくお父っつぁんの居所がわかったら、いの一番におまえに報《しら》せる。おっ母さんだって心配してるだろうよ」

最後は嚙んで含めるような口ぶりだった。でも、やっぱり現場をこの目で見たい。お父っつぁんが言ったように〝におい〟が残っているかもしれないのだ。

「田村様、わたしを手下にしていただけませんか」

おまきは思い切って言った。

「手下だと?」

今度は笑わなかった。が、眉間に深い皺《しわ》が寄っている。

「はい。父を何としてでも捜したいんです。それに、田村様も父がいなくてお困りではないでしょうか」

父が腕利きの岡っ引きだという自負がおまきにはあった。手下の太一からも手柄話

は色々と耳にしている。佃町《つくだちょう》の切見世《きりみせ》が商家の若旦那をカモにする質《たち》の悪い賭場にな
っていることを嗅ぎつけたり、堀に投げ込まれていた女の素性を簪《かんざし》一本から探り当
てたり、と足を使って根気よく調べることが父の身上だった。
「確かにおまえの父親は手練《てだ》れの岡っ引きだ。だが、だからといって女を手下にする
わけにはいかん」
「どうしてですか」
ここで引くわけにはいかぬとおまきは食い下がった。僅かながら田村が身をのけぞ
らせたが、すぐに低い声で返した。
「女だからだ」
頬がかっと熱くなった。答えになっていない。どうして女では駄目なのかと訊いて
いるのに。
「だから、どうして――」
「旦那。どうされました」
再度の問いは太い声で遮られた。いかつい肩の後ろには若い男の姿があった。藍縞《あいじま》
の着物を尻端折《しりはしょ》りにしたいでたちはお侍でもお店者でもない――と思ったとき、男の
左腰で月明かりに鈍く光る十手が目に入った。

「何でもない。もう終わったか」

「はい。鍵がよく掛かっていなかったようです。先《ま》ずは下男の失火ということで」

「では、戻ろう」

おまきから目を逸《そ》らすと、田村は踵《きびす》を返した。

「お待ちください」

慌てて呼び止めると、振り向いた田村は柔らかな笑みを浮かべ、

「聞いただろう。もう終わったんだ。火付けではなく単なる失火だ。しかも、たかが小火だ。こんなことに娘が首を突っ込むんじゃない」

気をつけて帰れよ、と黒羽織の背を翻して若い岡っ引きと共に去っていった。

半鐘はとうに鳴り止んでいた。

途中で梯子を外されたような心持ちでおまきは来た道を引き返した。家を出たときの沸き立つ気持ちは消え、生煮えのような、いや、何かを燻《いぶ》したような嫌な感じがしていた。ぶすぶすと音を立てる、そんな胸の底から暗い影が首をもたげる。

お父っつぁんは、もう生きていないかもしれない。

よく考えれば、父が母にもおまきにも黙って家を出るわけがなかった。火付けの件でのっぴきならぬ事情ができたとしても、便りひとつ寄越《よこ》さないのはおかしいじゃな

いか。行方がわからなくなってから、ひと月が経っているのだ。それに――月下で威容を誇るように光っていた十手が眼裏《まなうら》に蘇ると、俄《にわ》かに父の居場所を奪い取られたような気がして、黒い影はいっそう膨れ上がった。

父はおまきの心の奥にある太いつっかえ棒だ。その父が死んだらと考えるだけで、おまきの心はぐらぐらになりそうだった。あたしみたいな子をもらったから、父に災厄が降りかかったのではないか。そんなふうに考えてしまう。

自分がもらい子だとおまきが知ったのは、六歳の春だった。

花見の時季は稼ぎ時なのに、両親は店を休み、おまきを連れて遠出をした。ぽかぽかと暖かな日で五分咲きだった桜は一気に満開になり、向島《むこうじま》は空の彼方《かなた》まで薄紅色に煙って見えた。

なだらかな斜面に茣蓙《ござ》を敷いて、母手製の弁当が広げられた。黒塗りのお重には鶉《うずら》のつくね団子に卵焼きに若竹煮、大好物の甘露梅まで。日頃は滅多に口にできないごちそうがぎっしりと詰まっていて、おまきは夢中になって食べた。おなかがいっぱいになり、とろとろと眠くなった頃、父がおまきをひょいと膝に抱いた。今から大事なことを言うからしっかり聞いていろよ、と父は言い、おまきはくっつきそうな瞼《まぶた》を懸命にこじ開けた。

『おめぇは、お父っつぁんともおっ母さんとも血が繋《つな》がっちゃいねぇ』

膝に抱かれているからか、父の穏やかな声は背中から直《じか》におまきに伝わってくるようだった。ただ、眠くて頭がぼうっとしているせいで、何を言われているのか、よくわからなかった。すると、父は淡々とした調子で、けれど、いつになく優しい声で語り出した。

おめぇをもらったのは五年前、丙午《ひのえうま》の年だった。丙午と言えば、八百屋《やおや》お七《しち》の話をしなくちゃならねぇな。おめぇにはちっと難しいかも知れねぇがよく聞けよ。

もう百十年ほど前の話になるが、八百屋のお七という娘がてめぇの家に火をつけたんだ。幸いに小火で済んだが、罪を認めたお七は火炙りになった。若い娘だったし、惚れた寺小姓に会いたい一心で火をつけたってことで、人々の憐《あわ》れを誘ったそうだ。それだけじゃねぇ。その数年後には井原西鶴《いはらさいかく》ってぇ物書きが、この事件に材を取り『好色五人女』なんて浮世草子を出したもんだから、お七は人々の胸に強く残ることとなった。爾来《じらい》、芝居や物語の中でお七は何遍も登場するんだ。

吉三郎《きちさぶろう》さん、会いたいよう。会いたいよう。

そんな台詞《せりふ》を吐き、着物の裾を翻し、櫓《やぐら》に登って半鐘を鳴らす娘の像が芝居や物語を通して、これでもかと人々の脳裏に刻まれた。十年、二十年経ち、事件の仔細《しさい》が曖味になっても、お七は芝居の中で生き続ける。一途《いちず》な娘として脚色され、人々の心の中に刷り込まれていく。

その一方で、人々は別のお七像を勝手に拵えていったんだ。お七は恐ろしい女。男会いたさに実家に火をつけた激しい気性の女。挙句、男を死に追いやった女。そんなふうに考える人間が出てきてもおかしくはない。お七は丙午生まれだったそうだ。それに、丙午の年は火事が多いとされていることが結びついて、こんなふうに言われるようになったんだ。

『丙午生まれの女は気性が荒く、男を喰《く》い殺すってな』

喰い殺す！　おまきの心の臓がぴょんと飛び上がった。

『莫迦《ばか》げた俗伝だ。そもそもお七が本当に丙午生まれだったかどうかも怪しいもんだ。ただ、莫迦げたなんぞ、と言えなくなることもある。恐ろしいことを引き起こすこともある。俗伝をてめぇの悪事の言い訳にする奴《やつ》がいるんだ』

そう言った後、父はおまきをさらに深く抱いた。

いいか、おまき。背中からの声が近くなる。父の心の臓とおまきの心の臓がどきんどきんと重なって聞こえる。

『血が繋がってなくとも、おめぇはおれとおつなの大事な娘だ。誰が何と言おうともおれたちの真実の娘だ。だから、おれはおめぇを命懸けで守るからな』

話が終わる頃にはおまきの眠気はすっかり覚めていた。ただ、幼い頭では父が言っていることの半分もわからず、長じてから、なるほどそういうことだったのか、と得心したところも多い。

だが、澄んだ縹《はなだ》色の空とそれを彩るように無数に舞っていた桜の花びらは、昨日のことのように思い出せる。

おめぇを命懸けで守るからな。

心の臓の音と共に力強い言葉もくっきりと胸に刻まれている。

さらに、もうひとつの禍々《まがまが》しい言葉もまた、おまきの心に刃物で抉《えぐ》られた傷痕のように残っているのだ。

俗伝をてめぇの悪事の言い訳にする。

おまきの実の親は、丙午の言い伝えを子捨ての口実にした。不実を為《な》す己の後ろ暗さの隠れ蓑《みの》にした。

そんなふうに父は言いたかったのかもしれない。

ことにあの年、おまきが生まれた十六年前は大災害に見舞われた年であった。

天明《てんめい》六年（一七八六年）の七月、利根川《とねがわ》が氾濫《はんらん》し、本所深川一帯は水浸しになった。

一丈半（約四・五メートル）ほどの高さまで水が上がってきたところもあったそうだ。凶兆は年の初めからあったという。元日の昼頃、日蝕《にっしょく》で闇夜の如《ごと》く真っ暗になった。春先は例年以上に西北からのならい風が吹き荒れ、江戸の方々で火事が起きたそうだ。そして、梅雨がぐずぐずと居座り、いつもより短い夏の去り際に、天の盥《たらい》を一斉にひっくり返したかのような大雨に見舞われたのである。となれば、

——この子のせいだ。丙午生まれの子が災いを引き寄せたんだ。このままこの子といたらあたしたちは死んでしまう。

水害に遭った両親がそんなふうに考えるのも無理はない。つまり、おまきの父と母は、俗伝を悪事の言い訳にしたのではなく、俗伝の前に平伏《ひれふ》したのかもしれなかった。

おまきが捨てられたのは、大洪水のあった日からふた月半ほど後の神無月《かんなづき》の朝だ。真冬になる前にと思ったのか、それとも、神様がお留守の間に子どもを捨てれば罰が当たらないと考えたのかはわからぬが、おまきは清住町《きよすみちょう》の紫雲寺《しうんじ》という寺の山門前に置き去りにされていたそうだ。

お救い小屋に人が溢《あふ》れるほどの水害だったそうだから、やむにやまれず子を捨てた親は少なくはなかっただろう。だが、おまきは丙午生まれの女子《おなご》という事情とも相俟《あいま》って、手習所に通い始めるといじめられた。他所の家のことをどこからどうやって嗅

ぎつけたのか、しかも、なぜ年端も行かぬ子どもらが知っているのか、幼いおまきにはわかるはずもなかったけれど、ともかく丙午生まれの鬼っ子、捨てられた子と揶揄《やゆ》された。下駄や手習いの道具を隠されたこともある。

そこで、おまきは父の思うところをはっきりと察したのである。父はおまきがいじめられると踏んで、ああして先回りして真実を教えたのだろうと。

いずれ誰かの口から、しかも悪意を孕《はら》んだ言葉で知ることになるのなら、いっそ親の言葉で、心のこもった真実の言葉で、おまきにもらい子だと伝えたかったのだろう。

だが、父が優しくつけた傷を他人は無遠慮に抉った。「もらい子」という言葉を「捨て子」と乱暴に書き換えた。どちらも同じじゃないかと思う向きもあるかもしれないが、彼我には大きな隔たり、それこそ天と地ほどの開きがある。その途轍《とてつ》もなく大きな隔たりの間でおまきは揺れ、揺れる度に傷口がぱっくりと開いた。

だから、おまきは八百屋お七が嫌いだ。一途な娘としてお芝居の中で生き続ける娘が大嫌いだ。お七がいなかったら、丙午の俗伝など生まれなかったし、おまきだって捨てられずに済んだかもしれない。ひいては、手習所で捨て子だといじめられることも、丙午生まれの鬼っ子とからかわれることもなかったに違いない。

莫迦げた俗伝だと父は言ってくれた。誰が何と言おうともおれたちの真実の娘だと、命懸けで守るからとも言ってくれた。

でも、その父はおまきの前から忽然《こつぜん》と消えてしまった。

お父っつぁんがいなくなったのは、丙午生まれのあたしをもらったからじゃないだろうか。男を喰い殺すような鬼の子を育てたから、何か質《たち》の悪いものに連れ去られたんじゃないだろうか。

そんなことをつらつらと思い悩んでいるうちに、紫雲寺のある清住町まで来ていた。

眼前には月の光で白く濡れた道が真っ直《ます》ぐに延びている。何をぐずぐずと弱気なことを考えているんだ、とおまきは冷たい頰を自らの手でぴしゃりと叩《たた》いた。

何としてでもお父っつぁんを捜し出してやる。そうでなければ、あたしもお父っつぁんもおっ母さんも莫迦げた俗伝に負けたことになる。

負けるもんか、と声に出して呟《つぶや》くと、おまきは明るい夜道を駆け出した。

二

紫雲寺は深川清住町のいっとう奥まった場所にある。

古びた山門をくぐるとすぐにイチイの木があり、短い参道を進んでいけば、小さな本堂の左手に板葺《ぶ》き屋根の庫裡が建っていた。妻帯が唯一許されている一向宗《いっこうしゅう》の寺だから住持は世襲で、今は七十過ぎの老人が務めている。本当は「釈何々」という立派な法名があるらしいのだが、手習所にしている庫裡の号から「芳庵《ほうあん》先生」と呼ばれている。

芳庵には息子と嫁がいたのだけれど、二人とも流行《はや》り病《やまい》で亡くなってしまったそうだ。夫婦の忘れ形見が美緒という娘だが、不幸は二度三度と続くもので、その美緒も二年前に許婚《いいなずけ》を亡くした。寺の跡取りになるはずだった男は、旅先で喧嘩《けんか》の取り成しに入ったところ、側杖《そばづえ》を食ったという。

芳庵は大人物で美緒は美しく優しい人だ。おまきも紫雲寺に世話になった口だが、二人は身寄りのない子を里親が見つかるまで育てたり、貧しい子にも束脩《そくしゅう》なしで手習いを指南していたりする。おまきは今にも朽ちそうな山門をくぐる度に思う。どうして芳庵も美緒も我が身の不幸を嘆くことなく、人に幸せを与え続けることができるのだろうと。

今日も境内には幸せそうな明るい声が満ち満ちている。

美緒先生、さようなら。また明日、お頼み申します。

大合唱の後、庫裡の戸口から一斉に子どもたちが出てきた。

「あっ。おまき親分だ！」

先頭を行く春太《しゅんた》という大柄な子どもがおまきに気づき、立ち止まった。

「何だよ。久方ぶりじゃないか。もう手習いは終わっちまったよ」

腰に手を当て、赤い頬を餅のように膨らませる。

「ごめん、ごめん、近頃忙しかったんだ」

「ふうん。じゃあ、今度はもっと早く来いよ」

春太は拗《す》ねるように言った後、おめぇら行くぞと岡っ引きの親分さながら〝手下〟をたくさん引き連れて、山門へ駆けていった。後から出て来た数名の女の子たちが
「おまき親分、さよなら」と小さな手を振っていく。

なぜ、おまきが〝親分〟と呼ばれるのか。月に一、二度、紫雲寺を訪れ、おはぎやあんころもちを使って探索ごっこを企てるからだ。手掛かりになる文《ふみ》を読み、頭をひねり、体を使って手に入れた〝宝物〟の味は格別らしく、子どもたちはこの企てを至極楽しみにしていた。習い子たちの喜ぶ顔を見るのは嬉しいし、梅屋に里子に出してくれた寺への恩返しになればいいと思っている。

子らを見送った後、おまきは戸口ではなく縁先のほうへと歩を進めた。ここの庭は小体だが、明るく賑《にぎ》やかだ。初春の水仙、春告花の梅、その後は順を追ってカタクリ、

菜の花、柘榴《ざくろ》、芙蓉《ふよう》、萩《はぎ》と季節に沿って色鮮やかな花が咲く。二月を目前とした今は遅咲きの梅の香りで満ちているだろう。

その庭の縁先に、子どもが二人並んで腰掛け、足をぶらぶらさせていた。どちらも前髪を残した小さな髷を結い、小ざっぱりとした袷《あわせ》を身につけているけれど、体格は随分と違う。大柄で色黒な亀吉《かめきち》と小柄で色白な要《かなめ》。共に十一歳の二人は兄弟のように仲睦《なかむつ》まじい。

「おまき姉さん、ですか」

先に気づいたのは奥に座る要であった。おまきを〝姉さん〟と呼ぶ唯一の習い子だ。その声で亀吉も顔を上げた。二組の目がこちらを見つめている。要はびいどろ玉のように透明で静謐《せいひつ》な目。亀吉は眸《ひとみ》の輪郭がくっきりとしたくるくるとよく動く目だ。

「よくあたしだってわかったわね」

おまきは苦笑しながら二人へ近づいた。

「はい。おまき姉さんは、いつもいいにおいがしますから」

要が端整な顔をほころばせた。おまきのほうを正しく見ていても、その眸におまきは映っていない。要は生まれつき盲目なのだ。

「そうか。おれには何のにおいもしねぇぞ」

亀吉が大袈裟《おおげさ》に顔をしかめれば、

「今日はことさらいいにおいがしますよ。炊き立ての小豆のにおいです」

要はにこにこと笑う。目は見えないが、いや、見えないからか、要は鼻や耳が敏《さと》い。

「ご名答。さすがね」

ここへ来る前、おまきは炊いたばかりの小豆を木桶《きおけ》に移してきたのだった。へえ、と亀吉は丸っこい鼻をひくつかせた後、おれにはわかんねえや、とからりと笑った。

彼の膝の上には紐で綴《と》じた大ぶりな手習帳がある。が、紙面をびっしりと埋めているのは仮名でも真名でもなく絵だ。亀吉は三度の飯より絵を描くことが好きなのだ。

「今日は何を描いたの」

亀吉の横に腰を下ろして手元を覗《のぞ》き込むと、庭の一隅で花を咲かせる紅梅が目に飛び込んできた。花弁の一枚一枚まで丁寧に描かれたふくよかな梅の花は、墨ひといろなのにまるで香りが立つようだ。上手《うま》いねぇ、とおまきが言おうとしたとき、悪戯《いたずら》な風の手が紙をふわりとめくった。

現れたのは男の顔だった。切れ長の大きな目にきりりとした眉、通った鼻筋に引き締まった唇、男前だが役者ではない。この小銀杏《こいちょう》は——

「八丁堀《はっちょうぼり》の旦那？」

「ああ、そっか。そういやそうだ」

自ら描いていながら、亀吉は今気づいたように頭をかいた。八丁堀の同心はわかりやすいいでたちだ。黒の巻き羽織に着流し、腰には長脇差と朱房のついた十手、それに小銀杏と呼ばれる小さな髷を結っている。

「この髷はそうでしょ。巻き羽織に着流し姿だったんじゃない？」

「そこまでは見てないんだ。こないだ、芳庵先生と話しているのをちらと目にしただけだから」

寺は寺社奉行の管轄になるので町方の役人はあまり出入りしないそうだ。ただ、紫雲寺には手習所もあるし芳庵がざっかけない人柄で近隣の人々に慕われているからか、田村は見廻りのついでに時折顔を出していたようである。すると、この男も見廻り方の同心なのだろうか。

「どうして、この人の顔を描こうと思ったの」

おまきは同心の絵から亀吉の顔へ目を転じた。どこへ行くにも手習帳と矢立を手放さない亀吉だが、その繊細な筆先から紡ぎ出されるのは花木や川など四季折々の風景が多い。頼まれもしないのに、しかも、ちらと見ただけの男の顔をどうしてこれほど事細かに描いたのだろう。

「要がさ」と亀吉が言葉を切り、お伺いを立てるように右を見た。それに呼応したかのように要が見えぬ目をおまきに向ける。

「何だか、きな臭いにおいがしたのです」

神妙な口ぶりである。

「きな臭いって、悪人っぽいってこと？」

言ってからすぐに気づいた。目の見えぬ要が言う〝におい〟は喩えではない。今日のおまきが小豆のにおいがするのと同じように、

「同心から、何かを燃やしたにおいがしたってこと？」

おまきが訊き直すと、そうですと要は頷《うなず》きを返した。なぜか亀吉が腰を浮かせ、うずうずした目をしてこちらを見上げている。

「亀吉、何か言いたいことがあるの」

「おれさ、おまき親分の役に立つかな、って思ったんだよ」

亀吉は待ってましたとばかりに勢いよく答えた。それでぴんと来た。二人は父の行方がわからぬことを知っているのだ。

「あたしのお父っつぁんのこと、誰から聞いたの？」

思わず声が尖《とが》った。すると、亀吉が慌てたように言葉を継いだ。

「うちのお父っつぁんだよ。おまき親分が近頃寺に来ないから心配になってさ。何かあったのかい、って訊いたんだ。そしたらさ」

利助親分がいなくなっちまったんだ。それで、おまきちゃんは大変なんだろうよ。亀吉のお父っつぁんはそう言ったそうだ。

「けど、他の人にはべらべら喋《しゃべ》ってないよ。おれさ、おまき親分を助けたくてさ——」

「大丈夫だよ。案じてくれてありがとう」

おまきは語調を和らげ、亀吉の頭にぽんと手を置いた。

亀吉の父親、山野屋源一郎《やまのやげんいちろう》は永代寺門前東町《えいたいじもんぜんひがしちょう》にある大きな材木問屋の主人だ。出来物《できぶつ》だったという先代の気性を受け継いでおり、荒々しい木場《きば》の男衆にも近所の人々にも一目置かれている。父も頼りにしていたようだから松井町の小火のことも話していたのかもしれない。

「で、あんたのお父っつぁんは何て言ってたの」

「大親分は火付けをした悪人を追ってるって。そいで、うちのお父っつぁんに頼み事があったみたいなんだ。けど、それを聞く直前にいなくなっちまったって。お父っつぁんも心配してるんだ」

紫雲寺の習い子たちは父のことを〝大親分〟と呼ぶ。父が年に数度、習い子たちに汁粉を振る舞うからだ。おまきが〝親分〟なら、その父親は〝大親分〟というわけだ。

だが、今の〝大親分〟は当然岡っ引きの意味だ。

梅屋の主人が岡っ引きだということは案外に知られていない。隠しているわけではないが、父が大っぴらにしていないからだ。

無論、岡っ引きだということを、ひけらかす者もいる。お上の御用を笠《かさ》に着て、十手を腰に差して歩き、市井の人々に無言の脅しをかけるのだ。吉原《よしわら》では、昔ながらの岡っ引きの呼称で呼ばれる「目明かし」が些細《ささい》なことで客を廓内《かくない》の番所に引っ張り、金を騙《だま》し取ることもあるという。風の便りにそんなことを耳にすれば、町の人々は弥《いや》が上《うえ》にも過敏になり、岡っ引きに睨《にら》まれる面倒さを考える。十手を腰に差した者が店先に顔を出そうものなら、愛想笑いを浮かべ、茶菓子のひと皿くらい安いものだともてなすことだってある。だが、そんなふうにされるのを父は嫌った。

数年前のことだったろうか。十手を腰に差し、肩で風を切って往来を歩く岡っ引きを見た後、父に訊《たず》ねたことがある。

――お父っつぁんはどうして十手を腰に差さないの。

――左腰に差したらいざというときに邪魔でしょうがねぇ。お縄をかけたことのある岡っ引きなら、そんなことは誰でも知ってる。けど、それでも人に見せたいばっかりに、ああして腰に差して往来を歩くんだ。

父はそう言って四角い顔をしかめた。じゃあ、お父っつぁんは十手をどうしてるの。おまきが問うと、ここさ、と自らの胸の辺りを拳で叩いた後、懐から十手を取り出した。

麻縄を巻いた持ち手のところには、赤い布で拵えた小さなお守りのようなものがついていた。だが、いつからつけているものか、その色は褪《あ》せ、十手自体の小ぶりな拵えとも相俟って随分と貧相に見える。

——ねえ、どうせならもっと綺麗な房をつければいいのに。

同心の十手についている鮮やかな朱房を思い描きながら、ついおまきが口に出すと、これでいいんだ、と父はきっぱりと言い、なあ、おまき、とこちらを黒々とした目で見つめた。

——十手はお上からの御用を預かっているという印だ。だが、それは人に見せるもんじゃねぇ。てめぇの胸に言い聞かせるもんだ。

静かな物言いだったが、その言葉はおまきの胸にくっきりと刻まれている。

蛇の道はへびというのか、岡っ引き稼業をしている人間は脛《すね》に疵《きず》持つ者が多く、裏の世界に通じている。ゆえに、お上は度々、岡っ引きを使うことを禁じてきたが、いかんせん江戸の町を守るのに御番所のお役人だけでは足りず、同心が個々に手札を与えるという形で黙認されているらしい。

　母に聞いたところ、父も以前賭場で働いていたことがあるそうだ。有体に言えば、若い頃の父は悪いことに手を染めていたのだ。でも、運よく爪の内側までが真っ黒に染まりきらぬうちに、泥の中から引っ張り出してくれた人がいる。深川で甘味処を営んでいた岡っ引きとそのおかみさんで、父に甘味屋としての商いと十手術を指南してくれた。夫婦共、既に鬼籍に入っているというが、己が今こうしてお天道様の下を堂々と歩いていられるのは二人のお蔭《かげ》だと父は折節に母に語っていたそうだ。

　賭場で働いていた父。俗伝に負け、おまきを捨てた実の親。そのどちらが罪の度合いが重いのか。いや、悪とは何なのか。おまきは時折そんなことを考える。

「おまき親分。ぼうっとしてるけど大丈夫かい」

　亀吉に腕を揺すられ、我に返った。

「ああ、ごめん。大丈夫だよ」

　慌てて笑みを貼り付け、

「それで、お父っつぁんを捜す手がかりになるかもって思って、この人の顔を描いてくれたんだね」

話の筋を同心の絵に戻す。

「うん。要からきな臭いって聞いて、大親分の調べている火付けに繋がるかもって思ったんだ。けど、八丁堀の旦那かぁ。ここへ来る前に焚《た》き火にでも当たってたのかもしれねぇな」

残念そうに唇を尖らせた亀吉へ、

「いえ、焚き火のにおいではありませんでした」

要がきっぱりと言った。では、何のにおいだ。

「恐らく木を燃やしたにおいでしょう。それも新しい木です」

「新しい木？」

亀吉が興味津々といった面相で要の目を覗き込んだ。

「はい。普請したばかりの家に火がついたような感じです」

年が明けて火事騒ぎがあったのは満月の晩くらいしか思い当たらない。

「同心がここへ来たのはいつなの？」

「十六日だったと思います」

十六日とは、小火のあった晩の翌日だ。では、この男前の同心も田村と一緒に現場にいたのだろうか。そして、羽織ににおいを染み付かせたまま、翌日紫雲寺へ来たということになるだろうか。町方の役人が二人も現場に出張ったとなれば、ただの小火ではなかったかもしれない。

「亀吉はにおいに気づいたの？」

「おいらは全然気づかなかったさ。だって、庫裡の入り口からちらっと見ただけだぜ。けど、要がくさい、って言うもんだから」

そう言って亀吉は同心の絵を見下ろした。ちらと見ただけの男の顔を描ける亀吉もすごいが、仄《ほの》かなにおいを嗅ぎ取った要もすごい。要は鼻が利くだけではない。算術にも長《た》けているというし、何よりもの覚えがすこぶるいい。塙保己一《はなわほきいち》という偉い検校《けんぎょう》は、音読してもらった書の内容を一遍で覚えるほどで、天下無双の才人と謳《うた》われているが、要はその保己一に匹敵するほどの才があるのではないか。そう言って芳庵は古今の書を読み聞かせているという。

そんな要はおまきと同じく捨てられた子だ。ここへ来る前は旅芸人の一座にいたそうだから、おまきなんかよりずっと世間の冷たい風や苦い水を知っている。そのせいか、時折、どきりとするほど鋭いことを言う。

「でも、この同心は何の用で紫雲寺に来たんだろうね。単なる見廻りだったのかな」

おまきが首を傾《かし》げたとき、

「あら、おまきちゃん、お久しぶりね」

背後で華やかな声がした。芳庵の孫娘、美緒である。春らしい萌黄《もえぎ》色の小袖に卯の花色の帯が優しげな面立ちによく似合っている。山門前に捨てられていた赤子のおまきを見つけてくれたそうで、おまきにとっては姉とも呼べる人だ。

「あ、美緒さん。お邪魔してます」

おまきが立ち上がろうとすると、

「いいのよ、そのままで」

あたしも仲間に入れてちょうだい、とおまきの隣に美しい所作で腰を下ろした。

「おかみさんの具合はどう？」

亀吉の父親が知っているのだ。父が消えたことや母の不調が紫雲寺の芳庵や美緒の耳に届いていないはずがなかった。

「ええ。だいぶよくなりました。近頃は店に出てます」

父が消えた心労からか、半月ほど臥《ふ》し起きを繰り返していた母も、小火のあった晩の翌日から、こうしちゃいられないねと襷《たすき》をかけ、店に立っている。

「そう。よかった」

美緒はふっくらとした唇をほころばせた。

「あの、この絵なんですけど――」

おまきが同心の絵を指差すと、

「まあ」

美緒が涼やかな奥二重の目を丸くした。おまきの横では亀吉が身を縮めている。

「いつの間に――」

「入り口から覗いたら見えちゃったんだ」

ちらっとだよ、と言い訳がましく口を尖らせる。

「ちらっとでこれだけ？」

疑わしそうに美緒が亀吉を軽く睨めば、

「うん。ほんとにちらっとだよ。なあ、要」

加勢を求めるように要の肩を抱く。

「はい。美緒先生にお話があったのですが、お客様に失礼があってはならないと、すぐに表に出たのです」

「そうだったの」

美緒は溜息《ためいき》を吐き出した後、それにしてもよく描けているわね、と手習帳に目を落とした。確かに十一歳の子どもの手によるものとは思えない。御丁寧に顎の左側に大きな黒子《ほくろ》まで描かれていた。眉目の整ったやや冷たさを感じさせる顔である。

「八丁堀のお役人なんですか」

「ええ、そうだけど。どうしてわかったの」

おまきの問いに美緒が軽く目を瞠《みは》った。

「髷が」

同心独特の小銀杏だ。

「ああ、そうね。こんなところも上手く描けているわね」と美緒はくすりと笑った。

「飯倉《いいくら》様とおっしゃる方でね。深川を見廻ることになったんですって」

「では、田村様はもうこの辺りを見ないのですか」

――とにかくお父っつぁんの居所がわかったら、いの一番におまえに報せる。案じてもいるし、捜してもいると言ってくれた。でも、深川から足が遠のけば、父の探索など些事《さじ》となって、いずれ忘れ去られてしまうのではないか。

「ええ、田村様は深川を飯倉様に任せて、本所方に専念されることになったそうよ」

美緒も残念そうな顔をした。「で、飯倉様に利助さんのことも訊いたのだけどね。わたしたちよりは、よほどご存知《ぞんじ》かと思って」

奥歯に物が挟まったような物言いは、父の行方についてさしたる収穫はなかったということか。それでも、

「何か、ご存知のようでしたか」

おまきが先を促すと、

「何だか素っ気無い感じでね。知らぬ、のひとことで終わってしまったの。同じ八丁堀のお役人でも、田村様は気さくで優しげだったから、何かと頼みやすかったけれど」

美緒はまたぞろ残念そうに華奢《きゃしゃ》な肩をすくめた。

ちらと見ただけで描いたという、この絵がどこまで飯倉に似ているのかわからぬが、確かに丸顔の田村のほうが親しみやすい顔をしている。父の行方が一向に摑《つか》めぬ今、そんなことすらもおまきの心に暗い影を落とした。

三

紫雲寺を出て小さな路地を左に曲がれば、青物屋に搗米屋《つきごめ》に菓子屋に絵草子屋など、小商いの店が軒を並べる賑やかな通りに差し掛かる。立派な春大根が並べられた青物

屋の前では、近所のおかみさんたちが子どもを連れて立ち話に興じていた。

隣を歩く小さな探索のお供をおまきは微笑《ほほえ》ましく思いながら見下ろした。いつものことながら、小柄な要の手を亀吉がしっかりと握って歩いている。幾ら賢いといっても目の見えぬ要にとって、寺の外は何が待ち受けているかわからない。それゆえ、紫雲寺にいるときとは違い、小さな背中は洗濯板でも入れたようにこわばって見える。そんな要を亀吉は守っているつもりなのだ。

「なあ、おまき親分、大親分の居所に何か心当たりはないのかい」

思い出したように亀吉が訊ねた。

「残念ながらないわね。ただ、いなくなる直前に訪ねて来た人がいるんだ」

「どんな人だい」

「お店者ふうの若い人。薄暗かったから顔はよく見えなかった」

名乗らないと聞いて胡乱《うろん》に思ったが、案に相違して薄暗がりに立っていたのはきちんとした風体の男だった。

「においはしませんでしたか。例えば油屋なら油のにおいがします」

要が形のよい鼻をひくつかせながら訊く。

「わかんなかったなぁ。どうしてもっと気をつけなかったんだろう」

岡っ引きの娘なのに。

あまりに悔しくて、いや、不甲斐《ふがい》なくて最後の言葉は声に出せずに呑《の》み込んだ。

「そうですか。でも、大親分ならきっと大丈夫ですよ。もしかしたら、何か大事なことをお調べになっているのかもしれません」

慰めるように要が言ったときだった。

「おまき親分」

亀吉に袖を強く引かれ、おまきは大きく息を呑んだ。すらりとした男がこちらへ向かって歩いてくる。黒の巻き羽織に着流し姿、帯に挟んだ十手の朱房が鮮やかだ。整った相貌に小銀杏が憎らしいほどによく似合っていた。

「亀吉、あんたって子は——」

おまきの口からそんな言葉がこぼれ落ちていた。

「なんだい？」

亀吉が小声で訊く。

「だって」

話の先を仕舞ったのは、同心が声の届く辺りへと近づいてきたからだ。気がつけば、おまきたちは身を小さくして道の右端に寄っていた。

「そこの娘。何かあったか」

おまきらの様子を訝《いぶか》ったのだろう、同心が立ち止まった。それで我に返った。確か飯倉という名だった。

「いえ。何もございません。御無礼をいたしました。飯倉様でございますね」

背筋を伸ばし、飯倉に向き直った。

「おれの名をどうして知っている？」

切れ長の目に訝しむ色が浮かんだ。

「紫雲寺の美緒様に伺いました。この辺りを見廻ってくださるとか。手前は甘味処梅屋のまきと申します。どうぞお見知りおきくださいますよう」

おまきが頭を下げると、飯倉はようやく頰を緩ませた。

「ああ、紫雲寺でも自身番でも聞いた。何でも梅屋という甘味処の主人の行方がわからないとか。おまえが娘か」

「はいそうです。父は岡っ引きをしております」

心もち胸を反らしたが、

「なるほど」

早く戻ってくるとよいな、と飯倉は短く言い捨て、着物の裾を翻した。美緒の言った通り、何とも素っ気無い。

「お待ちください」

思わず呼び止めていた。振り返った端整な顔に愛嬌のある田村の丸顔が重なった。

――女を手下にするわけにはいかん。

田村が駄目なのなら――

「飯倉様に手下はいらっしゃるのですか」

そんなふうに訊いていた。

「手下？　中間《ちゅうげん》ならおるが」

眉間の皺が深くなる。

「では、手札をお与えになっている者は？　深川方になられたのなら、この辺りのことをよく知る者がお要りようではないですか」

「何を言いたいのだ」

眉根を寄せたまま飯倉は訊ねた。おまきは小さく息を吸い込んだ後、ほとんど叫ぶように言った。

「わたしを、わたしを飯倉様の手下にしていただけませんか」

眉間のこわばりがほどけた。と思ったら飯倉はおまきを冷ややかに見下ろし、

「女を手下にはできん」

突き放すように言った。わけを訊いたところで、田村と同じ言が返ってくるだろうと思いながらも、

「どうしてですか」

おまきは問うた。だが、案に相違して、飯倉は答えを探るように眸を宙に泳がせた。そうだな、と独り言のように呟いた後、

「賭場や切見世に聞き込みに行けるか。亡骸《なきがら》を見られるか。何よりも十手を扱えるか」

口調は柔らかだが厳しい目をして訊いた。

「行けと言われればどこへでも行きます。亡骸も平気です。十手も扱えるように稽古をします」

父を捜すためなら何だってやってやる。おまきが口元を引き締めると飯倉がふっと笑った。端整な顔立ちだけにその笑みはひどく酷薄に見える。すると、亀吉が鉄砲玉の如く飯倉の前に飛び出した。

「おい。女だからって莫迦にすんなよ。おまき親分は、大親分の娘なんだからな」

どんぐり眼《まなこ》を剝《む》き、口を尖らせて言い募る。その勢いに、向かいの菓子屋から出て

来た子どもが何事かと目を丸くし、青物屋の前で噂話《うわさ》に花を咲かせていたおかみさんたちが剣呑《けんのん》なものでも見るように眉をひそめた。黒羽織に子どもが何を歯向かっているのだという面相に、おまきの胸にもひやりとしたものが落ちる。だが、飯倉の眉宇《びう》の辺りはむしろ和らいだ。

「まさかそんな勇ましい答えが返ってくるとは思わなかったからな。いささかびっくりしちまった」

莫迦にしたわけではない、と亀吉の頭に大きな手をぽんと置いた。その仕草は案外にも優しげだ。

「申し出は有り難いが」

飯倉は語調を変え、おまきへと目を転じた。その眼差《まなざ》しは鋭いけれど本人が言う通り、嘲笑する色はない。この同心はどんな人なのだ。おまきの当惑をよそに、

「おれは、岡っ引きを使ったことがないんだ」

そいじゃな、とあっさりと踵を返し、大股で去っていった。

遠ざかる黒羽織を見ながらふと思い出した。

「ちょっと、それ見せて」

亀吉の手から手習帳を奪い取る。形のよい眉に鋭い切れ長の目、すっと通った鼻筋

に薄めの唇、顎の左には小さな黒子。そして——左の頬には小さな傷があった。これだ。このせいで笑顔が引きつって見えるのだ。酷薄に感じられるのは整い過ぎた面差しのせいばかりではなかった。

それはともかく——

「亀吉。あんたのおつむりの中ってどうなってんの」

本人を見るまでは、単に上手く描けているとしか思わなかった絵が、肌が粟立《あわだ》つほどの凄《すご》みでおまきに迫ってくる。すごいのは、大人顔負けの筆の技じゃない。一瞬で見たままを切り取り、頭の中に仕舞う才だ。江戸中の有名絵師を集めたって、こんな才を持っている者はいない。断じていない。

「飯倉様は具合が悪いのでしょうか」

呟くような要の声が耳朶《じだ》をかすめた。

「どうしてそんなふうに思ったの」

痩せているわけでもなく肌の色艶もよかった。病の芽はどこにも見当たらないように思えたが。

「薬湯のにおいがいたしました。仄かですけれど」

要が見えぬ目を宙に向けた。飯倉が最前まで立っていた辺りだ。

「十六日には木が燃えるようなにおいがしたんでしょ。今日はどうだったの」

おまきは要の目を覗き込んだ。焦点の合わぬ目、びいどろ玉みたいにひっそりとして、多くは語らない目。だが、透明なびいどろ玉はおまきたちが見えぬものを明瞭に映し出すことがある。

「今日は、燃えるにおいはしませんでした。羽織を替えたのかもしれません」

要は首を傾げるようにして、亀吉のほうを正しく見る。亀吉のいる場所がちゃんとわかっているのだ。

ああ、お父っつぁんがいなくなった日。お店者風情の男が訪ねて来た日。どうしてあんたたちが傍《そば》にいなかったんだろう。

おまきは要と亀吉を思い切り抱きしめたいような心持ちになった。

「お父っつぁん！　何でこんなところにいるんだい」

自身番に一歩足を踏み入れるなり、亀吉が頓狂な声を上げた。戸口からすぐの畳の間では山野屋源一郎と差配の卯兵衛、書役の男が和気藹々《あいあい》と茶を飲んでいる。

「おう。亀。おめぇこそ、こんなところへ何しに――」

息子の背後におまきを認めると、源一郎は言いさした言葉を途中で仕舞った。おまきとしては何とも気まずい。普通の親なら子どもを探索事に巻き込むなんてとんでもないと眉をひそめるはずだが、そこはさすがに深川一の材木問屋の主人、なかなかの太っ腹である。

「おう、おまきちゃん。いつもうちの亀が世話になってるね」

腰を下ろしたまま、陽《ひ》に焼けた顔をくしゃくしゃにした。

「こっちこそ、世話になってるの。今日も、こんな場所に連れて来ちゃってごめんなさい」

ほっとしながらもおまきは、源一郎に詫《わ》びた。

「いや、うちの亀でよかったら、幾らでも使ってくれ。家にいたって、絵ばっかり描いてるからな。少しでも人様の役に立つんなら、そのほうが有り難ぇ」

大店の主人然としていない気さくさが、山源こと山野屋源一郎の身上だ。大店の主人と言っても、川並など、気の荒い男衆も相手にしているので、品のよいお店言葉ばかりを使っているわけにはいかない。そんな父親の下にいるからか、亀吉も言葉遣いは伝法《でんぽう》だ。話しぶりだけなら要のほうがよほど大店の坊っちゃん然としている。

「それで、どうして佐賀町の自身番にいらっしゃるんですか」

亀吉の問いをおまきは丁寧に言い直した。山野屋は深川の東、永代寺門前東町に店を構えている。

「うちのもんがこの辺りで喧嘩に巻き込まれたってんで呼ばれたんだ。けど、大したことがなかったんでほっとしたよ。で、久方ぶりに差配さんに会ったもんだから、つい茶飲み話が弾んじまって」

源一郎は息子そっくりのどんぐり眼を半月の形にたわめた。

「ちょうどよかった。山野屋さんがたんとお菓子を持ってきてくださった。食べておいき」

顔も体も恵比寿《えびす》様のような卯兵衛が亀吉と要を丸っこい手で招き、

「おまきちゃんも、お上がり。たまにはゆっくりしていきな」

おまきにも福々しい笑顔を寄越す。

「ありがとう、差配さん」

礼を述べておまきは雪駄を脱いだ。日がな一日開けっ放しの部屋を少しでも暖めようと火鉢の炭火は赤々と熾《おこ》り、五徳の上では鉄瓶がしゅんしゅんと鳴いていた。

早速小さな水屋から茶筒と湯呑みを取り出していると、

「ああ、あたしたちの湯呑みはこれでいいよ」

これだけ下げておくれ、と卯兵衛はひとつを差し出した。さっきまでここにいた飯倉のものかもしれなかった。

土瓶に茶葉を入れ、湯を注《つ》ぐと番茶の香ばしい香りが部屋いっぱいに広がった。大人三人の湯呑みに先に注ぎ、亀吉と要には「少し冷ましてからね」と盆に載せたまま離れたところに置いてやる。

迷子や喧嘩や盗みなど、自身番には町内の様々な厄介事が持ち込まれるが、何もなければのんびりゆったりした場所だ。腰高障子が開いているので往来から丸見えなのが玉に瑕《きず》だが、春の陽射《ひざ》しをたっぷり吸った琉球畳《りゅうきゅうだたみ》はぬくぬくと温かい。

いただきます、と亀吉が菓子鉢から大福餅をふたつ取り、ひとつを要に差し出した。

「うめぇ。なあ、要」

嬉しそうな亀吉の言に、美味《おい》しゅうございますと要は笑みを返した。

捨て子の要がどうして丁寧な言葉遣いをするのか。旅芸人の一座にいた頃、札当ての芸で口上を述べさせられていた名残のようだ。

何枚かあるうちの絵札を客に引かせ、それを目の見えぬ要が言い当てるというものだが、その芸を要は嫌いだったそうである。目が見えぬことを売りにしていたからではなく、芸そのものがいかさまだったからだ。札を引く客は事前に仕込まれたもので、芝居小屋で役者に掛け声を投げる〝さくら〟のようなものだったらしい。そんな芸を強要されることが嫌でたまらず、ある日、要は一座を抜け出し、途中で行き倒れたところを、偶《たま》さか通りかかった美緒とその許婚に救われた。それが三年前のことだ。

――来たばかりの頃はへんてこな言葉遣いだったの。

美緒の言である。「何々でござりまする」と言うのが口癖だったとか。わたくしめは、ここに座ってもよろしいのでござりまするか。おまんまをいただいてもよろしいのでござりまするか。最初のうちは、何をするにも芳庵や美緒にお伺いを立てたそうだ。

――そうやって生きてきたのか、と思うと胸が詰まっちゃった。おっ母さん、お腹《なか》減ったよとか、お父っつぁん、肩車してとか、誰かに何かをねだるってことが、生まれてこのかた一度もなかったんだなって。

そう言って美緒は袂《たもと》で目元を押さえた。

要は「捨吉《すてきち》」という名だったという。災厄を捨て、代わりに吉を拾う。そんな意味をこめてつけられることが多い名だが、要の場合は違う。おまえは捨てられた子だから文字通り「捨吉」なのだと、何かある度に一座の大人たちに言われて育ったそうだ。

その話を聞いた芳庵が、代わりに「要」という名を授けたと聞いている。

それから三年。へんてこな言葉遣いはかなり直ったものの、まだ要はどこか遠慮しているように見える。今だって大福餅がどこにあるのか、ちゃんと〝見えて〟いて、摑もうとすれば摑めるのだと思う。でも、たぶん要は手を伸ばさないだろう。だから、亀吉は要の分まで取ってやるのだ。そんなやり取りを見ていると、おまきの心は温まる一方で、今は兄弟のように仲のいい二人が離れていく日を想像し、胸が詰まる。亀吉は材木問屋の跡取りとして商いに励み、要は盲目なりに生計《たつき》の道を探っていかねばならない。塙保己一に匹敵するくらいの才があるそうだから、いずれ芳庵が然《しか》るべき道をつけてくれるに違いないが、その道が亀吉と交わることはないだろう。

「おまきちゃん。おっ母さんの具合はどうだい」

卯兵衛の声で切ない物思いから解かれた。

「ええ、お蔭さまで近頃は店に出られるようになったんですよ」

「そうかい、そりゃよかった」

卯兵衛はにっこり笑い、茶をすすった後、

「それはそうと、こないだは残念だったねぇ」

と白髪の交じったぼさぼさの眉を八の字にした。こないだ、とは小火のあった日のことだ。あの後、すぐに木戸まで戻ってきたおまきを見て事情を察したのか、卯兵衛は悲しげな顔でおまきの肩をふくよかな手でぽんと叩いた。夜中のことだったので詳しいことは告げずじまいだったのだが、今日ならゆっくりと話ができる。

「田村様に会ったんですけど、失火だったみたい。でも、何かを隠しているような気振りがあって」

愚痴っぽくならぬようにおまきは告げた。

「そうかい。まあ、御役目だからね。色々と言えないこともあるだろうよ」

「そうかもしれませんけど」

「でも、あの晩の小火はやはり失火だったのかもしれないよ」

卯兵衛が慎重な口ぶりで言う。

「どうしてですか？」

案外な思いでおまきは問うた。

「考えてごらん。満月の晩にわざわざ火付けなんかするかねぇ。あたしが賊なら、闇夜に紛れて火をつけるけどね」

言われてみればそうかもしれない。だが、田村の様子が僅かながら胸に引っ掛かっている。あんなふうに素っ気ない人ではなかったように思うのだ。

「差配さん、田村様はもう深川を見廻ることはないのかな」

美緒にしたのと同じ問いかけがこぼれ落ちた。

さすがにおまきちゃんは早耳だね、と卯兵衛は苦い笑いを洩らし、

「この辺りは、飯倉様が見廻ることになったそうだよ。先刻までここにいらしたんだがね」

空の湯呑みがあった辺りに目を当てた。

「実は、ここへ来る途中に会ったんです。ちょっと冷たい感じのする方ですね」

「うん、なかなかの男前だから、そう見えるのかもね。でも、どうだろう。人は見た目ではわからないから。ほら、山野屋さんなんていい例だ」

卯兵衛は源一郎を目で指して丸みを帯びた肩を揺すった。

「おれのお父っつぁんは悪人面をしてるけど、本当は善い人だってことかい」

亀吉がすかさず口を挟めば、

「悪人面とは、はっきり言うな、おまえ」

源一郎が息子の頭を太い指で軽く小突いた。亀吉にそっくりなのだから決して悪人面ではない。色黒で六尺（約百八十センチ）近い偉丈夫だから堂々と見えるだけだ。

「善い人どころか、おまえのお父っつぁんは偉い人なんだぞ。神様、仏様、山源様って言われるくらいだからな。深川で山野屋に足を向けて寝られない人は何人もいるんだぞ」

卯兵衛が細い目を大仰に見開けば、隣でちんまり座っている書役の男もうんうん、と頷く。

「やめてくださいよ、差配さん。わたしはそんな大層なもんじゃありませんよ。若い頃は随分羽目も外しましたしね。自身番に一晩留《と》め置かれたこともあるんですから」

「ほんとかい、お父っつぁん」

「ああ、本当だ。酔っ払って喧嘩してな。あんときはさんざんだった」

源一郎は呵々《かか》と笑った。どんぐり眼がたわむとますます息子に似ている。

「でも、戯言《ざれごと》なんかじゃなく、山野屋さんのお蔭で、夜逃げしなくて済んだって人は何人もいるからね」

生真面目な顔で卯兵衛は言った。そうですか、と源一郎は笑いを仕舞い、

「恩送りですよ」

しみじみと返した。

「恩送りってなんだい」

亀吉の無邪気な問いを引き取ったのは、卯兵衛のほうだ。

「恩送りってのは、人から受けた恩を、その人に返すんじゃなく、別の人に送ることだよ」

「どうして恩をくれた人に返さないで、他の人に送るんだい」

「そうすれば、みんなが幸せになれるからさ。恩がぐるぐる廻るんだ。ねえ、山野屋さん」

卯兵衛が水を向けると、源一郎は深々と顎を引き、

「それとな、もらった恩を返したくても、返せねぇこともある」

目を細めて開いた窓の外を見やった。路面を這う陽の色は幾分濃くなり、行き交う人々の足も心なしか急いているようだ。恩を返そうにも返せない相手とは、すでにこの世《せ》では再会が叶《かな》わぬ相手ということだろう。亀吉も要も源一郎の言わんとすることを察したのか、神妙な顔をしている。

「そうそう。確かお芝居にもありましたな。『菅原伝授手習鑑《すがわらでんじゅてならいかがみ》』の寺子屋の段。利口な奴、立派な奴、健気《けなげ》な八つや九つで、親に代わって恩送り、だったか」

卯兵衛が飄然《ひょうぜん》とした口調で節をつけ、しんみりした空気をひと掃きした。

「なるほど。おれがお父っつぁんの代わりに恩を送ればいいんだね。覚えておくよ、お父っつぁん」

笑み崩れると、亀吉は煎餅二枚を手に取って一枚を要に渡した。ありがとうと要はにこりと笑う。

もしかしたら、父は甘味処のご夫婦にもらった恩を送るつもりでおまきを手元に引き取ったのかもしれない。だとすれば、父から受け取った恩を別の誰かに送らなくてはならないのだろう。でも、その前に先ずは本人に恩を返したい。父を何としてでも捜したい。そうしなければ。

あんな縁起の悪い娘を里子にしたせいで、利助は神隠しに遭ったんだ。やっぱり丙午生まれの娘は男を喰い殺すんだ。

そんなふうに一生後ろ指を差されるかもしれないし、母だってきっと肩身の狭い思いをするだろう。田村も飯倉も頼りにならぬのなら——

おまきは居住まいを正して源一郎に向き直った。

「山野屋さん、この辺りで普請中の店やお屋敷ってありますか」

飯倉からは新しい木が燃えたようなにおいがすると要は言っていた。しかも、小火騒ぎのあった翌日だと考えれば、御船蔵近辺の火事場には田村だけでなく飯倉もいたのではないか。見廻り方の同心二人が夜中の小火に出張るなんて、いささか大袈裟な気がする。それに、たかが小火だと言いながら、田村はどうしてあんな場所に立って〝通せんぼ〟をしていたのだろう。疑問は色々あるが、とにかく父の探索に繋がるのであれば、どんな小さな手掛かりでも欲しかった。

「建て増しや修繕なんかも含めれば、普請中の店や屋敷なんざたくさんあるよ。この辺りかい？」

「ええ。深川とそれから本所の辺りも」

欲張りすぎだろうか。

「そりゃ、広すぎるな。もう少し絞れるかい」

「特に知りたいのは松井町の辺りです」

父が調べ廻っていたのはあの辺りだ。でも、念のため。

「竪川《たてかわ》から南をなるべく広く調べてもらえると有り難いです」

「わかった。知り合いの棟梁《とうりょう》を当たってみるよ。ちょいと日数《ひかず》をくれるかい」

「もちろんです。面倒なことをお願いしてすみません」

「さして面倒でもないさ。任せとけ」

源一郎が朗らかに笑って分厚い胸を叩けば、

「そうさ。おまき親分。これも」

恩送りだから、と亀吉が大きな前歯で煎餅をぱりんと齧《かじ》った。

四

その日、飯倉信左《しんざ》が八丁堀に戻ったのは、宵六ツ（午後六時）の鐘が鳴る前だった。斜陽を背にして帰途に就く人々の足は急き《せ》、彼らを待つ家々からは夕餉《ゆうげ》の温かなにおいが洩れていた。ふと思い立ち、屋敷の入り口ではなく庭へ廻ると、隣家との仕切りとなっている生垣の傍で、八歳になる息子の信太郎《しんたろう》と蓬髪《ほうはつ》に十徳《じっとく》姿の男が親しげに話をしていた。飴《あめ》色の陽が生垣の根元をくぐり、地面に長々と寝そべっている。

「おい、信太郎。そんなところで何をしている」

「あ、父上、お帰りなさい」

振り返った信太郎の頰は桜色に染まり、いつにも増して生き生きと見える。その傍らで男が「お帰りなさいまし」と丁寧に腰を屈《かが》めた。下男でも庭番でもなく中間でもない。同じ敷地内に住まう医者の岩槻湛山《いわつきたんざん》であった。

傍へ駆け寄ってきた息子に、

「何をしていたんだ」

と問うと、山茶花《さざんか》の虫を見ていたのだという。

「そうなんですよ。昨年、花がつかなかったのはどうやら虫のせいみたいでしてね。早晩枯れてしまうんじゃないかと、坊っちゃんと一緒に見ておりました」

ほら、とばかりに茶色く縮れた山茶花の葉を指差した。三十路《みそじ》を少し過ぎたくらいだと聞いているが、ちまちました目と薄い髪のせいで随分と老けて見える。

「なるほど」

頷いたが胸の辺りには不快な塊があった。湛山を見る度、己の領域に断りなく足を踏み入れられたような感じがつきまとう。やむにやまれぬ地貸しであった。

役人とは名ばかりで、八丁堀の同心は三十俵二人扶持《ぶち》の蔵米取りである。だから、総じて暮らし向きは豊かではない。ただ、見廻り方の同心の中には世故に長け、大店などの〝金づる〟を手にする者もいるようだ。付け届けの類だけで扶持をゆうに上回ることもあるらしい。

そして、ここが肝心なところなのだが、同心は一代限りの抱席とされていながら実際は世襲であった。つまり、御役目にまつわる探索術や十手を用いた捕縛術など、表向きのものに加え、岡っ引きなどの手下や付け届けの〝元〟など、裏のものもひっくるめて引き継ぐのである。

だが、祖父も父も潔癖で、袖の下に近いような付け届けは断ったし、岡っ引きを使うこともなかったため、信左が父から受け継いだのは表向きのものだけだ。

ゆえに、飯倉家の暮らしは代々かつかつで妻女の内職に頼ってきた。妻の志乃《しの》も屋敷からほど近い川口町《かわぐちちょう》で手習いとお針を指南していたのだが、二年前から心の臓を患い、臥し起きを繰り返すようになってしまった。薬礼は高い。どうしようかと頭を悩ませているとき、上役の支配与力、兵頭《ひょうどう》から地貸しを勧められたのだった。

与力には三百坪、同心には百坪ほどの屋敷地が与えられるが、その土地を素性の確かな者に貸し、地代を暮らしの足しにすることはさして珍しくはない。それゆえ、八丁堀でよく言われるのが「儒者、医者、犬の糞《ふん》」である。八丁堀には儒者や医者が犬の糞ほども多いということだ。借り手からしてみれば、与力や同心の屋敷地内に居を構えるのは、この上なく安心なのだ。

――ちょうど長崎帰りの医者が開業する場所を捜しているそうだ。医者が屋敷地内にいるとは何とも心強いではないか。

そんなふうに兵頭は信左に勧めた。確かにその通りだと、金の工面に汲々《きゅうきゅう》としていた暗い胸の隅に小さな灯りがぽっと点じたような気がした。早速物置を屋敷の裏へと移して土地を空け、一応の仕切りとして山茶花を数本植えたのだ。

だが、今となると、さして考えもせずに受け入れてしまったことを後悔していた。

地貸しをするにしても、医者ではなく別の者にすればよかったのかもしれない。

そうそう、と湛山は揉《も》み手をしながら、信左と信太郎を交互に見た。

「信太郎、おまえは家へ上がりなさい」

信左に命じられると、信太郎は不満げな顔をしたものの、父親の言外に何かを感じ取ったのか、はいと素直に頷き、下駄の音を鳴らして戸口へと駆けていった。

小さな背中を見送った後、

「昵懇《じっこん》の薬種問屋からいい薬が手に入るんですよ。心の臓だけじゃなしに気鬱にも効くんですがね」

湛山は話を再開した。

「だが、よい薬なら高いのだろう」

ええ、まあ、と言いながら湛山は指を二本立ててみせた。地代ふた月分ということだ。湛山の出す薬は確かによく効くが、ともすれば地代よりも薬礼のほうが高くなる。だが、湛山は地借りをしているよしみで薬礼をまけることなぞしない。当たり前のことなのだろうが、こちらの心にゆとりがないせいか、その当たり前のことが受け入れ難くなる。少しくらいまけてくれてもいいじゃないか、とつい愚痴をこぼしたくなる。だが、貧乏同心といえども武士の矜持《きょうじ》はあった。

「わかった。では、明日にでも女中に取りに行かせよう」

信左の返答に湛山は深々と辞儀をし、生垣の向こうへ姿を消した。

それと入れ替わるように廊下を打つ足音がし、股引《ももひき》姿の朔次郎《さくじろう》が顔を出した。番所からあてがわれている御供中間だが、細やかな気配りもでき、それでいて大らかでからっとした気性の持ち主だ。小柄で敏捷《びんしょう》な動きも中間らしくてよい。なかなかの掘り出しものである。

「お帰りなさいまし」

信左を認め、縁先にちんまりと座した。きちんとした居住まいとは裏腹に小さな目には咎《とが》める色が浮かんでいる。庭へ廻ったら迎えに出られぬとでも言いたいのだろう。

志乃が病の今、屋敷や庭の掃除に厨《くりや》仕事、息子の信太郎の相手など、朔次郎の仕事は多岐に亘《わた》り、御供中間でありながら、なかなか連れて歩くことができないでいる。

「信太郎から聞いたか」

信左は長脇差と十手を朔次郎へ託し、縁先から居間に上がった。

「はい。旦那様がお帰りになったと。少しばかり不満げな顔でございましたが」

朔次郎は居間の入り口に座り直し、口元をほころばせた。

「薬礼の話になったのだ」

信太郎は湛山を好もしく思っている。いや、母親を救ってくれた恩人とさえ感じているのかもしれない。そんな子に、母親の命を支えているのは薬ではなく金だなどと悟らせたくはなかった。

「それより、信太郎はいつくらいから、湛山とあそこで話していたんだ」

信左は斜光を弾く生垣を目で指した。ここからは縮れた病葉《わくらば》は見えなかった。

「さほど長い間ではないと思います。手習所からお戻りになった後は近所で遊んでいたようです。七ツ半（午後五時）頃戻られたと思ったら、奥様のお薬をもらいに行くと言い出しまして」

「信太郎が薬をもらいに行っているのか」

抑えたつもりが、言葉には己でも驚くほどの棘《とげ》が含まれていた。

申し訳ありません、と眉を下げる朔次郎へ、

「いや、詫びることではない。だが、湛山に病状を伝えるのだから、やはりおきみのほうがいいだろう。信太郎にはおれからその旨を伝えておく」

柔らかな物言いで棘を包む。

一呼吸置いた後、あのう、と朔次郎が遠慮がちに切り出した。

「もしもお隣が気になるようでしたら、いっそ板塀を建てたらいかがですか。そうす

れば庭に勝手に出入りできなくなりますから」

「板塀か」

そうなれば、湛山と顔を合わせることも少なくなろう。だが、湛山が嫌なのではない。その顔を見て金の工面を思い出すことが嫌なのだ。

「ええ。同じ敷地内でも、別所帯ですから。特段おかしいことでもないでしょう。あちらは通りに面した生垣に枝折戸《しおりど》があるんですし。なんなら、早速知り合いの植木屋に山茶花を引っこ抜くように頼んでみましょうか」

手先も器用な男だから、板塀を建てるくらいのことは朝飯前だろう。しかし、そこまでせずとも――と小さな逡巡《しゅんじゅん》が頭をよぎったが、それ以上思案するのも面倒になった。朔次郎の言う通り、同じ敷地内であっても別所帯なのだと胸に言い聞かせる。

「そうか。では、任せるから適当にしてくれ」

湛山の顔を頭の中から追い出し、

「志乃の具合はどうだ」

と話題を変える。

「おきみの話では、今日はいい按配《あんばい》だそうです。今は坊っちゃんが傍についていると思います」

おきみとは女中である。子が出来ず離縁された三十路手前の女だが、情が細やかで優しい。

「そうか。安心して志乃の世話を任せられた。着替えたらおれも寝所に顔を出そう。ついでにそこで三人で飯を食う」

「はい。おきみに申し伝えます」

ところで、と信左は語調を和らげた。

「今日は妙な娘に会った」

「妙な娘、ですか？」

「ああ、そうだ。岡っ引きの父親を捜しているという娘だ。なかなかの器量よしだが、ひっつめ髪にたっつけ袴という変わったいでたちでな。女だてらにおれの手下にして欲しいと」

「ああ、いなくなったのは、深川の利助っていう岡っ引きですね」

朔次郎は娘ではなく父親のほうに食いついた。

「知っているのか」

岡っ引きと言っても江戸の町には掃いて捨てるほどいる。

「ええ、岡っ引きの中では珍しく、かなり真っ当な男だという話です。確か、田村様の手下だったかと」

田村の人の好《よ》さそうな丸顔が思い浮かんだ。すぐ隣に住んでいるというよしみから、志乃が病を得たばかりの頃は何くれと気を遣ってくれた。

信左が深川方になったのも、

——臨時廻りだと、便利使いをされて落ち着かんだろう。おれの手伝いをするという名目で深川を廻ったらどうだ。

田村が人事を担う年番与力に掛け合ってくれたからだ。だが、それも、奴が付け届けを欠かさぬからこそ、すんなりと通ったのだろう。

南北合わせて五十騎の与力に与えられる役格は十数種、それぞれの配下に同心が振り分けられているが、江戸の町を巡邏《じゅんら》する見廻り方は同心だけの配置となっており、隠密廻り、定町廻り、臨時廻りの三廻りの務めがあった。

隠密廻りの仕事は多岐に亘っているが、異人と繋がった密売や銅座の目をすり抜けた銅の売買など、裏の犯罪の摘発が多かった。探索によっては御府外まで足を延ばし、変装もするので八丁堀の外に居を構えているらしい。

臨時廻りとは名の通り、定町廻りの同心の手助けをするのだが、要するに、江戸の町を見廻るのに定町廻りだけでは足りないから置かれたというわけだ。臨時廻りは元定町廻りの古参同心が就くことが多く、若い同心の指南に当たるが、信左は父がそうだったこともあり、見習いからそのまま二十二歳で北町奉行所の臨時廻り同心に任ぜられた。それから十三年が経つが、その間、一度も役替えはない。臨時だから気軽かと言えばそうでもなく、信左のように比較的若い同心は便利使いされるのだ。それゆえ、ひとつの場所に専念できるのは有り難い。

「腕のいい岡っ引きがいなくなったとあっては、田村もさぞ困じているだろうな」

「ええ。ですが、田村様は他にも手駒をたくさんお持ちのようで」

なるほど。手下を大勢持っている同心にとっては、岡っ引き一人が消えたところで、手持ちの駒がひとつなくなったに過ぎぬだけか。だが、あの娘にとっては。

――わたしを、わたしを飯倉様の手下にしていただけませんか。

目にも声にも痛いような必死さがこもっていた。恐らく、父親の消息を摑みたいばかりに、藁《わら》にも縋《すが》る思いであんなことを言ったのだろう。田村にも同じことを頼んだが、断られてやむにやまれず、初対面の己にあんなことを口走ったのかもしれない。

だが、若い娘が岡っ引きになるなど、どだい無理な話だ。持ってこられるのは、どこそこの青物屋の大根が安いとか、某長屋の夫婦の喧嘩が凄《すさ》まじいとか、せいぜいそんなところだろう。もとより、女の細腕では十手を使いこなすことなどできまい。

「あのう、わたし風情が申すのもなんですが」朔次郎がおずおずと切り出した。「旦那様も岡っ引きを使ったらいかがでしょう」

不意に、心の奥にある芯のようなものが揺らいだ。だが、それを強引に立て直し、

「いや、おれは岡っ引きは使わん。飯倉の家ではずっとそうだった。まあ、家訓のようなものだ。それに、おまえがいれば充分だ」

信左はきっぱりと言った。本心では朔次郎一人では手が足りぬと思っている。だが、岡っ引きを使えば金が掛かるし、何より祖父や父の意向に背くことになる。

――中身がすかすかな者ほど、人の笠を着て威張りたがる。岡っ引きっていうのは、そんな奴らばかりだ。

祖父は岡っ引きを蛇蝎《だかつ》の如く嫌っていた。と言うのも、若い頃、手下として使っていた岡っ引きの背信で科人を取り逃がしたことがあるからだ。以来、祖父は岡っ引きを遠ざけるようになり、父にもそれが受け継がれたのだった。

「申し訳ございません。出すぎたことを申しました」

慌てた様子で朔次郎は畳に手を支《つか》え、頭を深々と下げた。

「構わん。おまえには色々と負担をかけておろう」

主人のことを思ってこその進言だ。何よりも信左自身が今のままでいいのかと日々揺らいでいるのである。だが、揺らぐ心を縛り上げるのが家訓だった。祖父と父がこ

の世を去った今、遺《のこ》された家訓だけが信左を見張る縄となって心にまとわりついている。

「いいえ。滅相もないことでございます。では、おきみに夕餉の件を伝えてまいります」

長脇差と十手を抱えると朔次郎は腰を浮かせた。短い刻《とき》の間に庭には薄青い夕闇が降りつつあった。

「あ、そうだ。あの羽織はどうした？」

ふと思い出して訊ねると、

「少し焦げているだけなので、黒の糸でかがれば大丈夫だ、とおきみが申しておりました」

朔次郎はにっこり笑い、静かに障子を引くと去っていった。

足音が去ると、知らずしらず太息が洩れた。気疲れしているところへ、帰宅するなり見たのが湛山の顔とは。沈鬱な色に染まり始めた障子に信左はぼんやりと目を当てた。

——長崎帰りの医者でな。蘭学にも通じていて、腕は確かだそうだ。

地貸しを勧めてくれた兵頭はそう言った。確かに腕は悪くないのだ。

――湛山先生にいただいたお薬を服《の》んでから、どきどきが少しよくなったんです。こうしてあなたと話していても息が切れませんもの。

最初に出された薬の効き目を志乃は喜んでいた。だからこそ、疎ましく思いながらもあぁして隣に置いているのだった。信左は溜息を呑み下すと、妻女を見舞うために立ち上がった。

寝所の欄間からは温かな灯の色と母子の楽しげな笑い声が洩れてくる。まだまだ母親に甘えたい盛りだ。薬をもらいに行くのも、母を慕うがゆえの振る舞いだと思えば、釘《くぎ》を刺すのが躊躇《ためら》われた。

「やけに楽しそうだな」

唐紙を開けて信左が部屋に入ると、

「あ、父上」

笑顔のまま信太郎が振り向いた。夜具の上で半身を起こした志乃は確かに具合がよさそうだ。声を立てて笑っていたためか、透けるような薄い肌にはほんのりと血の色が上っている。

「お帰りなさいまし。お迎えにも上がれませんで、申し訳ございません」

笑みを仕舞い、すまなそうに詫びる。

「気にするな。それより、今日は具合がよさそうだな」

屈託のなさを装い、信太郎の横に胡坐《あぐら》を組んだ。

「ええ。今日はおなかが空《す》いてたまりませんの。昼はおきみが卵入りの雑炊を拵えてくれました。大変美味しゅうございました」

少女のように赤い唇をほころばせる。

「そうか、それはよかった。随分楽しげだったが、何を話しておった」

「甕《かめ》の話ですわ」笑いをこらえるように志乃が言う。

「甕？」

「はい。隠れ鬼でわたしは隠れるのが上手いのです」と信太郎が後を引き取った。

「今日は甕の中に隠れたという話をしておりました」

この界隈《かいわい》に甕なんぞあっただろうか。

「修平《しゅうへい》の屋敷には大きな甕があるんですよ、父上」

修平というのは、林道之介《はやしみちのすけ》という朋輩の息子だ。同じ同心でも見廻り方ではなく科人を調べる吟味方に属しているが、真向かいに住んでいるので子ども同士は親しかった。

「それは知らなんだ。だが、何のための甕だ」

「わかりません。修平が言うには、母上のご実家が火事になったそうで」

〝母上のご実家〟というのは確か商家ではなかったか。同心は八丁堀内での婚姻が多く、御多分に洩れず、志乃も同心の家の次女である。ただ、昨今では商家との縁組もさほど珍しいことではなくなったようだ。妻の実家が大店であれば、金の面で何かと心強いし、向こうは向こうで武家と親戚になれるので、互いに利があるということだ。無論、身分差があるので商家の娘を形だけ一旦武家の養女にし、そのうえでの縁組となるが。

それにしても、またぞろ火事の話かといささかうんざりする。

「裏庭の古い物置が半分ほど燃えたそうです。そこに、その甕が入っていたようです。修平の話ではご実家の先々代が手に入れたとかで、大層縁起のよいものなのでしばらく預かってくれと言われたそうです」

なるほど。預かってくれとは口実で多少の預かり賃と共に体よく押し付けられたのだろう。だが、物置が半焼したくらいで済んだのなら、甕の御利益はあったのかもしれぬ。

「その縁起のいい甕に、おまえは入ったのか」

笑いを噛み殺しながら信左は問うた。

「はい。父上」信太郎は悪びれることもなく頷いた。「でも、そんな大事な甕だとは知りませんでした。だって裏庭にぽんと置いてあったのですから」

「なるほど」やはり林家でも大きな甕を持て余しているのだろう。「で、なぜ志乃と笑っておった」

「その甕の中に猫が飛び込んできたのです。びっくりして、声を上げたせいで、鬼に見つかってしまいました」

大仰に小さな肩をすくめた。

「それは猫も災難だったな」

「災難なのはわたしのほうです。ほら」

見てください、と差し出された細い腕には薄赤い引っ掻《か》き傷があった。志乃の薬をもらったついでに湛山に膏薬《こうやく》を塗ってもらったのだという。虫刺されにも効くというので垣根の話になり、あの場にいたのだと、八歳の子どもなりに父親が隣家の医者を疎んじているのを感じているのか、どこか言い訳がましく信太郎は告げた。だが、ちょうどよい。

「そうか。だが、次から薬はおきみに取りにいってもらえ」

腕の傷から目を逸らし、信左は躊躇いを振り切るように言った。

「どうしてですか」

息子の問いは不満げな響きをまとっている。

「志乃の病状をよく知っておるのは、おきみだからだ」

息を吸い込む音がした。と思ったら、おきみだけではありません、と信太郎は小さな身を乗り出した。

「わたしも知っています。昼間は具合がよくても、夜寝ているときに息苦しくなることもおきみから聞いています。湛山先生にお伝えしたところ、人は誰でも闇の中にいると心が不安定になるのだ、母上は人よりも心の臓が弱いから、それがより強く出るのだろう。先生はそうおっしゃって、いつものお薬に加え、オンジというお薬を出してくださいました」

「オンジ？」

「はい。イトヒメハギの根を煎じたもので、物忘れや不眠に効くそうです。土臭いようなにおいがするので、かなり服みにくいそうですが、よく眠れるようになると先生はおっしゃっていました」

頬を紅潮させ、信太郎は身振り手振りを交えつつ薬の説明をした。志乃は俯《うつむ》き、息子の話にじっと聞き入っている。

信左は小さく息を吐き出した。

「そうか。わかった」

やはり、湛山は信太郎の目には母の病を治してくれる恩人としか映っていないのだ。地代で薬礼を相殺しているなどというのは大人の話である。

「では、わたしが薬をもらいに行っても構いませんか」

色白の顔がぱっと輝く。

「うむ、いいだろう。だが、黙って行くなよ。隣だけでなく遊びに出るときもだ。八丁堀にも色々な輩がおるからな」

元々は葦《あし》の生い茂る湿地を埋め立て、水路を整備してできたのが八丁堀という町だ。最初は寺町だったが、火事をきっかけに寺を移転させ、与力や同心の屋敷を建てた。つまり、四方を水路で囲まれたこの地は江戸のどこよりも安心できる場所と言えるのだ。が、それだからこそ、却《かえ》って悪人を懐に抱えてしまうこともある。与力や同心の屋敷地内が私娼《ししょう》や博徒の隠れ家になっていたという話を聞いたのは、一度や二度ではない。生と死が表裏一体であるように、善と悪も切り離すことができぬのかもしれなかった。善と悪が表裏一体と言えば、

――旦那様も岡っ引きを使ったらいかがでしょう。

ふと、最前の朔次郎の言が耳奥から蘇《よみがえ》った。またぞろ揺らぎそうな心に蓋をし、

「修平の母上の実家は、どの辺りにあるんだろうな」

信太郎へ訊ねた。

「室町《むろまち》ですわ。確か丁子屋《ちょうじや》という糸問屋だったかと」

答えを返したのは志乃のほうであった。

「よく覚えているな」

「子ども同士が仲良しですもの。それに、私がお針を教えている際、林の御新造様に糸を分けていただいたことがありました。その甕の話も伺ったことがございます。でも、火事があったのは、もう三年くらい前の話ですよ」

「三年くらい前？」

「はい。わたしが病みつく一年ほど前のことだったと思います。何でも火付けだったとか」

「火付けだと」

そんな火事なら覚えていてもおかしくはないのに、信左の頭にはその欠片《かけら》すら残っていなかった。

「浮浪人の手によるものだったと御新造様はおっしゃっていました。ただ、大した火事ではありませんし、外聞もよくないのであまり言わないで欲しいと」

志乃は遠くを見るような目をして言った。そうか、と頷きながら信左は案外な思いで妻を見つめた。女には女の、子どもには子どもの繋がりがあるのだ。見廻り同心として常に耳目を開いているつもりでも、知らぬ間に素通りしていくものもある。やはりひとりでできることなど高が知れているのだ。すると、岡っ引きを使わなかった祖父も父も、そして己も。潔癖なのではなく頑迷なのではなかろうか。自嘲と疑問がない交ぜになった胸に子の屈託のない声が割り込んだ。

「では、その甕はやはり大事なものではなかったのですよ、父上」

それこそ大事なことを見つけたかのように目を輝かせている。

「なぜ、そう思うのだ」

「だって、三年も預けっぱなしにしているのですから」

だから御利益のある甕に隠れたのは悪いことではない、と言いたいらしい。

「そうだな。だが、他所の家のものに、断りなく隠れるのはやめておけ」

信左がたしなめると、信太郎はどこか収まりのつかぬ面持ちで見上げていた。小さな唇が何かを言いたげにもぞもぞしている。

「どうした？」

「お言葉ですが、父上。断ってから隠れるのでは、隠れ鬼になりません」

生真面目な顔で言う。

「なるほど。そりゃ、そうだ」

信左がおどけて肩をすくめると、志乃の軽やかな笑い声が寝所に響いた。


翌日、信左は番所で書類の整理をした後、午過《ひるす》ぎに深川へ見廻りに出かけた。中間の朔次郎には室町の丁子屋の小火を調べるように命じてある。三年前のことだし、志乃の言う通り浮浪人の仕業で済んでいるのなら、無駄骨に終わるかもしれないが、火付けだというのが胸に引っ掛かっていた。

一の鳥居を過ぎ、八幡宮《はちまんぐう》前の大通りに差し掛かると、参詣に訪れた老若男女がひしめいていた。その人混みを縫うようにして、背負い箪笥《たんす》を担いだ小間物売りの男が蓬莱橋《ほうらいばし》のほうへと足早に歩いていく。

「お父っつぁん、早く。早くしないとくじがなくなっちゃうよ」

慌て声で父の袖を引いているのは赤い着物姿の童女だ。二の鳥居の前には参詣客を当て込んだ床店がずらりと並んでいるが、確か品を買うとくじを引ける駄菓子屋があった。今はあっけらかんと明るいこの通りも、夕刻になれば三味《しゃみ》の音色と白粉《おしろい》のにおいがたゆたう、しっとりと艶めいた場所になる。次はいま少し遅い時分に訪れようと、信左は大通りの喧騒《けんそう》から離れ、入り堀沿いの細い路地へ足を向けた。

行き先は冬木町《ふゆきちょう》。寺の密集したちょうど裏側に当たるので寺裏とも呼ばれている場所だ。金物屋や小間物屋などの店が連なる路地の一番奥に間口六間ほどの大きな一構があった。板戸の開け放された土間には、木材や細工途中の指物《さしもの》が所狭しと置かれている。指物とは板を差し合わせて作られた家具や道具のことで、ここ、大八屋《だいはちや》では商家で使う帳場箪笥や船箪笥などの他、深川という場所柄もあってか、料理屋の格子戸なども扱っている。

土間に足を踏み入れると爽《さわ》やかな木の香が鼻をくすぐった。

「よう、こないだは邪魔して済まなかったな」

信左はわざと砕けた物言いをした。格子戸にやすりを掛けていた若い男が顔を上げ、

「ああ、旦那。こっちこそすいませんでした」

慌てたように立ち上がった。他の職人たちも軽く会釈を寄越す。

「大したことはねぇよ。座ったままでいいぞ」

適当な木っ端を引き寄せ、信左は腰を下ろした。目前の男の名は直次郎《なおじろう》という。初

めて会ったのは十年前、直次郎が十二歳のときである。両親を亡くし、賭場の使いっぱしりとして博徒にこき使われていたのだが、湯屋で盗みを働いて捕まったのだ。

偶さかこの辺りを見廻っていた信左が冬木町の自身番に顔を出すと、華奢な子どもが縄を打たれ、うなだれていた。よくよく本人に話を聞けば、これも修業だと兄貴分に言い含められ、仕方なく脱衣場で小袖を盗んだのだという。昨日からろくすっぽ飯も食わせてもらえず、今日こそ何かを盗んでこなければ今晩も飯抜きだと言われたそうだ。事の真偽を確かめるべく兄貴分を呼んでみれば、そいつも十四かそこらのガキだった。

博徒にも博徒なりの矜持みたいなものはあって、湯屋での盗みなど、こすっからいことに手を出すはずがなかった。信左が兄貴分に強い口調で問い質《ただ》すと、ほんの軽い気持ちで意地悪をしたのだと白状した。幼い直次郎は兄貴分の鬱憤の捌《は》け口にされたのだ。

軽い盗みは「敲《たたき》」の刑だが、事情が事情だし、直次郎がまだ子どもだったこともあり、厳重注意の「屹度叱《きっとしか》り」で終わった。だが、このまま博徒の元に帰せば、もっと重い罪を重ねることにもなりかねない。真っ当な道を歩ませるべく、信左は冬木町の町役人に掛け合い、直次郎の奉公先を探してもらった。それが大八屋である。

その後も直次郎が気に掛かり、信左は時折大八屋を訪ねていたのだが、ここ二年ほどは志乃の病のこともあって足が遠のいていた。だが、田村に深川方を任されてから、ふと思い立って十日ほど前に訪れたのだった。

ところが、である。間がいいのか悪いのかわからぬが小火に遭遇してしまったのだ。店の隣はちょうど空地になっており、届いたばかりの木材が粗筵《あらむしろ》の上に仮置きされていたのだが、そこから出火したのである。信左と直次郎を含め、職人たちは土間の奥にいたのですぐにはそうと気づかなかった。火だよ、と表で女の叫ぶ声がし、飛び出してみると木の香も新しい木材の端が燃えていたのだった。木材の他には何もなかったし、すぐに水を掛けたので事なきを得たが、火消しを手伝った際、羽織の袖が少しだけ焦げた。

当然のことながら店奥にいた主人の八兵衛《はちべえ》は怒り狂った。あんな場所から出火するはずがない、明らかに火付けだ、とそれこそ頭から火を噴くほどに憤りを露《あら》わにした。確かに火元には油を染み込ませた布の燃え殻があった。

大八屋の並びには小間物屋と金物屋、さらに向かいには豆腐屋、味噌屋、青物屋と食べ物を扱う店がずらりと軒を連ねている。各店に不審な者を見かけなかったかと、聞き込みをしたが、はかばかしい成果は上がらなかった。賊は人通りの少ない裏路地から空地に出入りしたのかもしれなかった。ともあれ、真っ昼間から火付けとは、なかなか面の皮の厚い奴である。

「その後、何か手掛かりはあったか」

信左が直次郎に訊ねると、

「それが、さっぱりでして。ですが、親方はぴりぴりしてます。材料が入ったらすぐに奥に入れますし、細工中の物から離れるときは、誰かに頼むなり、奥に移すなりしろって」

困じたように眉を下げた。

「ただ」と土間の奥をちらりと見てから、直次郎は声を落とした。「職人頭に聞いたんですが、この辺を縄張にしている岡っ引きがちょいと前から姿を消しているそうです。何でも、火付けの件を調べていたらしいんですよ。ここにも聞き込みにきたとか」

「その岡っ引きというのは、甘味屋の利助って男か」

「ええ、そんな名だったかもしれません」

利助の娘だという女子の顔が信左の脳裏に浮かんだ。大きな目に夏の陽を思わせる光を抱いた、負けん気の強そうな娘だった。子分さながらに、はしこそうな子どもを二人引き連れていたが、齢《とし》の頃は十六か十七、確かおまきという名だった。行方のわからぬ父親は火付けの科人を追っていたかもしれぬと卯兵衛という差配人からも聞いている。

「で、岡っ引きは自ら消えたんじゃなく、消されたんじゃねぇかって。職人頭が言い出しちまって。もしもうちの火付けがおんなじ輩の手だとしたら厄介だとも。親方は人から恨まれるような人じゃありませんけど、人が好《よ》すぎるところはあります。だっておれみたいな傷もんを引き取ってくれたんですから。恨まれない代わりに、人の好さにつけこまれることはあるんじゃねぇかって」

一気に喋ると、直次郎は肩を落とした。

「大丈夫だ。大八屋の主人は人が好《い》いだけじゃねぇ。しっかりしているから、これだけの店を持てるんだ。おめぇのことだって善意だけで引き取ったと思うか」

俯いていた直次郎が顔を上げた。綺麗な目をしている。

——旦那、手前はこの子どもの目が気に入ったんでさ。それに、いい手をしてますからね。仕込み甲斐があるってもんです。

「大八屋はおめぇのその手に惚れたんだ」

長く器用そうな指には小さな古傷が無数についている。恩に報いるべく、日々精進してきた証《あかし》だ。

　で、さっきの話だけどな、と逸れかけた話の筋を元に戻した。

「利助って岡っ引きについて、職人頭は他に何か言ってたか」

　直次郎はしばらく顎に手を当てて、思案していたが、

「すみません。それ以外は何も」

　申し訳なさそうに首を横に振った。その拍子に、少し離れた場所で鉋《かんな》を掛けていた年嵩《としかさ》の職人が咳払《せきばら》いをした。利助のことを知っていそうな職人頭にも詳しい話を聞きたいが、今日はこの辺りが潮かと信左は腰を上げた。

「そうか。もしも何かわかったら教えてくれ。春先は火事が多い。用心を怠るなよ」

　そいじゃな、と木っ端を元の場所に戻した。

　八ツ（午後二時）を過ぎた頃だろうか。首をもたげれば春の陽は黄色味を帯びた、やけにくたびれた面構えをしている。もうひと廻りして番所に戻るか。信左は独りごち、木の香の漂う大八屋を離れ、ゆっくりと歩き出した。

五

梅屋の看板の品は汁粉だ。もちもちの白玉がとろりとした汁粉に絡んで美味しいと近所で大層評判である。他にもきな粉がたっぷりかかった葛きりや、柔らかなあんころもちなどが人気で母もおまきも朝から忙しい。だが、その母が今朝、起きるなり言った。

──しばらく店のことはいいよ。おまえの気の済むまでやりな。

ちょっと前まで臥せっていたとは思えぬほど気丈な声だった。本当に大丈夫なの、とおまきが問うと、太一がいるじゃないかと笑った。そこでおまきは父の探索に専念できるようになったのだ。だが、動けるのは昼間だけだ。

──こないだみたいに、こっそり夜中に出かけるなんて許さないからね。

何だ、ばれてたのか。おまきが思わず声に出すと、気づかないはずがないだろうと母は少し痩せた分、大きくなった目で睨みつけた。

そんなわけで、今日の昼前は御船蔵の少し先、松井町近辺を歩いてみた。竪川の北向こうほどではないが、商家の寮や蔵が建っている。江戸の町はとにかく火事が多いので、万が一のときを考え、日本橋辺りの大店は大川の東に財産を分散させるのだ。そんな事情もあってか、普請中の屋敷や修繕中の家作を何軒か見かけた。手の空いていそうな大工に近寄り、小火について訊いてみたところ、とんでもねぇとけんもほろろだった。中には、女だてらに何を調べ廻っているのだとあからさまにののしる者もいた。

十手さえあればぞんざいには扱われなかったのだろうか、だが、女に手札を与える同心がどこにいるのだ、と重い心と足を引きずりながら油堀川《あぶらぼりがわ》沿いの道を左に折れ、佐賀町の卯の花長屋へと差し掛かったときだった。

「おまき親分！」

長屋の少し手前で亀吉が手を振っていた。無論、要も一緒である。

「あんたたち、何してんの」

慌てて駆け寄ると、

「ったく、水くせぇな。探索に行くのに、どうしておれらに声を掛けてくんないのさ」

亀吉が口を尖らせた。その横で要も頷いている。

「どうしてって。そりゃ、あんたたちは子どもだもの」

「おまき親分だって、女じゃねぇか」

女だてらに。行く先々で吐かれた言葉が棘となってむくりと頭をもたげ、胸をちくちくと刺す。何よ、と言いかけたとき、

「ほら、悔しかっただろ」

亀吉が鬼の首でも取ったかのように顎を反らした。

「どういうこと？」

「子どものくせにとか言われるのが、おれらも腹立たしいってこと。子どもだってできることがあるだろ。ことに要なんて、ぼんくらな大人よりずっと役に立つぜ」

頭をがつんと殴られた気がした。あたしは自らがされて嫌なことをこの子たちにしていたのだ。何より、ひとりで張り切り、無駄骨を折り、ぐずぐずと落ち込んでいたことが愚かしい。あたしにはこの子たちがいるじゃないか。

「ごめん、ごめん。今度は助けてもらうよ。けど、今日は何の収穫もなかったんだ。とりあえず、お汁粉でも食べておいき」

小さいけれど頼もしい〝手下〟たちを手招きし、おまきは梅屋に向かって歩き出した。

卯の花長屋の表店には最奥の梅屋を含め、小商いの店が六軒建ち並んでいる。その

一番手前、小間物屋のうさぎ屋の前に差しかかったとき、

「あら、おまきちゃん。可愛《かわい》らしいお供をつけて」

女主人のおはるに呼び止められた。赤と黒の格子縞《こうしじま》の着物に桜色の半襟が娘のように可愛らしい。取り立てて美人というわけではないが、色白で小ぢんまりとした目鼻立ちはいつまでも若々しい。亭主はおらず、十八歳の一人息子、捨吉と店を営んでいる。奇《く》しくも要の以前の名と同じだが、うさぎ屋の捨吉は正真正銘、おはるの息子だ。ただ、父親似なのか派手な顔立ちをしている。切れ長の大きな目にきりりとした眉、鼻筋は通っていてやや厚めの唇は形がいい。町娘が見惚《みと》れそうな男ぶりに加え、働き者で実直な孝行息子として近所でも評判だ。

「あ、小母《おば》さん。今日はあったかくていい日ですね」

「ええ、本当に穏やかでいい日。桜が待ち遠しいわね」

おはるは道の反対側に立つ小さな桜の木を目で指した。ここから見てもわかるほどに花芽が膨らんでいる。あとひと月もすれば江戸の町は薄紅色に煙る。

「相変わらず繁盛してますね」

店先では町娘たちが簪や匂《にお》い袋などの品を物色していた。値は手頃だが洒落《しゃれ》たものが置いてあるとの評判を聞きつけ、大川の向こうからも客が来るそうだ。ことに匂い

袋は香りが長持ちするので、深川の芸者衆や遊女たちにも人気があるという。

「お蔭さまで――」

　おはるが返したとき、

「ここよ、ここ。綺麗な簪がたくさんあるの。しかも安いの」

　うるさいくらいに黄色い声が割り込んだ。

「ごめんね、おまきちゃん」

　またね、とおまきに詫びるとおはるは客の傍へ近づいた。

「ここは、いい香りがしますね。花が咲き乱れているような」

　隣に立つ要が穏やかな声で言った。

「匂い袋がうさぎ屋の売りだからね」

　その匂い袋は店の右手に設《しつら》えられた売台に整然と並べられている。梅や桜の花柄はもちろん、粋筋好みの利休茶《りきゅうちゃ》色や黒と銀鼠《ぎんねず》の縞模様など、色とりどりだ。姦《かしま》しい小娘たちの声につられ、匂い袋の前にいた客も左手の売台へと移動していく。

　こちらも華やかさでは負けていない。花簪やちりちりと音のするちりかん、緋色《ひいろ》の玉簪など、さながら花畑の眺めである。その前に群がる四、五人の娘たちも花の盛り、小梅や毬《まり》を散らした明るい色の小袖が目に眩《まぶ》しい。傍らではおはるがにこにこと品の説明をしている。

嬉々《きき》として簪を選ぶ商家の娘たちは、十七歳のおまきより二つほど下だろうか。あたしだって丙午生まれでなかったら――ひっつめ髪にたっつけ袴の己を思うと、胸の中にひんやりとした風が吹いた。そのときである。

娘らの左隣に立つ女の姿が目に入った。

地味な藍縞《あいじま》の小袖だが、後ろ向きなので齢の頃はわからない。何だか背中がそわそわと落ち着かなく見える。訝しんでいると、売台の赤い玉簪が春の陽にきらりと光った。女の右手が摑んだのだ、と思ったら簪はそのまま女の左袂へと姿を消した。

「おまき親分」

亀吉の囁《ささや》き声が耳に入るや否や、おまきの首根がかっと熱を持ち、考える間もなく足が動いていた。

「ちょっと」

肩を叩いたが、振り向いた女はきょとんとしていた。二十五、六歳の中年増《ちゅうどしま》。細い目が少し吊《つ》り上がっているが、色白で艶《えん》な女である。万引き直後に声を掛けられたのに動じていないふてぶてしさに、首根の熱がみるみる頭に上る。

「今、赤い簪を袂に入れたでしょう」

低い声で言ったつもりだが、隣の娘たちの耳にも入ったのか、ぴいちくぱあちくと姦しいお喋りがぴたりと止まった。おはるの目も大きく見開かれている。

「しらばっくれても無駄よ。あんたの手の動き、後ろから丸見えだったんだから」

おまきが語気を強めると、女がくすりと笑んだ。

「何がおかしいの？」

「お嬢さん。幻でも見たんじゃござんせんか。あたしは盗みなんざ、してませんよ」

堂々とした物言いに気圧《けお》される。でも、確かに見たのだ。真っ赤な玉簪を右手が摑むのを、おまきのこの目はしかと捉えたのだ。

「おまきちゃん」おはるが取り成すように割って入った。「お客さん、すみませんけど、奥でお話を聞かせてもらえませんか」

「いやだよ。あたし、何もしてないもの」

繰り返す女の目には動揺もやましさもない。もしや見間違いだろうか。首をもたげた弱気を捻《ね》じ伏せ、

「おはるさん、左袂ですよ。あたし、この人が左袂に簪を入れるのをちゃんと見たんですから。真っ赤な玉簪です」

おまきは売台を見下ろした。ほらやっぱり。ちょうど簪二本分くらいの空白がある

じゃないか。そのうちの一本は小梅柄の小袖を着た娘が手にしているものだ。おまきの眼差しに気づいたのか、娘は売台にそろそろと桜色の花簪を戻した。

「確かにここに赤色の玉簪はございました。店先では何ですから、どうぞ奥へ」

こういう騒ぎは初めてではないのだろう、おはるは万引きをした客にあくまでも丁寧な応対を崩さない。

「だから、何であたしが奥へ行かなきゃならないのさ」

女は肩をすくめ、左袂を広げて見せるとばさばさと大きく振り、

「ほら何もないだろう。何ならここで裸になったって構わないよ」

いきなり片肌脱ぎになった。眩しいくらいに白い肌が露わになり、隣の娘たちが目を丸くした。ほら、と女はまたぞろ左袖を振ったが、春光の中を舞うのは埃《ほこり》ばかりで、簪どころか糸くずすら落ちてこない。

おまきは狐《きつね》につままれたような心持ちで女の泰然とした顔を眺めた。確かに見たのだ。この女が右手に簪を摑んで左袂に入れるのを。いささかぎこちない動きだったから、おまきにもはっきりと見えた。

「もしかしたら、帯の下にでも隠してるのかも。やっぱり奥で――」

「おまき親分。幾ら叩いても、こちらさんの袂から簪は出てこねぇよ」

だって、と亀吉は小梅柄の小袖を着た娘に一瞥《いちべつ》を投げる。丸顔の娘が怯《おび》えたように首をすくめるのを見て、狐目の女は相好を崩した。

「そうだろう。あんた、子どものくせに道理がわかってるねぇ。どう見たって、あたしが盗みを働く女には見えないだろう」

いい子だねぇ、と女の媚《こ》びた音吐《おんと》に要の切羽詰まった声が被《かぶ》さった。

「おまき姉さん、大変です！　においが逃げていきます」

においが逃げていく？

思わず右手の売台を振り返り、おまきは息を呑んだ。

いつの間にやられたのか。百花繚乱《りょうらん》の売台は荒らされていた。咄嗟《とっさ》に通りに目をやると、藍縞の着物を尻端折りした小柄な男が東へ去って行くのが見えた。頭陀袋《ずだぶくろ》を担いだ背はもう随分と遠い。

「おっ母さん、どうした？」

店先の騒ぎを聞きつけ、奥から息子の捨吉がようやく顔を出した。片肌脱ぎの年増女を見て目を白黒させている。女は捨吉を見て婉然《えんぜん》と微笑んだ。

それではたと気づいた。

この女とあの男はぐるだ。狙いは簪ではなく、匂い袋のほうだったのだ。生地も洒落ているし香りが長持ちする。いい品だから高く売りさばける。

考える間もなくおまきは男に向かって駆け出していた。

「おまき親分！」

亀吉の声に襟髪を摑まれたが、走り出した足は止まらない。先を行く男は追っ手の気配に気づいたのか、猛然と駆け出した。当たり前だが速い。万引きや掏摸《すり》がのろまだったらとても務まらないだろうが、おまきだって足の速さには自信がある。駆け競べなら、そんじょそこらの男になんか負けやしない。

「待ちな！」

おまきが背後から叫んだとき、男が振り返ってにたりと笑った。小娘か、という侮《ぶ》蔑《べつ》を含んだ笑みにおまきの負けん気に火がついた。何としてでもとっつかまえてやる。

雪駄の足にさらに力をこめ、

「この盗《ぬす》っ人《と》め」

声を限りに叫んだ直後。信じられぬことが起きた。

先を走っていた男が矢庭に堀に飛び込んだのだ。莫迦な。せっかく盗んだ匂い袋が台無しじゃないか。男を捕まえても、これじゃうさぎ屋は大損だ。おまきの胸は石を投げ込まれたかのようにさざめき、水紋が広がっていく。ところが、盗っ人が飛び込んだはずの堀には水しぶきが立たなかった。

何と、男は小舟の上でふんぞり返ってにやにやと笑っているではないか。男を追いかけるのに必死だったうえ、堀端に葦の生えた場所でもあったので、小さなぼろ舟など目に入らなかったのだ。ご苦労だな、お嬢ちゃん。男の口がそう動いたように見えた。

こんちくしょう。叫ぶや否や、勢い余っておまきはたたらを踏んだ。あ、と思う間もなく、前に傾《かし》いだ身はがっしりした腕に抱きとめられていた。

はっとして顔を上げれば、

「娘、何があった」

張りつめた面持ちで前に立っているのは、件《くだん》の同心だった。確か名は——

「飯倉様。賊です。盗みです。あいつを捕まえてください！」

舟の上で薄ら笑いを浮かべていた男の顔が俄かにこわばる。慌てて艪《ろ》を手にして漕《こ》ぎ始めたものの、今にも沈みそうなぼろ舟の進みより、飯倉が堀に向かって飛ぶほうが速かった。背紋入りの黒羽織が、風を孕《はら》んで大きく膨らむのがおまきの目を鮮やかに打った。

翌日、佐賀町の自身番である。

「それにしても、大したもんだねぇ」

亀吉と要を交互に見ながら卯兵衛が恵比寿顔をほくほくとほころばせた。

「ほんとに、あんたたちにはびっくりするわ」

半ば呆《あき》れながらおまきも相槌《あいづち》を打つ。

「でも、飯倉の旦那がいなかったら、賊を捕まえることはできなかったぜ」

そう言いながらも嬉しげな様子で亀吉が饅頭《まんじゅう》を口いっぱいに頰張った。そうだけどね、と返しつつもやはり亀吉と要の手柄だと思うのだ。

赤い玉簪を年増女が摑んだところをおまきは確かに見た。背中はいかにもそわそわしていたし、何より素人くさい手つきだったのですぐにわかったのである。

でも、赤い玉簪は女の左袂からは出てこなかった。女が言うように奥で帯を解き、素っ裸になっても出てこなかっただろう。

簪は小梅柄の小袖を着た娘の袂にあったからだ。女は背後におまきがいるのを察し、わざわざ目立つ色の真っ赤な玉簪を選び、ゆっくりした仕草で盗むふりをした。そうしておまきの目を自らの左袂に引きつけたうえで、素早く隣に立つ娘の袂に簪を隠したのである。

「でも、よくわかったわね。うぅん」

よく見切ったわね、と言い直しておまきは亀吉のどんぐり眼を見つめた。輪郭のくっきりした澄んだ黒眸《くろめ》は確かにものがよく見えそうだが、単にそれだけじゃない。この眸の奥には目前の景を一瞬のうちに切り取り、頭の中に寸分違《たが》わず仕舞う働きがあるようだ。

「だって、やけに女の手の動きが鈍かったからさ。妙だなと思ってたら、隣の娘さんの袂に放り込んだのが見えたんだ」

「娘の袂から簪が出てきたって聞いたときは、手妻みたいだって思ったわよ」

残念ながら男を追っていたおまきはその場には居合わせなかったが、後でおはるから真相を聞かされたとき、まさか、と叫んだほどなのである。年増女が娘の袂に簪を放り込んだのを、おまきの目は捉えることができなかった。

亀吉に言われるがままに自らの袂を覗いた娘は大きな目を見開き、可哀相《かわいそう》なほどに周章狼狽《しゅうしょうろうばい》していたという。青ざめた顔で「あたしは何も知りません」と細い首を懸命に横に振っていたそうだ。

「巻き添えを食っちゃって、娘さんは可哀相だったねぇ」

卯兵衛が茶を飲みながら言う。

「そうですね。ともあれ、女が逃げたのが、男の仲間だっていう何よりの証ですから」

おはるが神妙な顔で顎を引いた。匂い袋がごっそり盗まれ、残されたおはるたちがおろおろしている隙に女は煙のように消えていたという。まさに手妻のようである。

「まあ、亀吉の描いた絵でおっつけ捕まるんじゃないかね」

卯兵衛が手習帳を目で指した。やや下膨れの顔に狐のように吊り上がった目の婀娜《あだ》っぽい女がそこにいた。それにしてもよく描けている。まあ、飯倉を描いたものを見ていたから、さほど驚きはしなかったけれど。

その飯倉は舟で逃げようとしていた男をお縄にし、自ら大番屋へしょっ引いていった。翌日の八ツ過ぎには佐賀町の自身番へ顔を出すと言っていたので、そろそろ来る頃だろうと思った矢先。

「ご苦労だったな」

入り口でよく通る声がした。端整な顔は小憎らしいほど淡々としている。お手柄――飯倉ではなく子どもらのだけれど――だったのだから、もう少し嬉しそうにしていてもいいだろう。そんな文句を胸に畳みながら、

「御役目、ご苦労様でございます」

おまきは三和土《たたき》に降りて出迎えた。すると、飯倉はにこりともせずに前に立ち、刺すような目でこちらを真っ直ぐに見下ろした。左頰の小さな傷は昨日のような捕物でついたのかもしれない。匕首《あいくち》か何かで切られたのだろうか。そんなことがちらと脳裏をよぎると、今さらながら背筋がひやりとした。

もしも男が匕首を持っていたら。そして、舟に飛び移る前におまきが追いついていたとしたら――

「女だてらに、随分と無茶をしたな」

おまきの胸中を見透かしたように飯倉は言った。女だてら、で我に返った。

「無茶ではありません」

心に忍び込んだ怯懦《きょうだ》を振り払うべく、おまきは強い口調で言い返した。

「聞きしに勝る、はねっかえりだな。だが」

お手柄だ、と飯倉は笑いもせずに雪駄を脱いで畳の間に上がった。もしかしたら褒められたのか。やっぱりよくわからないお役人だと、おまきは水屋から飯倉のための湯呑みを出した。

「飯倉様、昨日はまことにありがとうございました」

おはるが畳に手をつき、丁寧に礼を述べる。

「礼なら、岡っ引きの娘に言え」

おれは何もしておらん、と飯倉はぶっきらぼうに返した後、平板な口吻で先を続けた。

「徒党を組んで主に小商いの店を狙う奴らだ。盗んだものは御府外で売る。江戸の流行《はやり》もんだ、と言ってな」

それであの匂い袋が狙われたのか。日本橋辺りの小間物問屋でも扱っていそうな上物である。ただ、うさぎ屋の倍の値はするだろうが。

「それにしても」と飯倉はおまきの顔を見た。「なかなかの健脚ぶりだったな」

くしゃりと笑う。あれ、こんな子どもみたいな笑い方もするんだ。二度も褒められたことより、そちらのほうが気になりながら、飯倉の前にどうぞと茶を置いた。そんなおまきの胸中に気づいたのか、咳払いをひとつしてから飯倉は語調を変えた。

「逃げた女は名の知れた、お千《せん》という巾着切りかもしれん。その手先の素早さから、手妻師のようだと言われておる」

江戸の町は巾着切りが多い。ことに両国《りょうごく》、浅草《あさくさ》、湯島《ゆしま》、芝明神《しばみょうじん》などの賑やかな場所に集まるそうだ。そのあまりの多さに町役人たちも対処に困じ、難に遭った者が自身番に駆け込んでも、むしろ掏られるほうに隙があるのだと言われることもあるらしい。

「巾着切りは仲間で動くこともあると聞きますが。男もそうだということですか」

おまきは飯倉に問うた。

「男は巾着切りではない。たぶん、お千の噂を聞いて、仕事を持ちかけたんじゃねぇのかな。あちこちで盗みを働いていたようでな。お千が万引きをし、その騒ぎの隙に仲間が金目のものを盗むという手口だ。だが」

よく気づいたな、と飯倉はおまきを見た。

「あたしじゃ、ありません」

亀吉と要です、とおまきは横にちょこんと座る二人を目で指した。

「この子どもらがか？」

しかも一人は目が見えぬではないか。言外にそんな意味がこめられている。

「はい。亀吉の目はよく見えるんです」おまきはお千の手を見破った経緯《いきさつ》を説明した。

「この子の言う通りでした。娘の左袂にちゃんと赤い玉簪はあったそうです。娘は全く気づかなかった、とうろたえていたようです」

「で、要はいつもの如く〝鼻〟で手柄を立てたんだな」

こんなことは日常茶飯なんだとばかりに、卯兵衛がにこやかに言い足した。が、当の要は当惑げに眉を寄せている。謙虚なのだ。

「そうだよ。要がすぐに匂い袋が盗まれたことに気づいたんだ。においが逃げてく、って叫んだから、おまき親分が追っかけて――」

「そこへ、おれが偶さか通りかかったというわけか」

亀吉の言葉を飯倉が途中で引き取った。亀吉がこくりと頷く。

「なるほど。亀吉は目、要は鼻が利く。そしておまえは足が速い。まるで腕利きの岡っ引きだ」

そこで飯倉は一旦切った。

だったらあたしたちを手下で使ってください。喉元までせり上がる言葉をおまきはかろうじてこらえた。飯倉が見た目ほど冷淡な役人ではないことも決して無能ではないことも、昨日の捕物を見てわかった。田村が深川から遠ざかってしまった今、頼りになるのはこの人しかいないのではないか。この人がいれば、父の行方も父が追っていた火付けの件も明らかにできるかもしれない。そんな思いでおまきの胸は膨らみ、はち切れんばかりになっている。だが、焦って先日の轍《てつ》を踏みたくはない。

「だが、すまないな。おれは、岡っ引きを使ったことがないんだ」

飯倉は溜息と共に吐き出した。同時におまきの胸もみるみるしぼんでいく。

「岡っ引きを〝悪〟だと思っているからでございますか」

卯兵衛が遠慮がちに訊ねた。

「祖父も父も岡っ引きを使わなかった。ただそれだけだ。だが」

どちらも既にこの世にはおらん、と薄く笑う。

「じゃあ、いいじゃないか。おまき親分を手下として使ってくれよ」

おまきの代わりに亀吉が言った。前のめりになった体ごと飯倉の膝に突っ込みそうだ。

「いや、祖父と父がいなくなっても、おれは岡っ引きは使わん」

使わんのだ、と繰り返した言はどことなく歯切れが悪い。もうひと押しだ、とおまきが思ったとき、卯兵衛がもったいぶった口調で案を示した。

「では、こうしたらいかがです。三人一緒に、飯倉様の弟子にしていただくというのは」

「弟子かい？」

飯倉が答える前に亀吉が口を開き、眉根を寄せる。

「うむ、そうだ。芳庵先生や美緒先生と同じくお師匠様だ。探索のご指南を賜ればいい」

「けど、それは無理だぜ、差配さん」

今度は口を尖らせる。山源こと、山野屋源一郎をそのまま縮めたような顔つきだ。

「何が無理なんだ」

卯兵衛もぼさぼさの半白眉を寄せる。

「弟子なら束脩をお渡ししなきゃいけないだろう。けど、お父っつぁんはたぶん束脩を出してくれないぜ。要だって」

なあ、と亀吉は要を振り返る。要のすべすべの眉間に皺が寄った。無論、紫雲寺に世話になっている要に自在にできる金など一文もない。

申し訳ないけど束脩は払えないよ、飯倉様。

そんな一途な二組の目に見つめられ、整った飯倉の顔がいきなり笑み崩れた。自身番に高らかな笑い声が響き渡り、何事か、と往来を歩いていた男が好奇の眼差しを寄越す。自身番の腰高障子は今日も開いているのだ。

「おまえらから、束脩を取る気なんざ、さらさらねぇよ」

飯倉は喉に明るい笑いを残したまま言った。

「じゃあ、手下もだめだし、弟子もだめってことかい？」

亀吉が口を尖らせると、

「ああ。何度も言うが、おれは岡っ引きは使わん」

もうひと押しだったのに、またぞろ頑《かたく》なな物言いに戻ってしまった。

「じゃあ、何だったらいいんだい」

亀吉も頑として引き下がらない。どんぐり眼を吊り上げ、飯倉を見上げている。

「どうして、おまえはそんなに岡っ引きになりたいんだ」

飯倉の物言いが柔らかくなった。

「大親分を捜したいからだよ。だから、飯倉様のお力が必要なんだ。お願いだよ」

亀吉の言葉におまきの胸は熱いものでいっぱいになった。娘のあたしが必死にならなくて誰がなるんだ。知らずしらず畳に手を支えていた。

「飯倉様、どうかお願いします。父を何としてでも捜したいんです。そうしなければ――」

そこで言葉に詰まった。代わりに熱い思いばかりが胸にせり上がってくる。父が見つからなければ、あたしはこの先、母とは一緒にいられない。丙午生まれの捨て子を拾ったばかりに災厄を被ったのだとしたら、この齢まで大事に育ててくれた両親に何と詫びたらよいのか。赤茶けた琉球畳を見つめたきり、おまきが次の言葉を継げずにいると、

「飯倉様、この絵をご覧ください」

要の声が空いた間を静かに埋めた。小さな手には亀吉の手習帳がある。

「絵だと？」

「はい。亀吉っちゃんの描いた絵です」

要から差し出された手習帳を手にした途端、切れ長の目が大きく見開かれた。

「これは、お千か？」

そうか、とおまきは要の胸奥を察し、熱いものを呑み込み、背筋を伸ばす。

「はい。あたしは近くではっきり顔を見ましたが、本人にそっくりです。吊り上がった目元なんてそのまんまですよ。でも、もう御一方《おひとかた》を描いたものを見てください。亀吉の才がよりおわかりになると思います」

どうぞ、とおまきは手習帳を前へと遡るように手で示した。十日以上前に描かれた絵だから随分遡らなくてはならないが、飯倉は素直に紙を繰っていく。

不意にその手が宙に浮いた。おはるの小さな唇からは「まあ」と感嘆の声が洩れた。当の亀吉は得々とした面持ちで顎を反らし、見えぬはずの要はにこにこと笑んでいる。

「これは」

おれか、と飯倉はいっそう目を瞠り、唸《うな》るように言った。

「はい。よく描けておりますでしょう」

おまきも我が事のように胸を張った。

「驚いたな。いつ、これを描いたんだ」

「飯倉様が紫雲寺にいらしたときさ。芳庵先生と美緒先生に会っただろう。あのときだよ」

亀吉が熱く言葉を迸《ほとばし》らせる。

「だが、おれはおまえらには会っておらんぞ」

「庫裡の入り口からちらっとだけ見たそうです。上手い絵師は江戸にたくさんいるでしょう。でも、見たままをおつむりに閉じ込められる絵師はそうそういません」

「なるほど。だから、お千の手妻もすぐに見破ったわけか。見たままをおつむりにか。おまきも最初は驚いたのだ。亀吉はただ絵が上手いだけの子どもではなかった。

話には聞いたことがあるが、本当にいるとは」

感極まったように飯倉が言った。

「うん、けど、要はもっとすげぇんだ。おれなんかよりずっと、ずっと」

すげぇんだ、と亀吉は隣に座る要の肩を抱いた。その様子を見たおはるが優しい面差しで頷いている。

「そうか。匂い袋が盗まれたのにいち早く気づいたのはおまえだったな。お手柄だ」

要に当てた飯倉の眼差しにはお役人にありがちな不遜さも、目の見えぬ子どもを憐れむ色もない。要は餅のように白い肌を耳まで染めて目を伏せた。誰よりも人の心の機微に敏い要には、飯倉がどんな面持ちをしているのか、わかっているのだろう。

その後は誰も何も言わなかった。夕刻の陽を抱いた静寂が自身番の畳の間にゆるやかに漂っていく。おまきも亀吉も要も、そして、これまでのやり取りを黙って見守っていた卯兵衛やおはるも飯倉の次の言葉を待っている。

不意に小さく息を吐き出す音がした。

「おれは岡っ引きを使わん。家の決まりごとで破るわけにはいかんのだ。だが、差配さんが弟子にすればいいと言った。仕方ねぇ。束脩なしで弟子にしてやる。それでどうだ」

砕けた物言いだが、真剣な目の色を見ておまきは思った。この人の目、冷たいんじゃなく澄んでいるんだ。青みがかっていて、しんと晴れ渡った冬の夜空みたいじゃないか。

「何だ。要するにただ働きか。しょうがねぇな。けど、いいぜ」

亀吉が伝法な口ぶりで返し、

「これ、亀吉。お役人様に何という口の利き方をする」

たしなめてはいるものの卯兵衛の目尻は下がっている。飯倉が笑い、続いておまきも吹き出し、夕刻の自身番に温かな笑いが広がっていく。

――人は見た目ではわからないから。

先日の卯兵衛の言葉がふと思い起こされた。あのときは山野屋の話になってしまったけれど、飯倉が悪い人間ではないと差配人の確かな目はちゃんと見抜いていたのだろう。

笑いが落ち着いた頃、

「実は昨日、おまえのお父っつぁん、利助のことを耳にしたんだが」

飯倉が語調を変えた。はい、と頷きおまきはひと膝前に進める。

「冬木町の大八屋、という店を利助が訪ねていたのを知ってるか」

「大八屋？」

おまきが問い返すと、

「知らんか」

指物を扱っている店だ、と飯倉は言う。

「箪笥などを細工している店でございますね」

さすがに差配の卯兵衛はよく知っている。

「うむ。それと、格子戸なども扱っておる。あの辺りは料理屋が多いからな」

「そんな店に父が？　なぜですか」

「詳しいことはわからん。だが、十月の小火と何か関わりがあるかもしれん。実は、おれが大八屋を訪ねた際、店の傍で小火があった。たぶん、火付けだ」

火付け？　おまきは要と亀吉を交互に見た後、

「それは、十六日。飯倉様が紫雲寺にいらした日ではないでしょうか」

勢い込んで訊ねた。

「どうしてわかるのだ？」

飯倉が目を瞠るのはこれで何度目だろう。

「要が、紫雲寺にいらした飯倉様からにおいがしたと申したのです。僅かですが、新しい木が燃えるようなにおいがしたと」

おまきは要の小さな背に手を当てた。

「なるほど」と深く顎を引き、飯倉は要に目を転じた。「おまえの言う通りだ。新しい木材から火が出たのだ。小さな火だったからすぐに消し止めたのだが羽織の袖が焦げた。ただ、ほんの少しだ」

「あたしたちにはほんの少しでも、要には違います」

匂い袋が盗まれたときも、要がいなければすぐには気づかなかっただろう。おまきも含めて皆の心は簪へと向いていたのだから。

「そうだったな」

柔らかく微笑んだ飯倉へ、

「で、大八屋に火付けをした奴は捕まったんですかな」

卯兵衛が神妙な顔つきで訊いた。

「まだだ。難儀してるんだ。大八屋の棟梁は、人に有り難がられることはあっても恨まれることはないからな」

「恨みだけが、人の手を悪に染めるわけじゃありませんよ」

卯兵衛が静かな声で言った。確かにそうだとおまきも思う。

八百屋お七は男恋しさに火をつけた。お七の心はさながら炎の如く緋色に染まっていたのだ。では、父の追っていた小火が火付けだとしたら、その科人の心はどんな色をしているのだろう。闇夜の黒か、薄墨の色か、それとも、沈んだ納戸色か。どうしても暗い色しか思い浮かばない。

「飯倉様がご存知なら教えていただきたいのですが」おまきは居住まいを正した。

「十五日の晩に御船蔵の辺りであった小火に心当たりはございますか」

「十五日の晩？」

「はい。よく晴れた満月の晩です」

「いや、小火があったことも知らぬ、なぜかようなことを訊く？」

おまきはあの晩について順を追って話した。遠い半鐘で目が覚め、駆けつけようとしたが、御船蔵の手前で田村に邪魔をするなと止められたのだった。

「どことなく様子がおかしかったものですから気になって。田村様をご存知ですか」

「ああ、もちろん。同じ見廻り方だし隣に住んでおる。満月の晩の小火か。折を見て訊いておこう」

飯倉は生真面目な顔で頷いた後、そうだ、と何か大事なことでも思い出したように子どもらへ向き直った。何事かと亀吉が目をぱちぱちさせ、気配を察した要も居住まいを正す。

「いいか。弟子にしてやるとは言ったが、くれぐれも無茶するなよ。何かあったら、おまえらは即〝破門〟だからな」

厳しい物言いだが、二人に向けられた眼差しには温《ぬく》みがこもっている。

要が神妙な顔で頷けば、

「合点承知！」

亀吉は大きく目を見開き、拳で自らの胸を勢いよく叩いた。本人は大真面目なのかもしれないが、その仕草が可愛くて自身番には再びの笑いが広がった。

六

万引き騒ぎの翌々日、うさぎ屋のおはると捨吉が梅屋を訪ねてきた。事前に聞いていたので、店の入り口には予《あらかじ》め、中休みの札を出している。

「甘味屋さんにお菓子なんて野暮ですけど、他に思いつくものがなかったもんですから」

店先の小上がりで、おはるは菓子折りを差し出すと頭を下げた。粋な鶯《うぐいす》色の小袖の襟元からは梅の刺繍《ししゅう》が施された半襟が覗いている。小間物屋の女主人らしく相変わらず洒落た装いだ。その横で端然と座る捨吉は役者にしたいような面立ちだから、父親はさぞ男前だったのだろう。

「もう、おはるさんったら。水くさいじゃないか。御近所なんだから、お互い様だよ」

菱形《ひしがた》に舟の紋は日本橋通町《とおりちょう》の菓子司《つかさ》、舟菱《ふなびし》だ。見るからにずしりと重そうだから中身はたぶん羊羹《ようかん》だろう。おいそれと庶人の口には入らぬ代物だ。梅屋の汁粉とは使う小豆も砂糖も違う。

「いいえ。おまきちゃんたちがいなかったら大損でしたもの。お蔭さまで匂い袋は全て無傷で戻ってきました。何とお礼を申し上げたらよいか」

神妙な顔つきでおはるはまたぞろ頭を下げた。

「そうですか。うちのおまきが少しは役に立ったんですね。それじゃ、有り難く頂戴しますね」

羊羹の包みを受け取り、母はおまきに目で合図をした。茶と一緒におもたせにしろ、ということだ。おまきは包みを持ち、目礼をして立ち上がった。

奥の厨房《ちゅうぼう》へ行くと炊いたばかりの小豆を木桶に移していた太一が目を丸くした。

「舟菱の、ですね」

「太一っちゃんもどうぞ。でも、その前に」

おもたせにするから小皿をお願い、と囁くと、太一は頷き、水屋から舟形の菓子皿を五枚出した。

「あら、舟菱に舟の小皿とは、なかなか気が利いてるじゃないの」

おまきが褒めると、太一は白い歯を見せて笑った。

おまきより三つ齢上の太一は丙午の洪水で両親を亡くしたそうだ。伯父夫婦に育てられた後、十歳の折に本所元町《もとまち》の菓子屋に奉公したのだが、兄弟子と反りが合わずに十三歳で店を飛び出した。それから菓子屋を転々とし、どういう経緯かはわからないが、十七歳で梅屋に流れ着いた。父の裏の顔を知るや、手下にしてくれと願い出て、今は卯の花長屋の裏店にひとりで住んでいる。色黒で切れ上がったまなじりが一見やんちゃそうだが、手先が器用で探索事よりも厨仕事のほうが向いているようだ。でも、それが今の梅屋、母とおまきの支えになっている。

「舟菱の羊羹を持ってくるなんて、うさぎ屋はよほど儲《もう》かってるんですかね」

太一がひそやかな声で言う。

「そうね。ことに、あの匂い袋は川の向こうでも評判みたいだからね。だから、万引きに狙われたんだろうけど」

紋入りの包みを開ければ、うわぁ、と声が洩れる。これほどまでに美しくつややかな小豆色は見たことがない。目で美味しいものは、大概舌でも美味しい。見ているだけで涎《よだれ》が出そうだ。

「何だか切るのがもったいないね」

「でも、食わなきゃ、もっともったいないです」

「そりゃ、そうね」

ゆっくりと包丁を入れれば、その切り口はどこまでもしっとりとなめらかだ。黒文字を添え、茶と一緒に盆に載せる。

「どうせ中休みだから、ゆっくりしてていいからね」

返事をする代わりに、太一は切れ長の目を弓形にたわめた。

「おもたせですが、どうぞ」

おまきが茶と羊羹の皿を母子の前に置くと、

「ありがとう、おまきちゃん」

おはるがにこやかに微笑んだ。

「お千っていう巾着切りの女も早く見つかるといいわね」

羊羹を黒文字で切りながら母が眉をひそめると、

「ええ、でも、元々は巾着切りが〝本業〟のようだから、これに懲りて万引きには二度と手を出さないかもしれませんね」

おはるが神妙な顔で頷いた。

巾着切りのお千と言えば八丁堀の同心で知らぬ者はいないらしい。手妻のような腕と金持ちの懐しか狙わないところから掏摸仲間からは崇《あが》め奉られ、同心の中にも、あれほどの女掏摸を捕まえるのはもったいないと言う者さえいるそうだ。そんなお千がなぜちゃちな万引きの仲間に加わったのかはわからぬが、面が割れてしまったからには早々に江戸を出ているかもしれない。飯倉はそんなふうに言っていた。

「ともあれ、此度《こたび》のことはいい薬になりました。値の張る物は店の奥に置こうと思います」

落ち着いた声で言ったのは捨吉である。きりりとした美形とも相俟って、十八という年齢より大人びて見える。店も繁盛しているようだし、母子が望めばここを出てもっと大きな店を持てるかもしれない。それも、あの匂い袋のお蔭だろうが——でも、あれはいささか安すぎやしないか。

「匂い袋、ほんとにいい品ですよね。どこの問屋さんから仕入れているんですか」

何気なく訊ねると、おはるがどうしてか言葉に詰まってしまった。都合の悪いことでも訊いただろうか。おまきが訝っていると、捨吉がさらりと答えた。

「実はあれだけ別注なんですよ」屈託のない物言いだ。「袋は富沢町《とみざわちょう》の袋物問屋さん、中身は室町の薬種問屋さんからお分けいただいているんです」

「袋物問屋のほうは古着屋もやってましてね」おはるが息子から話を引き取った。

「端切れで袋物をこさえたら、大当たりしたらしくって。あたしが、そこの内儀と古くからの知り合いでしてね。いい生地を安く仕入れさせてもらってるんですよ」

「古着屋さんってどちらですか」

なおも問いを重ねると、隣に座る母にぐいと袂を引っ張られた。そういうことは無闇に訊くもんじゃないという合図だ。だが、捨吉はにっこり笑って、

「丸子屋《まるこや》さんですよ」

あっさりと告げた。富沢町は古着屋が多いが、その中でも大きな構えの店だ。じゃあ、薬種問屋のほうは。おまきが訊ねる前に、

「香料のほうは相模屋《さがみや》さんでしてね」

捨吉が羊羹を頰張りながら教えてくれた。相模屋と言えば、室町にある大きな薬種問屋だ。あの辺を通れば、その繁盛ぶりは嫌でも目に付く。でも、あんな大店と、失礼だけれど、佐賀町の小さな小間物屋がどうして繋がっているのだろう。

「丸子屋のご主人が、相模屋さんの知己でしてね。相模屋さんにお会いしたことはありませんけど、丸子屋さんの口利きで香料を安く分けていただいているんです」

どことなくぎくしゃくしたおはるの言に、

「そうなんです。まことに有り難いことで」

息子がにこやかに言い足した。おはるの様子はいささか気になるけれど、匂い袋が安いわけは腑《ふ》に落ちた。匂い袋の中身である白檀《びゃくだん》、丁子《ちょうじ》、桂皮《けいひ》などは、どれもが香料であると同時に生薬でもあるので、薬種問屋である相模屋では大量に扱っているはずだ。

「そうですか。ともあれ、大きなお店と繋がっているのは心強いわね」

母が柔らかな声でまとめ、その話は打ち切りになった。

それぞれ商いがあるから、あまりのんびりはしていられない。今後もよろしくお付き合いを、とおはる母子は丁寧に辞儀をし、梅屋を去った。

おまきが表の札を外しに行きかけたのを、ちょっといいかいと母が止めた。

「ここへお座り」

厳しい声色だった。厨はしんと静まり返り、ことりとも音がしない。太一のことだ、気を利かせて裏口から出て行き、まだ戻っていないのかもしれなかった。

「なあに、おっ母さん」再び座り直す。

「あのね。人には探られたくない腹ってのがあるんだよ。おまえならわかるだろ」

まなじりが吊り上がっている。

「でも、匂い袋があんなに安いのは変だと思ったの。だから万引きに狙われたんだし」

「だからと言って、あんなふうに訊くもんじゃないよ。お父っつぁんだったらもっと上手くやるだろうよ」

お父っつぁんだったら。その言葉が胸の柔らかい部分を抉った。かなり痛い。

「そうかもしれないけど」

だから余計に口が尖る。

「あんただって、人様の口でさんざん傷つけられただろう」

面白半分で人の背負っているものを引きずりおろし、衆人の前にさらしものにする。そうして、気の済むまでいたぶる。無邪気を装う言葉の拳に、子どもの頃のおまきは幾度となく痛めつけられた。

「飯倉の旦那に認められていい気になっているのかもしれないけど、それじゃ、お父っつぁんの嫌ってた、肩で風を切って往来を歩く岡っ引きと変わらないんじゃないかい」

容赦のない舌鋒《ぜっぽう》だ。古傷を抉るだけじゃなく、新しい傷までびしびしつける。

「ごめんなさい。そういうつもりじゃなかった」

降参だ。さすが岡っ引きの女房だ。母は溜息を吐き出し、思い切ったように告げた。

「半端に知っとくのも気持ち悪いだろうし、あんたも十七になったから言っておくけど。おはるさんはお妾《めかけ》さんだったらしいよ」

「お妾さん？」

思いがけぬことに声が裏返った。捨吉の父親は死んだとしか聞いていない。幼い頃、捨吉本人からそう告げられた憶《おぼ》えがあった。

「そう。大店の旦那が手折った花さ」

囲い者と言わぬのは、母の気遣いゆえか。

「捨吉っちゃんは――」

誰の子なの。問いを呑み込んだ拍子に、おはるの当惑したような顔が脳裏をよぎる。袋物問屋と薬種問屋。そのどちらかの主人の胤《たね》なのか。

「仔細は知らないけどさ。大店の旦那との間に生まれた子だって噂だったんだ。女手ひとつで表店に店を構えるなんてできっこないって。世の中には悋気《りんき》から陰口を叩く人もいるからね。おはるさんに直に訊いたわけじゃないけど、今の話じゃ、丸子屋さんかもしれないね。そこの伝手《つて》で相模屋さんから香料を安く分けてもらっているって言ってたから」

妾だなんて、今まで考えたこともなかった。

「けど、よしんばそうだとしても、うさぎ屋が繁盛しているのは、匂い袋のお蔭だけじゃないだろう。おはるさんや捨吉っちゃんの才覚だよ。けど、世間様はいいところには目を塞いで、悪いところばかりを見ようとするからね。お父っつぁんのことだって――」

母はそこで言葉を切り、唇を嚙んで宙を睨みつけた。

父が消えたことを心底案じてくれる人は少ないのだろう。岡っ引きなんぞをやっている男だから事件に巻き込まれるのは当たり前で、下手をすれば本人が悪行に手を染め、出奔したのではないかと思う向きもあるはずだ。母の心を痛めつけたのは、父の行方知れずはもちろんのこと、周囲の口さがない言葉だったのかもしれない。

「ごめんなさい。おっ母さん、あたしが軽はずみだった」

おまきは母に再び詫びた。

「わかればいいんだよ。とにかくあれこれと詮索するのはよしな。おはるさんも捨吉っちゃんも今は幸福なんだ。だったら、昔に何があったかなんて、どうでもいいのさ」

すぱっと言い切った後、母は勢いよく下駄を突っかけ、「中休み」の札を外しに表へ出ていった。土間を打つ下駄の音までもが尖っていた。

それから間もなく、八ツの鐘が鳴る前に亀吉と要が梅屋に顔を出した。店の外から「おまき親分」と大声がしたかと思えば、早く行こうよと急かされる。小上がりで汁粉を食べていた老夫婦が箸を持ったまま何事かと入り口を振り返った。

「あんたたち、早いねぇ」

暖簾《のれん》をはぐり、表に出るとおまきは小さなお供を見下ろした。頬を撫でる春の風が甘く心地よい。探索日和だ。

「うん。早く、行きたくて、さ、駆けて、きたんだ」

なるほど。息が切れている。

「あんたはいいけど、要は大丈夫なの。石にでもつまずいたら」

「大丈夫です、おまき姉さん。亀吉っちゃんとは息が合っていますから」

こちらは涼しい顔だ。色白で華奢なくせに要のほうが心の臓も足も強いのだろうか。おまきは案外な思いで、つんつるてんの紺絣《こんがすり》から伸びた細い足に目を当てた。

「どうでもいいから、早く行こうよ、おまき親分。六ツの鐘が鳴るまでに帰らないと、お父っつぁんに叱られるし、破門になっちまうからさ」

じれったそうに足を動かす。今にも飛んでいきそうだ。

「そうだよ。暗くなる前に帰っておいでよ」

見送りに出た母が心配そうに言い、

「いいかい。くれぐれも無茶をするんじゃないよ」

亀吉と要の頭を順繰りに撫でる。

「はい、おかみさん」

亀吉は足を動かしながらにっこり笑った。返事だけはよい子である。

「そいじゃ、行こうか」

おまきの掛け声で二人は脱兎《だっと》の如く駆け出した。

目指すは冬木町だ。油堀川に沿った道を今日は賊でなく子どもを追いかけながら走る。それにしても二人の足の速いこと。しっかと手を繋ぎ、堀沿いの道を転がるように、けらけらと笑いながら駆けていく。仮に何かにけつまずいて転んでも、大怪我《おおけが》さえしなければ、それがまた楽しいことなのかもしれなかった。二人とも驚くほどの才を持っているけれど、まだまだ子どもなのだ。

なんだい嬢ちゃん、捕物ごっこかい。耳をかすめる往来の声に、まあねと返した後、すっかり春めいた柔らかな風を肺腑《はいふ》いっぱいに吸い込んだ。幼い頃からおまきは駆けるのが好きだ。風と溶け合ううち、嫌なことは全て身の内から出ていく。ああ、このまま空に駆け上りたい――

青空に吸い込まれそうな心持ちになったとき、先を行くふたつの背が矢庭に止まるのが目に入った。あまりに急だったので地面をこする雪駄の音まで聞こえそうだった。材木町《ざいもくちょう》の向こう、丸太橋《まるたばし》を渡ってすぐの空地で、亀吉がきょろきょろと辺りを見回している。

「どうしたの？」

追いついて二人に声を掛けると、

「要が、何だか、におう、って言うんだ」

息を切らしつつ、小さな鼻に思い切り皺を寄せて亀吉が言う。

「何かが、燃えるようなにおいです。この近くです」

こちらは珍しく焦っているのか、舌がもつれているようだ。

「魚を焼いてるとかじゃなく？」

「そういうにおいではありません。新しい木が燃えるにおいです」

たぶんあっちです、と要が指差したのは大小の寺が建ち並ぶ、いわゆる寺通りだ。

「亀吉っちゃん、早く」

「おう」と要の手を引き、再び亀吉が走り出した。おまきもすかさず後を追う。ふたつの背中は空地から一番近い、小さな寺の山門をつむじ風のように駆け抜けた。

「亀吉っちゃん。もっと奥です。早く！」

要の声が裏返る。でも、おまきにはまだにおわない。参道に沿って立っている、遅咲きの梅が甘い芳香を放っているからだ。肺腑から一旦息を吐き出し、思い切り鼻で息を吸い込むと、甘い香りの中にきな臭いにおいが混じっていた。どきんどきんと飛び跳ねていた心の臓がぎゅっと縮こまる。

「本堂の裏だ。亀吉、庫裡に行って報せておいで」

うん、と亀吉は頷き、要の手を離した。汗でじっとりと濡れた小さな手を引き受け、おまきは古びた本堂の裏手へ廻る。

本堂から少し離れた場所、積まれた材木から小さな炎と白い煙が立っていた。幸いなことに井戸がある。おまきは繋いだ手を離し、井戸へ駆け寄った。軋《きし》んだ音を立てる釣瓶《つるべ》を必死に手繰り、燃えている場所へ桶の水をぶっ掛ける。橙色《だいだい》の炎は小さく啼《な》いて拍子抜けするほど呆気《あっけ》なく消えた。辺りには湿った木のにおいときな臭さが濃く漂っている。

ほうっと息をついた拍子に、背中を冷たい汗が伝うのがわかった。

「あんたの言う通り、燃えていたのは新しい木材よ」

お手柄ね、とおまきが要の肩を叩くと、

「ここはがらんとしているようですが、木材以外に燃えそうなものはありますか」

目をしばたたきながら首をぐるりと巡らせた。

「本堂の他には何もないね。板塀があるくらい」

「そうですか」要は呟くように言った。「菜種油のにおいがします」

見れば、炭色になった布の切れ端が木材にへばりついていた。これに油を染み込ませ、火をつけたのか。

「それと、灰かですが香のようなにおいも――」

要が眉をひそめた。そのときである。

「おまき親分！」

亀吉が僧侶を連れてやってきた。ああ、あの人のにおいじゃないの、とおまきが呟くと、要が一呼吸置いた後、そうかもしれませんと頷いた。僧侶なら着物から香のにおいがしてもおかしくはない。

髭《ひげ》の剃《そ》り跡がやけに青々とした僧侶は木材から立ち上る煙に色を失い、声も出ない様子であった。果たして、その着物からは白檀に似た香りが強くにおった。

「火付けだと思います」

おまきの言でようやく正気に返ったのか、

「賊は？　怪しい奴は見なんだか」

僧侶は忙《せわ》しない口調で訊ねた。

「あたしらが来たときには誰もいませんでした」

おまきが答えると、僧侶は値踏みするような目でこちらを眺め回し、

「おまえらはなぜここへ来たのだ」

今度は居丈高に問うた。

「そこを通りかかったら、においがしたんです」

「においが？」

「ええ。木の燃えるにおいです」

「通りまで、におったというのか」

おれが庫裡にいてもわからなかったというのに。思い切りしかめた顔は、いかにもそう言いたげである。

「はい。この子はものすごく鼻がいいんです」

お手柄でしょうとおまきは胸を反らした。だが、僧侶は何も言わず、要の硬く光る目を薄気味の悪いものでも見るようにして眺めただけだった。当の要は淡々としてい

るが、透徹した心の目はその不躾《ぶしつけ》な眼差しを捉えているに違いない。

怒りを呑み込み、お役人は呼ばないのですかと言いかけておまきは口を閉ざした。寺社は町奉行所の管轄外だ。小火とも言えぬほどの火だから内々に事を済ませてしまうかもしれない。いずれにしても、町方役人の飯倉は関与できない。ただ、木材から火が出たというのが引っ掛かる。大八屋の火事もそうではなかったか。

「あれは何のために置いてあるんですか」

おまきは、水をかけたところだけ黒々としている木材を指差した。

「ああ、本堂を少々直すのだ」

それが何か、とでも言わんばかりの慳貪《けんどん》な物言いである。

「ともあれ、おまえたちの名を聞いておこう」

権高な態度で僧侶は懐から矢立と紙を取り出した。まるで科人扱いだ、と腹立たしさをこらえながらおまきは名乗った。続いて亀吉が山野屋を、要が紫雲寺の名を出すと、男の硬かった頬が俄かに緩んだ。山野屋も芳庵も深川の顔である。

「なるほど。山野屋と紫雲寺の子どもらか。後日、お役人様がお調べに行かれるかもしれんが、その際は頼むぞ」

打って変わって愛想よくなった僧侶が亀吉の肩をぽんと叩いたが、

「要、行こうぜ」
と亀吉は要の手を引き、さっさとその場を離れた。苦いものでも口に押し込まれたようなしかめっ面だった。
「木材が燃えていただと？」
飯倉が形のよい眉をひそめた。冬木町の指物屋、大八屋の座敷である。畳の上から
も棟梁の印半纏《しるしばんてん》からも新しい木の香が漂ってくる。
「はい。要がそうと気づいて、寺の中へ入ってみたら、積んである木材が燃えてたん
です」
ちんまりと腰を下ろす要を見ながらおまきは答えた。
「うちの小火とおんなじですね、飯倉の旦那」
大八屋の棟梁は八兵衛というその名の通り、黒々とした立派な八の字形の眉をして
いる。指物屋であるから当然と言えば当然なのだが、山野屋源一郎とは知り合いらし
く、亀吉に会うと、坊っちゃん、大きくなりましたねぇ、と顔をくしゃくしゃにした。
「うむ。あれも積んである木材だったな。しかも、同じく昼間だ」
「でも、妙ですね」

要が見えぬ目を宙に浮かせると、

「何が妙なんだ」

すかさず飯倉が訊ねる。

「火の気のない場所ですから、どちらも誰かが火をつけたんでしょう。ですが、火付けをしたわけが見えないのです」

要はぱちぱちと瞬《まばた》きをしながら答えた。

「そりゃ、楽しいからだろう。おれたちが騒ぐのをどこかで見て喜んでるんだろうよ」

八兵衛が瓦を擦《こす》り合わせるような大声で言った。温かみを含んでいるので怖くもないし不快でもない。

「大八屋さんの小火はわかりませんが」と要は前置きし、淡々と続けた。「寺の小火は、誰かが眺めているような気配はありませんでした」

「そりゃ、おめぇは目が――」

「確かに周囲には誰もいなかったのか」

八兵衛の言を止めたのは飯倉だった。

「はい。あたしたちの他には誰も。山門ですれ違いもしませんでした」

おまきはきっぱりと答えた。

「どっかに隠れてたとか」

八兵衛がなおも食い下がる。

「いえ。隠れるような場所はありません。本堂も小さかったですし。火をつけてすぐに板塀を乗り越えて逃げたのかもしれませんけど」

おまきはやんわりと反論した。要が感じた通り、やけにがらんとした場所だった。

「じゃあ、何のために火をつけたんだ？」

八兵衛の声は勢いが弱まっていた。要が小さく溜息をついた。

「それがわからないから、困じているのです。わたしには、燃えないように火をつけたとしか思われません」

燃えないように火をつけた？

座の全員がぽかんとした顔をしていた。要だけが思慮深く眉根を寄せている。

「おまき姉さんにも確かめましたが、周囲には木材の他は燃えるものが何もなかったのです。さして風が吹いていたわけでもありませんから、本堂に飛び火することもなかったと思います。たとえ、わたしたちが気づかなかったとしても、木材が燃えるだけで終わったでしょう。気づいた誰かが騒ぐのを見て喜ぶためでもなかったとしたら、一体何のために火をつけたのか。どうにも腑に落ちません」

要は眉を寄せたまま言葉を継いだ。

「火付けをした人間は、寺を燃やすつもりじゃなかったってことね」

燃えないように火をつけた。その言葉にようやく得心がいき、おまきは言い換えた。

「はい。燃え広がらない場所であれば、どこでもよかったのかもしれません。偶さかあそこに木材があり、なおかつひと気がなかったから選ばれただけで」

「そいじゃ、ここの火事も偶さかだったと言いたいのかい」

ううむ、と唸りながら八兵衛が太い腕を組む。

「そうかもしれません。火元の近くには木材以外、何もなかったのではないですか」

要が飯倉のほうを正しく向いた。いつものことだが、その仕草は目の見えぬ者とは思えない。

「うむ。空地だった。おまえの言う通り、置いてあるのは木材だけだった。だが」

〝赤馬〟の狙いが見えぬと却って怖いな、と飯倉が顎に手を当て、難しい顔つきになった。

「〝赤馬〟ってなんだい」

不得要領な顔で亀吉が訊ねる。

「火付けする奴をそう呼ぶんだ」

「なぜ、馬なんだい」

「炎が馬の形に見えるからだ。赤犬ともいう」

　飯倉の言う通り、賊の狙いがわからぬのは確かに怖い。〝偶さか〟を言い換えれば〝気紛れ〟ということだ。炎の馬はどこに現れ、暴走するかわからない。

「すみません。遅くなりまして」

　よく通る声がした。座敷の入り口に、小柄だががっしりとした、いかつい顔の男が座している。齢の頃は四十前後か。大八屋の職人頭だろう。

「おう。仁吉《にきち》。悪ぃな。ちょいと訊きてぇことがあるんだ」

　八兵衛が大きな手で招くと、仁吉と呼ばれた男は張りつめた顔つきで座敷へ入った。親方の傍に身を縮めて腰を下ろす。

「昨年の師走くれぇに岡っ引きの親分さんが来たのを覚えてるかい？」

　八兵衛の問いに、仁吉は暫《しば》し眸を泳がせた後、へえ、と答えた。

　師走に入ってすぐだという。利助と名乗る岡っ引きが現れた。親方が不在だったので職人頭である仁吉が応対したそうだ。お上の御用だと言いながら腰に十手を差していないのはなぜだろうと訝っていると、懐の十手をちらりと見せた。

──ここは座敷牢《ろう》の普請をしたことはあるかい。

「親分さんはそう言いました」

「座敷牢？」真っ先に声を上げたのは八兵衛だった。「で、おめぇは何と言ったんだい」

「もちろんそんなことは一遍もありませんと返しましたよ。親方、まさかあるんですかい」

仁吉が八兵衛に訊き返せば、

「そんな剣呑なもんは請けたことはねぇよ」

八兵衛は太い首を横に振る。

「利助が小火の件を追っていたことをおまえは知っていたそうだな。それは利助本人から聞いたのか」

飯倉が訊ねると仁吉は四角ばった顔に狼狽の色を浮かべた。

「いえ、親分さんから直に聞いたんじゃありません。他所でちょいと耳にしただけです」

「どこで？」おまきと飯倉の声が重なった。

目を白黒させた後、仁吉は続けた。

「湯屋です。宮田屋《みやたや》の貞二《ていじ》って経師《きょうじ》職人と喋ったときに、座敷牢の話になったんです。親分さんは、うち以外にも経師屋とか格子戸を扱っている店へ聞き込みにいってたみてぇです。座敷牢なんて剣呑なものを、と皆口々に言ってたそうです」

「で、貞二は小火のことをなぜ知ってたんだ」

飯倉が話を本筋へと寄せる。

「貞二が親分さんに訊ねたそうです。座敷牢が何かと関わりがあるんですかって。そしたら、十月に起きた松井町の小火について調べてるんだと言ったそうです」

「どうして、利助は貞二には小火の件を話したんだろうな」

飯倉が問いを重ねる。

「貞二があの辺りにお得意さんを持ってるからじゃねぇかと思います。経師屋ですから屋敷の中に出入りしますんで。ことに、師走は唐紙や障子の貼り替えが多くなりますから。で、何か妙なことがあったら教えてくれと言われてたみてぇです」

「結局、小火と座敷牢の話はどう繋がるんですか」

もどかしさを覚えながらおまきが訊くと、

「さあ、その辺はよくわからねぇんで」

仁吉は首筋をほりほりとかいた。

「だが、直次郎は随分と剣呑なことを言ってたぞ」

岡っ引きは自ら消えたんじゃなく消されたんじゃねぇかって、と飯倉が語気を強め、仁吉を鋭い目で見据えた。

「ああ、はっきりそうだと思ったわけじゃねぇんです。ただ、座敷牢と小火が結びついてるなんて聞かされたもんだから。それに、うちにも火付けがあったって知ったら、俄かに怖くなっちまって」

すいません、と仁吉は面目なさそうに頭《こうべ》を垂れた。

「他には何か、聞いているか」

八兵衛が確かめる。

「いいえ、それくれぇでして」

「もし、何か思い出したら、また教えてくれ」

忙しいところすまなかったな、と飯倉がねぎらうと、へえ、と仁吉は頭を下げて座敷を辞した。

足音が去って行くのを待ってから、

「座敷牢ってなんだい、飯倉様」

亀吉が何だか収まりのつかぬ面持ちで訊く。

「ああ、その名の通りだ。座敷に牢を作るんだ」

「それはわかるさ。おれが訊きたいのは、どうして座敷に牢なんか拵えるのかってことだよ。牢は悪いことをした人を入れるところだろう。けど、それはお上の御役目じゃないのかい」

率直な問いかけに座敷に硬い沈黙が落ちた。何と答えたらいいのだろう。おまきとて座敷牢など見たことがないし、そんな場所に誰かが入れられたという話も耳にしたことがない。

「そうだな、坊っちゃんの言う通りだ」

八兵衛が八の字眉を柔らかく下げた。亀吉は澄んだ目を棟梁に向け、要は口元をきゅっと引き締めている。

「けどな。座敷牢ってのは、必ずしも悪人が入るとは限らねぇ。心の病にかかった人が入ることもあるんだ」

優しい目をしたまま八兵衛は言う。

「心の病？」

亀吉の眉も八の字になった。

「そうだ。心の病だ。ひどくなりゃあ、人様やてめぇのことまで傷つけちまう。けど、縄で縛るのは酷だろう。だから、仕方なく牢に入れるんだ」

でもそれって、と亀吉は八の字眉の間に皺を寄せ、

「外に出られないいんだろ。お天道様を拝んだり、花や虫を見たり、涼しい風に当たったり、川っぷちをかけっこしたりできないいんだろ。そんなの」

可哀相だ、と怒ったような口ぶりで言った。その隣で要が悲しげに目を伏せるのを見て、おまきの胸も締め付けられた。札当てをさせられていた要も牢に入れられていたようなものではないかと思ったのだ。

「そうだな。亀吉の言う通りだ。心の病だからと言って、牢に閉じ込めちゃいけない」

飯倉が亀吉を見て頷いた。どきりとするほど優しげな目の色をしている。

「じゃあ、どうするんだい？」

亀吉の問いはどこまでも真っ当でどこまでも純粋だ。だから大人は答えにくい。世の中は真っ当なことばかりでも純粋なことばかりでもないことを知っているからだ。

飯倉は小さく息を吐いた後、

「見守るんだ。傍にいる者が見守って、病が治るまで待ってやるんだ」

それじゃ駄目か、と困ったように微笑んだ。

七

その日、信左が八丁堀に帰ると、屋敷中に異臭が満ちていた。土のにおいと魚の皮を炙ったにおいが混じったような――はっきり言ってあまり好もしくはない。

「これは、何のにおいだ」

着替えを済ませ、居間で茶を飲みながら訊ねると、

「オンジでございますよ」

廊下に座した朔次郎がひそやかな声で答えた。安眠を促すからと湛山が出した薬だが、まさかここまで強烈なにおいとは思わなかった。

「それにしても、ひどいにおいだな」

「ええ。実は坊っちゃんが煮詰めすぎたんでございますよ」

「信太郎が？」

眉をひそめてはいるが、やけに嬉しそうである。

「ええ、奥様のために、とおっしゃいまして。おきみが止めたんですが、どうしてもやると聞かなかったようです」朔次郎は小さな目をしばたたいた。「ですが、その甲

斐あって、今日の奥様はことさら具合がよろしいようで」

なるほど。どんな名薬より息子の心根の優しさが一番ということか。

「だが、このにおいでは志乃もそうやすやすとは服めまい」

「父上！」

その信太郎が現れた。朔次郎を押しのける勢いで居間の入り口に立ち、怒り気味に小さな口を尖らせている。

「何ゆえ、庭に板塀を建てるのですか」

仁王立ちし、今にも斬りつけんばかりの剣幕だ。

「山茶花に虫がついたからだ。朔次郎にもそう聞いただろう」

息子から中間に目を当てると、首をすくめ、何とも気まずそうな顔をしている。

「虫なら、植木屋さんに頼んで退治してもらえばよいではないですか。板塀を建てたら、わたしは湛山先生のところへ行きづらくなってしまいます」

「くぐり戸はつけるし、通りから廻っても構わん。大した手間ではなかろう」

信左はわざと淡々と言い、茶を飲んだ。

「わたしは手間のことを申しているのではありません。板塀で仕切れば、狭苦しくなってしまいます」

仁王立ちしたままさらに目を吊り上げる。

「庭が狭くなるから嫌だと。そう言いたいのか」

語調を崩さず訊ねれば、信太郎は信左の前にぺたりと座り、そういうことではありませんと大きくかぶりを振った。では、どういうことだ。

「父上はいつから、そんなに心が狭苦しくなってしまったのですか」

どきりとした。いや、ずきりとした。刀の切っ先で心の柔らかい部分を突かれたような気がする。剣は持たぬが、なかなか言葉は鋭い。だが、平静を装い、問いを重ねる。

「庭と心とに何の関わりがあるんだ」

「見えているところが狭くなると、心も狭くなるのです」

切っ先はさらに心の深いところへ突き刺さった。八歳の子どもらしからぬ言葉だ。要なら言いそうなことではあるが。

「誰がそんなことを言ったんだ」

再び朔次郎へ目をやると、今度は、わたしじゃありませんとばかりに首を横に振る。

「母上です」

——駄目ね。私は寝所にばかりいるから、心が狭苦しくなってしまうわ。

「母上がそうおっしゃったのです」

信太郎は小さな拳で鼻をぐしっとこすった。息子の頭の中は常に母親のことでいっぱいなのだ。

「父上」涙の溜《た》まった目で恨めしげに見つめる。「父上は湛山先生がお嫌いなのですか」

「どうしてそんなことを訊くのだ」

問い返すと、信太郎は俯いてしまった。膝の上で固く握られた拳を見つめたまま身じろぎもしない。根気よく待っていると、やがてきっぱりと顔を上げた。目を潤ませ、頬には赤々と血の色を上らせている。

「湛山先生は悪い方ではありません。母上の病を治してくださいます。もしも、父上が板塀を建てて、先生が気を悪くしたらどうするのですか。母上が、母上が――」

終《しま》いまで言えずに突っ伏してしまった。泣く子と地頭には勝てぬとはこのことだ。しかも、病の母親を〝人質〟に取られては、こちらとしては為す術《すべ》もない。

「わかった。板塀は建てん。だから、もう泣くな。志乃のためにオンジを煎じてくれたのだろう」

矢絣の小さな背に手を置いた拍子に苦いにおいが立ち上った。オンジを煎じている間、ずっと傍にいたのかもしれなかった。

「まことでございますか」

息子が面を上げる。顔じゅう涙と鼻水でぐしゃぐしゃだ。

「うむ。まことだ」

「ありがとうございます、父上」

泣き濡れた顔にぱっと陽が差したかと思えば、では母上に報せて参りますと軽やかに立ち上がった。ぱたぱたと廊下を駆けていく足取りまで弾んでいる。

「申し訳ございません。つい、坊っちゃんに要らぬことを申し上げました」

入り口で父子のやり取りを見守っていた朔次郎が頭を下げる。

「いや、おまえが詫びることではなかろう」

信左が首を横に振れば、

「おきみの話では、坊っちゃんは隣へ足繁《あししげ》く通っていなさるようです」

朔次郎は思い切ったように告げた。

「足繁く？　薬を取りに行く以外にか」

「はい。御番所のお役人ではなく医者になりたいと。母上の病を治して差し上げたいと。そうおっしゃっているそうです」

出すぎたことを申しました、と小さい声で詫びた後、朔次郎は静かに立ち上がった。

最前まで明るかった庭は、夕間暮れの雀《すずめ》色に変じていた。ひんやりした土のにおいがオンジのにおいを柔らかく押しのけていく。

――駄目ね。私は寝所にばかりいるから、心が狭苦しくなってしまうわ。

志乃は気づいているのかもしれない。おれが、湛山を鬱陶しいと思っていることも。それゆえ苛々《いらいら》していることも。だが、苛立《いらだ》ちの根は湛山にあるのではなく、ましてや病の志乃にあるのでもない。己の心にあるのだ。

――父上はいつから、そんなに心が狭苦しくなってしまったのですか。

信太郎の声が蘇ると、左頰の小さな傷がしくりと疼《うず》いた。

もう二十年以上も前。十三だったか生意気盛りの齢の頃だ。父が岡っ引きを使わぬことに所見を述べようとした。

――父上はなぜ岡っ引きを使わぬのですか。他の見廻り方はみな手下を使っています。そのほうが――

皆まで言い終わらぬうちに湯呑みが飛んできた。避《よ》ける間もなく湯呑みは信左の頰骨を直撃した。思いがけぬ仕儀だった。当たり所が悪かったのか、ずきずきと痛む箇所に我知らず触れると指先に血がついた。だが、父の顔色は変わらない。

――決まりごとは何のためにあるのか、考えたことがあるか。

たった今湯呑みを投げつけた同じ人とは思えぬ静かな声で父は問うた。それが何より恐ろしく、身も心もすくみ上がり、信左が声も出せずにいると父は淡々と先を続けた。

――決まりごとはな、人の心を抑える〝たが〟だ。〝たが〟がなけりゃ、欲深で怠惰な人の心は際限なく膨らんじまう。岡っ引きを使うな、というお達しが幾度となく出ているのは、そういうことだ。

言ったきり、父は庭へ目を向けたまま信左を見ようともしなかった。耳鳴りが聞こえるほどの静寂の中、こぼれた茶が生温《なまぬる》く膝を濡らしているのに信左はようやく気づいた。

以来、父と岡っ引きの件で話したことはない。ただ、信左が見習いから正式な御役目に就いたとき、亡き祖父の失態が明瞭な輪郭を持って耳に届いた。その頃、内福な商家ばかりを狙う強盗一味に番所は手を焼いていたのだが、ある筋から日本橋駿河《するが》町《ちょう》の大きな呉服屋を狙うという報がもたらされた。ところが、賊を一網打尽にできると張り切って乗り込んだ同心らは空足を踏んだ。代わりに賊は神田の太物問屋に押し入っていたそうである。どうやら祖父が手札を与え、信を置いていた腕利きの岡っ引きが賊と内通していたようだった。手下の腹を見抜けなかった失態に、祖父は切腹を願い出たが、支配与力の取り計らいで三十日の逼塞《ひっそく》で済んだそうだ。だが、未だに番所で蒸し返されるほどの話である。当時の飯倉家にとっては屈辱だったに違いない。

十三歳の頃にはわからなかった父の胸の内が、十手を腰に差すようになってようやく垣間《かいま》見《み》えたような気がした。同心の家に唾を吐いた岡っ引きへの不信と憎しみが祖父以上に父を潔癖にさせたのかもしれなかった。顔色ひとつ変えずに信左に湯呑みを投げつけたとき、父のはらわたは煮えくり返るようだっただろう。

決まりごとは人の心を抑える〝たが〟だ。

ゆえに岡っ引きは使わない。付け届けも極力受け取らない。

それは、決して破ってはならぬ飯倉の家の決まりごととなった。だが、その決まりごとと引き換えに、父は手柄とは無縁になった。同心が与力になれることはないが、手柄を上げれば御奉行から金子《きんす》を与えられることもあるし、功によっては一代に限り、十俵から百俵までの加増もあり得る。手下を上手く使う朋輩たちを尻目に、父は黙々と臨時廻りの役目を全うし、数年前に卒中で倒れ、その半年前に亡くなった妻女の後を追うようにして鬼籍に入った。

そして、父がいなくなった今も、信左は湯呑みを投げつけられた十三歳の心のまま、狭い場所で立ちすくんでいる。

決まりごとは人の心を抑える〝たが〟だ。そんなことは子どもでもわかる道理だ。だが、己はその〝道理〟に違和を覚えながら、それを曲げることもできず、手柄も上げられず、金のないことを嘆き、鬱々としている。そんな信左の不甲斐なさを息子の信太郎は見抜いているのかもしれなかった。だから、役人ではなく医者になりたいなどとほざくのか。

深い溜息が唇から洩れたとき、

――でもそれって、外に出られないんだろ。お天道様を拝んだり、花や虫を見たり、涼しい風に当たったり、川っぷちをかけっこしたりできないんだろ。

ふと、亀吉の言葉が胸に蘇った。

信太郎の言うことも亀吉の言うことも。眩しいくらいに真っ直ぐだ。だが、真っ直ぐすぎて時に対処に困る。そんな彼らと同じく、十三歳の己も父を困らせてしまったのかもしれない。だから、父は仕方なく湯呑みを投げつけたのか。

苦笑を洩らし、頭を小火の件に切り替える。

――結局、小火と座敷牢の話はどう繋がるんですか。

おまきの問いかけに対し、推察に過ぎぬが一応の答えを出すのなら。

松井町の小火は心を病んだ者の仕業で、二度と起こさぬように家人が座敷牢に閉じ込めていた。そう利助は踏んでいたのだろうか。

利助が追っていた十月の小火は松井町。一月十五日の小火は御船蔵の辺り。近いと言えば近い。まさか同じ火元ということはあるまいが――念のために当たってみるか、と信左は重い腰を上げた。

通りに面した木戸から入ると、すぐに顔見知りの若い中間が出迎えた。

「恒三郎《こうざぶろう》はおるか」

恒三郎とは田村の名だ。その名の通り、田村家の三男坊だが、長男と次男が早世し、跡を継ぐこととなった。早世の不幸は代を跨《また》いでも続き、田村自身、五年ほど前に二人の息子を流行り病で立て続けに亡くしている。その数ヶ月後には妻女を胸の病で亡くし、随分と打ちひしがれていたのを思い出す。隣家とあって妻女同士も行き来があったので、志乃も心を痛めていた。

「はい。今戻られたところで」

「ちょうどよい。信左が来たと言うてくれ。縁先におる」

承知とばかりに中間は辞儀をし、機敏に去っていった。

庭へ廻ると、縁先には既に行灯《あんどん》が支度されていた。ここには何人の使用人がいるのか。朔次郎とおきみだけの手薄な我が家を思い、つい自嘲めいた笑みがこぼれる。体つきはいかついが、愛嬌のある丸顔が頼みごとをしやすいのだろう、商人からの付け届けが引きも切らないようである。昨年は大きな捕物で功を上げ、二十俵もの加増を賜ったそうだ。手入れの行き届いたイヌツゲや赤い実をたわわにつけた万両を見ながら、同じ百坪の屋敷地なのに庭の眺めは随分と違うものだと信左は思った。だが、奴はこの美しい庭を独りで眺めているのか――

「待たせたな」

驚くほど近くで声がし、はっとして振り向いた。羽織を脱ぎ、くつろいだいでたちの田村が縁先に立っていた。胸中を見透かされたようで、

「済まんな。時分どきに」

慌てて笑みを貼り付ける。

「構わん。何か困ったことでもあったか」

「ちと訊きたいことがあってな」

田村が座るのを待って、縁先に腰を下ろし、

「半月ほど前の御船蔵辺りでの小火のことなんだが」

さり気無く水を向けた。

「満月の晩の小火か。あれがどうかしたか」

問い返す口ぶりは朗らかだ。何の屈託も見当たらぬ。

「火付けではなかったのか」

「ああ、使用人の失火だ。禁じられていたのに、部屋で煙草《たばこ》をやっていたそうだ。あまり大事にすると、主人も巻き込まれるからな。内々に事を済ませた。それゆえ、あまり詳しいことは言えぬが。何か気になることでもあるのか」

「実は近頃深川で二件ほど小火があってな。一件は大八屋という指物を扱う店で、もう一件は寺だ。どちらも材木から出火した。火付けであることは間違いなかろう。火が出るはずのないところから出ているし、油を染み込ませた布の燃え殻も見つかっている。だが、妙なのは、どちらも、燃えないように火をつけている点だ」

「燃えないように、とはどういうことだ？」

要の言を借りた。

田村が太い眉をひそめた。

「火事が目当てではない、ということだ。だが、何が目当てかはわからん。賊は騒ぎを見て楽しんでいるというふうでもなさそうだ」

田村は腕組みをしてしばらく庭の闇を睨んでいたが、

「単に火をつけたかっただけかもしれん」

呟くように言った。

「単に？」

「うむ。火をつける所業そのものが目当てではないか。だから火をつければ気が済んでしまう。怨恨でもなければ欲得でもなく悪ふざけでもない。ただ、火付けする側には多少の後ろめたさがある。だから、〝燃えないように〟火をつける。正しく言えば、燃え広がらない場所を狙って火をつけるんだ」

田村は闇から目を外し、自らの膝の辺りを見た。行灯の火影を映した俯き顔からは何も読み取れない。

「心の病か」

信左が言うと、田村は僅かに片眉を上げた。

「そうかもしれん。万引きの常習にもそういうのがいるな。治らぬ病だ」

救いようがない、と肩をすくめた。

治らぬ病。田村の妻子を思い、胸が小さく痛んだ。同時に、

——傍にいる者が見守って、病が治るまで待ってやるんだ。

昼間、亀吉に返した答えが虚《うつ》ろな音を立てて胸に跳ね返ってきた。志乃のことが脳裏をよぎったとは言え、なぜあんな空言めいたことを言ってしまったのか。小さな後悔を押しやりながら、田村へ問いを重ねた。

「それと、これも本所深川辺りの話だが、座敷牢のある屋敷を知らんか。そんなものを普請できるくらいだから、大名の下屋敷か、商家の寮かどちらかだと思うが」

「座敷牢？　どこからそんな話が出てきた？」

田村が細い目を瞠った。

「小火があった指物屋だ。深川の岡っ引きが、座敷牢を普請している屋敷を探っていたらしい。十月に起きた小火騒ぎと繋がりがあると踏んでいたようだが。しかも、その岡っ引きは行方がわからなくなっている」

何か知らんか、と信左は敢《あ》えて利助の名を出さずに訊ねた。

ああ、と田村は得心したように頷き、

「梅屋の利助だろう。おれの手下だったが、師走にふっと姿を消した。小火騒ぎを追っていたというのはおれも耳にしている。だが、そもそも十月の小火も失火だ。無論、一月の小火とは別の場所だ。それも特段怪しいものではない」

淡々と言った。何かを隠そうとしている気振りはなかった。

「利助は、十月の小火が火付けだと言っていたそうだが」

「何度も言わせるな。あれは確かに失火だ。利助が何を拠《よ》り所《どころ》に火付けと断じていたのかは知らん。手下だからと言って奴の動きを全て掌握しているわけではない。もしかしたら色々と調べていたのは、他の同心の指示だったかもしれん。そもそも岡っ引きとは節操がないもんだ」

苦笑した後は押し黙った。暫し庭の闇に目を当てた後、

「おまえ、利助の娘に会ったのか」

田村はおもむろにこちらを向いた。

「ああ、会った。手下にしてくれ、と頼まれた」

ひっつめ髪のせいで、いっそう吊り上がって見える大きな目を思い浮かべる。

「手下にしたのか」

「まさか。するわけがなかろう。娘の岡っ引きなぞ、聞いたこともない。それに、おれは、岡っ引きは使わん」

「そうだったな」と田村が息を吐いた。「おまえの父御もそうだった」

うむ、と頷いた拍子に左頰がまた引きつった。番所に届け出ていないだけで、おまきたち三人は手下ではないのか。問い質す声が頭の隅で響いた。卯兵衛の「手下では

なく弟子にしてもらえばいい」という言葉に甘え、彼らを使っているのは、厳密に言えば家訓に逆らうことかもしれなかった。だが、迷いながらもあの三人を受け入れたのは、要や亀吉の才を使えると思ったこともあるが、それ以上におまきのひたむきな心根と澄んだ目に柄にもなく胸を打たれたからだ。

——飯倉様、どうかお願いします。父を何としてでも捜したいんです。そうしなければ——

そうしなければ。あの後、おまきは何と続けたかったのだろう。

「もうひとつだけ、いいか」

信左は半身をひねり、田村の横顔を見ながら問うた。

「利助がどこへ消えたのか、本当に何も手掛かりはないのか」

「ああ、ねぇな」と田村は前を向いたまま答えた。「いなくなったと聞いて、おれも手下を使って奴を捜したんだ。手練れの岡っ引きだから重宝していたしな。だが、捜しているうちに嫌な感じになった」

最後は闇に吸い込まれそうな声だった。

「嫌な感じ？」

「ああ、上手く言えぬが深入りはしないほうがいいと思ったのだ」

「利助が厄介事に巻き込まれているということか」

「巻き込まれているのか、自ら飛び込んだのかはわからんが、ひと月も戻ってこないというのはそういうことだろうよ。蛇の道はへびと言うが、岡っ引きは脛に疵持つ輩ばっかりだ。金を積まれれば寝返ることだってままあるし、昔の仲間に誘われて行方を晦《くら》ましちまうことだってある。上手く使わねば毒蛇に手を噛まれる羽目になるかもしれん。そんなことはおまえ自身がよく知っているだろうが」

暗に祖父を愚弄された屈辱で胸が灼《や》かれた。同時に、そこから小さな異物が頭をもたげる。屈辱ではなく別の種類のもの、じゅくじゅくとした湿ったものだ。どことなく後ろめたさに近いような——

「どうした？　信左」

田村が訝り顔でこちらを見ていた。

「いや、何でもない。忙しい折に済まなかった。もしも、何かわかったら教えてくれ」

邪魔したな、と信左は不快な違和を振り切るように立ち上がった。

庭は宵闇から深い夜の闇へと変じていた。黒く沈んだ庭木の中で、万両の実だけがやけに赤く浮いて見えた。

百本杭《ぐい》に土左衛門が流れ着いたのは、それから数日後、如月朔日《きさらぎついたち》の早朝だった。

百本杭とは両国橋付近の河岸の異称だ。この辺りは川が湾曲し、流れがきついので護岸のために夥《おびただ》しい数の杭が打たれている。ゆえに、そう呼ばれるようになったという。早瀬であるからには、当然たくさんのものが流れつき、杭に絡まる。風で飛ばされた着物や板切れ、欠けた茶碗《ちゃわん》。無論〝人〟も例外ではなかった。土左衛門の〝名所〟といってもよい。

信左が急ぎ駆けつけたときには、亡骸は既に岸に引き上げられていた。手下を持たぬと、こういうときにも出遅れがちだ。

筵《むしろ》の端から飛び出た足は生白かった。が、白蠟《はくろう》を思わせるその色よりも、不自然に反り返った指が、そこに血が通っていないことを饒舌《じょうぜつ》に物語っていた。その傍で、今しも亡骸を検《あらた》めようとしていたのは田村である。無造作に筵をめくった途端、その背が僅かながらぴくりと動いた。亡骸がそんなにひどい有様なのかと思っていると、田村は筵を戻し、亡骸を片手で拝んだ。どことなくぞんざいな仕草に見え、信左が声を掛けそびれていると、

「ざっと視《み》たところ、溺死《できし》のようだな」

塩辛声がし、小柄な男が田村にすっと近寄った。皺んだ小さな顔は、還暦に近い手練れの検使与力、畑山《はたけやま》だ。番所には裃《かみしも》を着けて出仕する与力だが、早朝の現場とあって、羽織に着流しと軽装だった。

振り返った田村と目がかち合い、多少の決まり悪さを覚えつつ軽く頷いてみせる。

田村は目だけで頷き返し、

「御役目、ご苦労様でございます」

立ち上がって畑山に丁寧に辞儀をした。信左も近づき、挨拶をする。畑山は窪《くぼ》んだ目でこちらを一瞥し、黙って頷くとおもむろに筵をはぐった。

すらりとした若い男だった。二十歳《はたち》前後だろう。濡れた髪が藻のように貼りついた顔に目立った痣《あざ》や傷はなかった。ただ、にきびの痕が数多《あまた》あり、それがやや幼い感じを与えていた。色のない唇は薄く鼻は横に広がっている。醜男《ぶおとこ》とまではいかないが、男前には程遠い。ただ、唐桟縞《とうざんじま》の小袖は一見して仕立てがよく、大店の放蕩《ほうとう》息子といった感じを受けた。

「既に着物の下も検めておる。実に綺麗なものだ。刀傷もないし殴られた痕もない。毒物のにおいもせなんだ。大方したたかに酔って水に落ちたのだろう」

検使の結果を淡々と告げる。

「なるほど。ところで、身元はわかっていますか」

田村が訊ねると、

「いや、まだだ。だが、身につけているものは上物だ。おっつけわかるだろう」

後は頼むぞ、と検使与力は中間を従え、去っていった。

信左は改めて亡骸を眺めた。畑山の言う通り、一見して打擲《ちょうちゃく》や緊縛の痕はない。水に浸《つ》かっていたので皮膚はふやけているが、さしてむくんではいなかった。まるで眠っているのかと思えるほどに綺麗な顔だ。だが、綺麗すぎないか。

「何か、不審な点があるか」

頭上で田村の声がした。

「畑山様は溺死と言ったが――」

「お見立てに文句をつけるつもりか」

立ったまま咎めるような声で言う。

「そういうわけではない。ただ、亡骸が綺麗すぎると思っただけだ」

畑山がいつからここにいたかはわからぬが、あまりにもあっさりしすぎていないか。

年季の入った検使与力なのは知っているが、入りすぎておざなりになったか。

「この時季だ。水に落ちてすぐに死んだのかもしれん。泥酔して冷たい水にはまれば、若くても心の臓がびっくりすることもあるだろう。何より」

どこにも外傷がない、と田村はきっぱりと断じた。

なるほど、そう言われればそうかもしれん、と筵を元に戻そうとして、信左はふと気づいた。着物の左袖が丸く膨らんでいる。まるで小さな毬《まり》が入っているかのような。

触れてみると存外に硬い。

「何だ、それは」

信左が取り出したものを見て、背後で田村が声を上げた。

「わからん」

金蒔絵を施した黒塗りの容れ物のようなものだ。梅と鶯を象《かたど》った紋様は凝っていて一見して高直《こうじき》だとわかる。蓋にはやはり梅の花びらを象った小さな穴が開いていた。

だが、どことなく違和を覚え、手の上でためつすがめつしているうちに気づいた。紋様がずれているのだ。蓋をして絵柄が完成するような拵えになっているのだろうが、その絵柄の継ぎ目が合っていない。蓋ははまっているようだから失敗作か。それとも――

「ちょっと見せてくれ」

田村が信左の手から容れ物を奪うように取り上げ、しばらく眺めた後、

「おまえが見つけたものだが、これは、おれが持っていてもいいか」

細い目でこちらを見下ろした。丁寧な物言いではあったが、その目には有無を言わさぬ強い光があった。その強さが僅かながら引っ掛かる。だが、そもそも同心の多くは縄張にこだわるものだ。臨時廻りの信左はそんな朋輩たちを腐るほど見てきた。人が好いだけでは二十俵の加増を賜れるほどの功は上げられまい。

「ああ、もちろん。そもそも本所はおまえの縄張だろうよ」

やはり酔っ払いの溺死か、と信左はわざと声に出して呟いてから筵を掛け直した。

八

梅に桜に卯の花に牡丹《ぼたん》。美しいものは見ているだけで浮き立つ気持ちになる。如月ともなれば吹く風はすっかり春めき、花時が待ち遠しい。おまきは色とりどりの匂い袋を眺めながら、つい呟いた。

「桜の季節に桜の柄を身につけるのは、やっぱり野暮なのかな」

「袂に隠すものだから、そんなの気にしなくていいのよ。それより香りの気に入ったものを選べばいいの」

　おはるが微笑みながら売台の匂い袋を並べ直した。

「けど、こんな恰好《かっこう》だものね」

　藍地のたっつけ袴を見下ろした、足元は黒足袋に雪駄、小袖も地味な利休鼠。いつもの恰好と言えばいつもの恰好である。周囲の娘たちが、簪が欲しい、半襟の色を何にしよう、とはしゃぐのに逆らうかの如く、おまきは色気とは無縁の恰好をするようになった。丙午生まれの娘は縁遠い。ならば、端《はな》から嫁に行くことなど考えなければいい。

「おまきちゃんは器量よしだから、何を着ても似合うと思うよ。ねえ、たまには簪を選んでいかない？」

　おまきの気持ちを知ってか知らずか、おはるは簪の並んだ売台を目で指した。

「ううん。今さら髪を結うなんてめんどくさい。これが楽だもん」

　紐で結わいたひっつめ髪に手をやった。

「丙午生まれだから？」

　図星を指され、どきりとした。

「そんなことないよ。あたし、がさつっていうか。ほら、女だてらに岡っ引きを目指してるから」

拙い虚勢が喉を灼き、苦いものが胸に落ちる。

「あ、おまきちゃん、いらっしゃい」

店奥から捨吉が顔を出した。藍紬《つむぎ》に細縞の角帯と地味な恰好だが、華やかな顔立ちなので何を着ても似合う。うさぎ屋の繁盛は匂い袋だけでなく、男前の看板息子によるところも大きいのだろう。捨吉目当てに来店する娘もいると聞く。

「匂い袋は、やっぱり前面に並べようと思ってさ」

捨吉が色と香りで〝百花繚乱〟の売台に目を落とした。

「看板の品だもんね」

「その代わり、新しく売り子を雇おうかなと考えてるんだ」

「お嫁さんをもらえばいいいんじゃない。捨吉っちゃんなら、より取り見取りでしょ」

おまきが半ば冗談で返すと、捨吉は頬を赤らめ、怒ったような顔をしてしまった。何だ、いっぱしに照れているのか。いや、うさぎ屋の看板息子だ。実はもう相手が決まっているのかもしれない。すると、おはるがやけに嬉しげな顔で、

「おまきちゃん、やっぱり簪を見ておいきよ。お代はいらないから。こないだのお礼と思って。ねぇ、捨吉」

あんたが見立ててやり、とおまきの背に手を当て、前へ押し出す。

「おれは帳面つけで忙しいから。おっ母さん頼むよ」

頬を赤くしたまま、捨吉はそそくさと奥へと引っこんでしまった。一拍置いて、おはるがくすりと笑う。

「あの子、おまきちゃんを好いているのよ」

「え？」何を言われているのか、わからなかった。

「あのね、捨吉はおまきちゃんに惚れてるの」

言い直されて、どうしてか頬から耳にかけてかっと熱くなった。とくとくと高く鳴りだした胸の奥から、

「けど、あたし丙午生まれの女だし。捨て子だったし」

乾いた泥のようにこびりついているものが、言葉となって剝がれ落ちてしまった。

「そんなの気にしなくていいのよ」

珍しく語気を強め、おはるは真っ直ぐにこちらを見つめた。でも、とおまきが口ごもっていると、奥二重の優しい目の奥が僅かに揺らいだように見えた。

「あのね、捨吉はね――」

「おまき親分！」

張り切った亀吉の声がおはるの声に覆い被さった。

ていった。

「あら、可愛い手下が来たわ」

おはるは口元に笑みを貼り付けると、そうそうちょっと待っていて、と店奥へ戻っていった。

「おまき親分、これ、美緒先生から。たくさんいただいたから、どうぞって」

亀吉が小さな松の枝を差し出した。青々とした針葉には茶色の胡粉《ごふん》が塗《まぶ》してある。

荒神松だ。荒神様は火を守る神様。今日は朔日。竈《かまど》の上に祀《まつ》る枝を替える日だ。父が火付けの科人を追っているから、こうしてさり気無く気遣ってくれたのかもしれない。

火を守る神様。早く利助さんを見つけてくださいますように。

「ありがとう。美緒さんによろしく伝えてね」

おまきが松の枝を受け取ると、

「今日は、何かめっけものがあったかい」

亀吉が澄んだ目で見上げた。

「これと言って何もないね」

大八屋で話の出た宮田屋の貞二を訪ねてみたが、さほど実のある話は聞けなかった。

父が松井町の小火を追っていたことと、座敷牢の普請を請け負った店を調べていたこと。この二点をなぞっただけである。松井町と言っても広いから、小火があったのはどの辺りかを訊ねると、そこまでは聞いていないと言われてしまった。二点が糸で繋がれば、何か別のものが形となって現れるのかもしれないのだが。

そっか、と亀吉が残念そうに呟いたとき、奥からおはるがいそいそと戻ってきた。白い手には紙包みをふたつ持っている。

「この間はありがとうね。はい、どうぞ」

子どもらに差し出し、八幡様前の駄菓子屋で見つくろったのよ、と相好を崩した。ありがとう、おばちゃんと亀吉が白い歯をこぼし、ありがとうございますと要もにこにこと笑う。

「いいえ、こちらこそありがとう」

おはるが笑みを深くしたとき、下駄の軽やかな音がして、

「ねえ、この簪だけど」

二人組の若い女客が声を掛けてきた。

「おはる小母さん、それじゃ」

捨吉っちゃんによろしくと言おうとすると、

――捨吉はおまきちゃんに惚れてるの。

最前の言葉が耳奥から蘇った。またぞろ頬が熱くなり、甘い蜜のようなものが胸に

流れ込んだ。初めての感じに戸惑いながら、

「ねえ、おまえたち。うちで汁粉でもどうだい」

おまきがことさら胸を反らして言うと、

「親分、ご馳走《ちそう》になります」

おはるからもらった紙包みを抱いて亀吉がにかっと笑った。


表では初午の太鼓売りの声が響いている。二月最初の午の日には、稲荷《いなり》神社の前で子どもたちが太鼓を叩いて踊るのだが、気の早い者たちが太鼓売りの後を囃《はや》しながらついて歩いているようだ。賑やかなその声に唱和するかのように、梅屋の二階ではぱりん、ぱりんと小気味よい音がする。十一歳、育ち盛りの二人である。白玉入りの汁粉を二杯平らげた後は、おはるにもらった紙包みから塩煎餅を取り出し、堪能しているというわけだ。

──そうそう。お父っつぁんの残したものを、二人に見てもらったらどうだい。二階下で汁粉を食べている際、母が思い出したように言った。この子たちにはあたしたちとは違うもんが見えるかもしれないよと。

「で、これが大親分の残した手掛かりってことかい」

たくさんあるなぁ、と唇の端に塩煎餅のかすをつけたまま亀吉が目を丸くし、

「火付けだったら、これか、これかな」

ちびた蠟燭と吸い口の欠けた煙管を手にした。

「あたしもそう思ったんだけどね」

だが、火に関わりがあるというだけで何の手掛かりにもならない。蠟燭は高直とは言え、珍しいものではないし、煙管もごくありふれた安物である。この中で異彩を放っているとしたら――

「なあ、これも見ていいかい」

おまきの心の中を覗いたように、亀吉が古布に包まれているものを指した。

もちろんだよ、とおまきが古布を外すと、

「うわっ、たまげた」

亀吉が思わず声を上げた。金蒔絵が施された容れ物の蓋である。美しく豪奢なものだが、役に立たないという意味ではちびた蠟燭や煙管と変わらない。それどころか、どう見ても火付けには縁がなさそうだ。

「それ、においがしますね」要が静かな声で言った。

「におい？」

おまきは蓋に鼻を近づけてみる。言われてみれば、仄かだが甘いようなにおいがする。

「中に香るものを入れていたのかしら」

「確かにいいにおいですね、何が入っていたんでしょう」

おまきから受け取ると要は鼻を近づけ、僅かに首を傾げた。次に細い指で丁寧に紋様をなぞり、

「梅の花でしょうか。だったら、鳥は鶯、ですか」

と目を細めた。

「そうよ。よくわかったね」

生まれたときから目が見えぬのに、なぜ梅や桜の形がわかるのだろう。

「一座には兄さんのような子どもがいて、手を引いてたくさんのことを教えてくれたのです。その兄さんも私と同じ捨て子でしたが、いつの間にかいなくなっていました」

要は少し湿った声で言った後、

「そうそう、札当ての札には色塗りの絵が描かれていたのですが、それも兄さんが教えてくれました。〝梅に鶯〟はお決まりの札ですから」

　今は亀吉っちゃんが兄さん役をしてくれますけど、と含羞《がんしゅう》の混じった笑みを浮かべた。確かに二人の手はいつも繋がれている。出会ってから三年、亀吉は要の手を色々な場所へ導き、たくさんのものを〝見せて〟きたのだろう。

　この木が柘榴だよ。この細い茎が萩だよ。萩の花の形は小さな蝶々《ちょうちょう》みたいだよ。手を繋いで紫雲寺の庭を楽しげに歩き回る、幼い二人の姿が目に浮かぶようだ。

「わかった！」

　矢庭に亀吉が叫んだ。障子窓から差し込む春の陽を受け、丸い眸は鳶《とび》色に輝いている。

「どうしたのよ。びっくりするじゃない」

「おれ、要におれの絵を見せたいって思ってたんだ。でも、どうしたらいいんだろうってずっと考えててさ。今、わかったんだよ」

　この蓋みたいな絵を描けばいいんだ、と亀吉は頰を上気させ、要の手にした漆製の蓋を熱っぽい目で見つめた。

「蒔絵を描くってこと？」

「いや、そうじゃねぇ。けど、指で触れて形がわかるようにするんだ。顔料を塗り重ねればいい」

そうか。何度も塗り重ねて絵に厚みを持たせるのか。言うほど簡単ではないだろうが、亀吉ならばできそうな気がする。高直な顔料も要のために絵を描くのだと言えば、源一郎はきっと金を出してくれるだろう。

「絵に厚みを持たせるんだね」

おまきの言葉に、うん、と亀吉は勢いよく頷いた。その横で要は頬を上気させている。嬉しくてたまらないのだ、きっと。なぜなら、兄さんと慕っている亀吉の絵を〝見られる〟のだから。

「亀吉っちゃん」

要の声が珍しく上ずっている。こちらも何か、いいことを思いついたかのように、頬を明るませている。

「じゃあ、早速わたしのために、これを描いてください」

要が差し出したのは金蒔絵を施した蓋だった。へ、と亀吉が素っ頓狂な声を上げ、

「これ、かい?」

どんぐり眼に怪訝な色を浮かべた。おまきも首を傾げる。幾ら綺麗だとは言っても蓋だけだ。こんなものより花や木や川を描いてもらったほうがよくないか。

「はい。これです。もちろん、蓋だけじゃなく。容れ物の部分も」

「実物がここにないのにかい？」

「はい。けど、亀吉っちゃんなら大丈夫です。この蓋から推し量って全体を描けるはずです」

なるほど、と亀吉が膝を叩き、それでおまきも要の狙いを悟った。亀吉の心根に感動しているのかと思いきや、小さな頭の中は冷静、かつ目まぐるしく動いていたのである。

きっと、要はこの蓋から何かを感じ取ったのだ。

見れば亀吉は早速腹ばいになって、蒔絵の蓋と睨めっこを始めている。太鼓売りと子どもらの無邪気な声は随分と遠ざかっていた。

「おまき姉さん。新しいものは新しいにおい。古いものは古いにおいがするんです」

没頭する亀吉への気遣いからか、囁き声で要は告げた。

「新しいにおいと古いにおい？」

「はい、そうです。人と同じく物も生きていますから、時を経れば色々なにおいが混じり合います」

古くなればなるほど、まとうにおいは深みを帯びていくということか。

「じゃあ、あの蓋はどうなの」

おまきは畳の上で春の陽を弾く金蒔絵の蓋を目で指した。生きていると言われれば、蓋の息衝《いきづ》きが聞こえるような気がしてくる。

「それがよくわからないのです」と要は細い首を傾げた。「あれ自体は古いものでしょう。まとっているのは深みのある甘いにおいです。でも、何だかそこにそぐわないにおいが混じっているような気がするのです」

「そぐわない？」

びいどろ玉のように硬く光る目を凝視する。

「そのにおいだけが妙に浮いていると言ったらいいでしょうか。別の言い方をすれば、そこにあるべきではないものがあったのかもしれません」

要は困惑したような面持ちで小さく瞬きをした。


それからおよそ一刻《いっとき》（約二時間）後、おまきたちは八丁堀界隈を歩いていた。大体の場所は差配の卯兵衛に訊いたのだが、何しろ同じような造りの屋敷が黒板塀や生垣で仕切られ、ずらりと並んでいるのだ。とりあえず、最初に目に付いた一軒に立ち寄り、飯倉様のお屋敷はどちらですかと訊ねてみると、幸いにも親切そうな丸顔の女中さんが、ここから二軒先だよと教えてくれた。

木戸を押して屋敷地に入ると、左手には小ぶりな梅の植えられた庭、さらに疎《まば》らな山茶花の生垣の向こうに小さな別棟が見えた。

ごめんください、と入り口の戸を開けた途端、妙なにおいが鼻をついた。亀吉が片手で鼻を押さえ、要は微《かす》かに眉を寄せる。薬湯のにおいだろうか。それにしてもくさい。

「お頼み申します」

三和土に立って三人で声を合わせると女中らしき女が顔を出した。

「あら、可愛らしいお客様」

何の御用、と框《かまち》に座してにこにこしながら要と亀吉を等分に見る。三十路くらいか。ふっくらとした丸顔が優しげな人だと安堵《あんど》しながら、おまきは用向きを告げた。

「飯倉様にお目にかかりたいんです。梅屋の者とお伝えいただければわかります」

「梅屋さんね。申し訳ないのだけれど、旦那様はお留守なの」

ごめんなさいね、と女中が眉を下げたときだった。

「おきみ、おきみ」

声と共にぱたぱたと廊下を打つ音がして、目前に矢絣の袷に身を包んだ子どもが現れた。亀吉や要よりも二つ三つ幼いだろうか。涼やかな目元は飯倉に似ている気もす

るが、色白で赤い唇が女の子と見紛《みまご》うくらいの綺麗な顔をしている。奥様似なのかしらと思っていると、

「こちらは、どなたですか」

子どもは興味津々といった目で要と亀吉を交互に見る。

「旦那様のお客様ですよ」

お客様、と子どもは女中の言葉をなぞった後、

「じゃあ、父上が戻るまでわたしがお相手をします」

とにこりと笑う。何とも可愛らしい。

「でも、旦那様がいらっしゃらないのに」

おきみと呼ばれた女中が戸惑っていると、

「大丈夫ですよ。どうぞ、お上がりください」

柔らかな声がして、ほっそりとした女人が現れた。薄縹《うすはなだ》色の小袖に紺繻子《こんしゅす》の帯を締めている。丸髷《まるまげ》に結い上げたつややかな髪には使い込まれた飴色の柘植櫛《つげぐし》がひとつ。地味な装いなのにはっとするほど美しい。

「でも、奥様……」

「いいのよ。私もたまには外の景色が見たいもの」

奥様と呼ばれた人はにっこりと微笑んだ。笑うとこの子にそっくりだ。

なおもおまきが逡巡していると、

「親分、せっかくだから上がらせてもらおうよ」

屈託なく亀吉が言う。

「まあ、親分なのね。ならば、是非とも上がっていただかなくては。ねえ」

信太郎、とたおやかに笑い、ほっそりした手で息子の頭を撫でた。


通されたのは床の間のある座敷である。立派な掛け軸もないし花も活《い》けられていない質素な座敷だが、畳は綺麗に掃き清められ塵《ちり》ひとつ落ちていなかった。鼻が慣れたのか、薬湯のにおいも随分と気にならなくなっている。改めて挨拶を済ませると、

「ごめんなさいね。薬くさいでしょう」

飯倉の妻、志乃は済まなそうに眉を下げ、蓮《はす》を象った落雁《らくがん》と茶を勧めてくれた。手下にこれほど手厚いもてなしをする同心などいなかろうと、おまきが遠慮しているのを尻目に、汁粉二杯に塩煎餅で腹が膨れているはずの亀吉は「いただきます」と落雁に手を伸ばし、要に渡した。要はにこりと笑んで「いただきます」と両手で押し頂くようにして受け取った。いつもの二人のやり取りだが、その様子を眺めていた志乃は

優しく微笑んだ。そこには大抵の大人が見せる憐憫の色はひとかけらもない。息子の信太郎はと言えば、母親の横にちんまりと端座しているものの、何だかそわそわと落ち着かない様子だ。

志乃がくすりと笑い、

「いいですよ。信太郎もいただきなさい」

と言った。信太郎はぱっと顔を輝かせ、

「いただきます」

と落雁をつまみ、小さな口に入れた。

おまきは改めて志乃に目を当てた。初対面で感じた通り、目鼻立ちの整った美しい人である。ただ、向こう側が透けて見えるのではと危ぶまれるほどに色が白い。薬湯のにおいといい、病人であることは疑いようもなかった。でも、この方の心は健全だ。しかもふっくらとした真綿のように柔らかい。

「飯倉は六ツ頃には戻ると思うのだけど。それまで待っていたら暗くなってしまうわね。どこまで帰るのかしら」

志乃はおまきへ目を当てた。陽の差し込んだ明るい部屋にいるからか、眸が澄んだハシバミ色をしている。だから、ひときわ肌が白く見えるのか。

「わたしは深川の佐賀町です。亀吉は門前東町で、要は清住町です」

「そう。私ではお役に立てそうもないけれど、お話だけは承っておきましょうか。中間も生憎《あいにく》留守にしているのでね」

「さようですか。でしたら」

おまきは風呂敷包みから、白布に包まれた蒔絵の蓋と丸めた紙を取り出した。

「こちらを飯倉様にお渡しください」

差し出した拍子に紙がふわりと広がった。亀吉の描いた絵である。

それは小さな毬のようだった。床に置いたらころんと転がりそうな。こんな安定の悪い物に何を入れるのだろう、とおまきが完成したばかりの絵をためつすがめつしていると、飯倉様に訊いたらどうでしょうと要が言ったのだ。なるほど。ああ見えて一応お武家様だから、高直なものも知っているだろうし、小火の件に繋がるかもしれないものね。

で、善は急げとばかりにこうして八丁堀まで急ぎ赴いたのだ。

「あら、これは。毬香炉《まりこうろ》かしら」

絵を見た志乃が呟くように言った。

「まりこうろ？」

亀吉が鸚鵡返《おうむがえ》しに問うと、

「ええ、香炉を袂に入れるのよ。袖香炉とも言って香りを留め置くの。揺れても大丈夫なように丸い細工になっているの」

にこりと笑った。

「蓋だけなんですけど、こちらも見ていただけますか」

はやる気持ちを抑えつつ、古布を取って黒漆の蓋を渡す。

「そうね。内側が真鍮の拵えになっているから、やはり毬香炉の蓋でしょうね」

志乃の答えを聞いた途端、

――なあ、おまき。現場には、においが残るんだ。

いなくなった日の父の言葉がくっきりと意味を持って立ち上がった。さらに、父は〝におい〟についてこう続けた。

――喩えだけどな。そこに誰かがいたっていう気みてぇなもんだ。だが、今度ばかりはちょいと違う――

今度ばかりは――喩えじゃなく、本当ににおいが残っていたんだ。

見つけたときには、もっと強いにおいがしたのかもしれない。だとすれば、この甘いにおいのする毬香炉の蓋は、父の追っていた火付けの科人が残したものではないか。

そしてよく考えれば、こんなに小さくても香炉なのだから、火種を入れようと思えば入れられるのではないか。

矢庭におまきの胸はざわめき、猛烈な勢いで総身に血が巡り始める。

「奥様のお蔭です。ありがとうございました」

思わず畳に手をつき、礼を述べていた。

「いいえ。どうやら大事なもののようですね。でも、そんなものをお預かりしてもいいのかしら」

志乃が優しい声で問う。

「はい。大丈夫です。形もにおいもこの子たちの頭に入っています。亀吉は同じものを何枚でも描くことができます」

おまきが顔を上げて告げると、

「まことに上手な絵ですね。他にもあるのですか」

信太郎が目を輝かせ、亀吉の手にしている手習帳を見つめていた。

「よかったらどうぞ」

照れくさいのか、亀吉がぶっきらぼうに手習帳を渡すと、信太郎はにっこり笑い、早速紙をめくり始めた。

水面《みなも》をゆったりと滑る荷足船《にたりぶね》、稜線《りょうせん》のくっきりとした筑波《つくば》の男岳《おだけ》と女岳《めだけ》、道端にぽつんと咲く早春のたんぽぽ、香り立つような蠟梅《ろうばい》の花。生き生きとした風景が現れる度に母と子は感嘆の声を洩らした。そして、満開の梅の絵がはらりとめくれるや、

「うわぁ」と信太郎が声を上げた。「父上だ。父上にそっくりだ」

尊敬の眼《まなこ》で亀吉を見つめる。それまで鼻高々の様子だった亀吉だが、今度はそれこそ亀の子さながらに首をすくめてしまった。確かにこの絵は飯倉の面立ちをよく捉えているのだが、やたらと人相が悪く見えるのが難点だ。

「すみません。このときは、まだ飯倉様のことをよく知らなかったんで」

果たせるかな、亀吉は消え入りそうな声で詫びた。

「あら、よく描けていますよ。機嫌の悪いときなんて、こんな仏頂面ですもの」

志乃はからりと笑う。まさしく母上の言う通りです、とその横で信太郎もこくこくと頷いている。母子のまとう温かい気に背を押されるようにおまきは告げた。

「わたし、飯倉様について、心得違いをしておりました」

どんなふうに。志乃が優しく目で促す。

「冷たい方だと思っていたんです。でも、そうじゃなかった。冷たいんじゃなく、澄んでいるんだって。晴れた日の冬空みたいに綺麗な目をして――」

言い終える直前に、志乃の眼差しとぶつかった。頬がかぁっと熱くなった。手下の分際で屋敷にまで上がりこんでいるうえに、冷たいだなんて、何と不躾なことを口にしてしまったのか。

「申し訳ございません。大変ご無礼なことを申しました」

慌てて畳に額をつけて詫びた。

「いいのですよ。面を上げてちょうだい」

柔らかな声がした。おずおずと頭を上げると、美しい眸は潤んでいるように見える。

「そんなふうに言ってもらえて私も嬉しいですよ。飯倉は色々と下手なのです」

叱られた少女のように志乃は肩をすくめた。

「下手、ですか？」

おまきは思わず訊き返した。

「ええ。不器用と言ってもいいかもしれません。頑なに岡っ引きを使わない。頑固で冷たそうだから町役人も胸襟を開いてくれない。大した付け届けでもないのにお断りする。ですから、なかなか手柄も上げられないんですの」

「そんなことはないよ。飯倉様はいい人だよ」

志乃が話し終えるや否や、亀吉が身を乗り出すようにして告げた。「不器用」と

「いい人かどうか」は、少し話が嚙み合わぬように思えるが、

「どうしてそう思うのですか」

志乃は至極真面目な顔をして訊ねた。

「どうしてって――」

そこで言葉に詰まってしまった。どんぐり眼には逡巡するような色が浮かんでいる。要に気を遣っているのだろうと、おまきは小さな胸の内を察した。

初対面の大人は、目が見えないというだけで要を憐れむ。赤子のときに捨てられ、旅芸人の一座に拾われ、そこから逃げてきたという境涯を聞けば、その憐憫になお拍車がかかる。でも、要に向けた飯倉の眼差しはあくまでも淡々としていた。それは決して冷たいからではなく、目の前にあるものをありのままに捉えようとする素直さゆえだ。常に要の傍にいる亀吉にはその素直さがことのほか真っ直ぐで綺麗なものに感じられたのだと思う。だが、それを志乃に伝えるためには要の境涯に言及しなくてはならない。だから、亀吉は言い淀《よど》んでいるのだ。

不意に隣で要が小さく息を吸い込む音がした。亀吉っちゃん、後はわたしにお任せください、とでも言わんばかりに小柄な身を僅かに前へ傾がせる。

「飯倉様は、わたしのようなものを褒めてくださいました。そのおっしゃりようには

嘘がございませんでした。でも、それがわたしには不思議でございました。わたしの出会ったお役人はみな、嘘つきで怖かったからです」

旅芸人の一座にいた際、行く先々で要は随分恐ろしい思いをしたのかもしれなかった。人の心の襞《ひだ》には様々なものが隠れているけれど、必ずしも美しいものばかりではない。要の心の目は、本人の思いに関わりなく、見たくない、触れたくない、たくさんの汚いものを掬《すく》い取ってきたのかもしれなかった。

「飯倉は正直で怖くなかった。そういうことですか」

志乃が細い首を僅かに傾げる。

「はい。ですが、こちらへ伺って腑に落ちました。このお屋敷は、まことに優しいにおいがいたします」

要はおもむろに首を巡らせ、障子の開いた縁先へ見えぬ目を向けた。さえずりがすると思ったら梅の枝には番《つが》いのメジロが並んで羽を休めていた。

「優しいにおい、ですか。こんなに薬くさい屋敷がですか」

志乃の口元がほころぶ。それなのに、大きな目は今にも泣き出しそうだ。長く黒い睫《まつげ》が微かに震えている。

「はい。このにおいはオンジでございますね。不眠に効くといわれる、イトヒメハギの根でございます。奥様がお服みになっているのでしょう。そして、それを煎じているのは」

信太郎様でございますね、と要は柔らかに微笑んだ。

＊＊＊

その日、信左が屋敷に戻ると、久方ぶりに志乃が出迎えた。しかも、上機嫌である。

「何かよいことでもあったか」

居間で着替えを手伝ってもらいながら問えば、

「はい」

と珍しく含み笑いを浮かべた。薄縹色の小袖は志乃の気に入りだが、ややもすれば顔色が悪く見える。だが、今日は娘のように頬を桜色に染めているので、青みがかった着物が肌の白さを一段と際立たせていた。何だか、十も若返ったようである。妻女の機嫌が麗しいのはなかなか気分のよいものだと、

「何だ。おれに言えぬくらい、よいことか」

信左の口もついなめらかになる。

「いいえ。あなたに関わることでございます。今日は楽しいお客様がありましたの」

「何だ。もったいぶらずに言え」

はいはい、と志乃は信左の帯を締めたあと、うきうきした足取りで部屋の隅へ行き、風呂敷包みを手に戻ってきた。信左の前に端座し、お届け物でございます、と萌黄色の風呂敷を鷹揚《おうよう》な手つきで解《ほど》いた。中から姿を現したのは、古布に包まれたものと丸めた紙である。どうぞ、と志乃が古布を取るや否や、信左は思わず声を上げていた。

「これは」

今朝揚がった土左衛門の袂に入っていたものとよく似ている。手に取ってよくよく眺めれば、黒漆に金蒔絵、絵柄は梅に鶯。ただ、あれは白梅だったがこちらは紅梅だ。

「どうなさいましたの？」

前に座した志乃が訝り顔になる。

「誰が」声がかすれた。「誰が、これを持ってきたのだ」

言い直したが、舌がもつれそうになった。

「あなたの手下でございましょう。何とも可愛らしい」

「おまきと子どもたちか」なお驚きだ。

「はい。お三方で。あなたに是非見せたいと。そうそうこれも」

志乃は風呂敷の上の丸めた紙を手に取った。

「亀吉という子どもの描いたものですわ」

広げれば、容れ物の全体像が描かれた絵だった。墨ひといろだが、毬のような形と、梅に鶯の絵柄は土左衛門が抱いていたものとほぼ同じ、いや、厳密に言えば、こちらは蓋と本体の絵柄がきちんと合っている。恐らく、亀吉はこの蓋から本体を推察して描いたのだろう。だが、なぜあの三人がこんなものを持っているのだ。しかも蓋だけとは。

志乃が静かな声で言葉を継いだ。

「おまきという娘が言うには」

父の持ち物の中にありました。探索するうちに見つけたものだと思います。蓋の形から推し量り、亀吉が全体の図を描いたのですが、何に使うのかわからなかったので、こちらにお持ちしたところ、奥様が毬香炉だと教えてくださいました。もしかしたら、火付けの科人を捜す手掛かりになるかもしれません。

「毬香炉か」

「はい。間違いなかろうと思います。これほど立派なものではございませんが、祖母が持っておりましたから」

志乃は頷いた。香炉なら火種を入れることもできるか、と信左は改めて絵に目を落とした。土左衛門の身元は明日には割れるだろう。紅梅と白梅。ふたつは単に似ているだけなのか。それとも――

「あの子たち、いい子ですわね」

柔らかな声が思案中の頭に割り込んだ。

――飯倉様は、わたしのようなものを褒めてくださいました。そのおっしゃりようには嘘がございませんでした。

要が感極まった口調でそんなふうに言っていたという。

「そうそう。亀吉が信太郎に絵を描いてくれましたの。その間、要は傍にいてにこにこしていて。まるで絵が見えているみたいでしたよ。短い間でしたけれど、亀吉っちゃん、要ちゃん、と呼んで、信太郎はすっかり懐いていましたわ。それと、とっても不思議なことがございました」

志乃はすっかり夜の色に変じた障子の向こうに目を当てて言った。

「不思議なこと？」

「ええ。オンジを信太郎が煎じていることを要が当てたのです。屋敷が薬くさいですから私が服んでいることはわかったとしても、幼い信太郎が煎じていることまでどうしてわかったのでしょう。女中がおりますのに」

こちらを向いて首を傾げた。が、何だかやけに嬉しそうである。

「要ならわかるかもしれん。常人の何倍も鼻が利くのだ」

この蓋から、既に何かを嗅ぎ取っているかもしれぬ。

「さようでございますか。でも、要という子どもは鼻が利くのではないように、私には思えます」

「では、どこが利くのだ」

答えをわかっていながら信左は訊いた。志乃が言いたそうだったからだ。

「ここ、でございますわ」妻は薄い胸にほっそりした手を当てた。「ここに、人よりもよく見える目を隠し持っているのだと思います」

得も言われぬ優しい面差しだった。

八丁堀の屋敷には毎朝髪結が訪れる。

「こう、毎日あったかいと、桜が待ち遠しくなりますね」

朝湯から戻った信左の髪を梳《す》きながら、喜之助《きのすけ》が明るい声色で言う。三十路手前の優男だが、べらべらと喋りすぎないところがいい。

うむ、と頷きを返し、縁先から庭を眺めつつ昨夕の志乃を思う。冬の間は臥せっていることが多かったが、近頃は以前の闊達《かったつ》さを少しずつ取り戻している。そう思えば、春の陽気も梅の香もいつも以上に有り難く愛《いと》おしい。これが終わったら名残の梅を眺めつつ、一緒に朝茶でも飲むことにしよう。

「何か、目新しい話があるか」

鬢《びん》付け油が髪に揉みこまれたところで水を向けた。町方にも通じ、同心とも接点のある彼らはその懐に雑多な話を抱えている。角張っていたり丸みを帯びていたりと不揃いの石ころの中にきらりと光る玉が転がっていることもあった。

「旦那はもうご存知かもしれませんが」

油を馴染《なじ》ませるように丁寧な手つきで髪を梳きつつ、

「百本杭の土左衛門は相模屋の跡取り息子だそうですね」

喜之助はさり気無く言った。

「相模屋？　室町の薬種問屋か」

信左がのんびりと朝湯に浸かっている間に、別の同心のところで耳にしてきたのだろうが、それにしても早い。

「ええ、さようです。大店中の大店ですよ。酔っ払って川に落ちたと言ってますけど、ほんとですかね。何だか、胡乱な〝におい〟がぷんぷんしませんか。まあ、元は香具屋ですしね」

香具屋か。ならば、毬香炉も香木も屋敷の中に転がっているか。

「何代か前の主人が香木で儲けたそうですよ。元禄《げんろく》の頃でしょうかね。路地にも香具売りがいて、吉原の女もこぞって伽羅《きゃら》のにおいをさせてたっていいますから。近頃は香木なんて庶人にはなかなか手が届きませんけど。まあ、聞香《ぶんこう》なんて暇があるからできることで、貧乏暇なしのあたしらには、どっちにしても縁がありませんけどね」

喋りながらも喜之助の手は止まることがない。粗櫛で髪を持ち上げ、仮紐できぱきとひとまとめにしてから、梳櫛《すきぐし》で鬢を整える。耳も早いが手も早い。

相模屋の倅《ぜがれ》だったたか、と独りごち、目を閉じて頭の中でわかったことを整理していく。

御開府の町割りに際し、薬種を扱う店は日本橋本町三丁目に店を構えた。畢竟《ひっきょう》、三丁目には老舗の薬種問屋が集まっているのだが、相模屋は室町だからそれに比べれば新興の店ということになる。香木や香料は薬効のあるものも多いので大雑把な言い方をすれば香具屋と薬種屋は同種の商いだ。恐らく、香木で財を成し、時勢に合わせて香具から薬種の方へと重心を変えたということだろう。そして、今は本町三丁目の老舗を追い落とすほどの勢いを持っている。金は唸るほどある。そんな相模屋の跡取りの溺死だ。喜之助の言う通り確かにきな臭い。しかも、袂に抱いていた毬香炉が、利助が拾ったものとそっくりだったというのが気に掛かる。

「その跡取り息子なんだが、袂に毬香炉を入れていたのだ」

「毬香炉？」

「ああ、そうだ。懐中にしのばせ、香りを留め置く。袖香炉ともいうらしい」

「そりゃ、贅沢《ぜいたく》なもんですね。何だかいけすかない野郎ですね」

こめかみがついと引っ張り上げられる。仮紐が外され、髪が元結でしかと束ねられた。

「確かにな。だが、幾ら金持ちの坊っちゃんでも、若い男がそんなものを持つというのが、おれにはぴんとこなくてな」

「そう言われればそうですね。けど、遊び人だったたっていう専らの噂ですから、吉原辺りで女の気でも引きたかったのかもしれませんよ」

吉原帰りか。田村の言う通り、泥酔しているところに水に落ちて心の臓がびっくりしちまったか。あるいは、悪所で揉め事に巻き込まれたか。それとも――

チョキンと握り鋏《ばさみ》が鳴った。髷の刷毛先《はけさき》を切り揃えた音である。終わりの合図だ。

「はい、一丁上がり。相変わらずいい男ぶりですよ」

喜之助が軽やかな声を上げたとき、梅の枝から小さな鳥が飛び立ち、縹色の春空に紛れた。

「梅に鶯。萌黄色の背はメジロだった。

「梅に鶯。綺麗なものの組み合わせとして言いますけど。鶯が梅の木に止まってることはめったにありませんものねぇ。本当に綺麗なものって、なかなか揃わないもんなのかもしれませんね」

なかなか揃わない――ずれた毬香炉の絵柄が脳裏をよぎったとき。

「そろそろ終わる頃でしょうか」

背後で志乃の柔らかな声がし、縁先に濃い茶の香りが立ち上った。珍しく以心伝心だ、と妻の手にした盆を見て、信左の頭の奥から古い憶えが音を立てて転がり落ちてきた。

「喜之助さんもよかったら、どうぞ」

微笑みながら志乃が置いた小さな盆は、黒漆に梅の絵柄を施したものだった。

九

如月の六日。おまきは飯倉に連れられて神田 銀町《しろがねちょう》へと向かっていた。

春らしくうららと暖かい日である。だが、おまきの身も心もがちがちに張りつめていた。見知らぬ町に行くからではない。久方ぶりに娘らしい恰好をしているからだ。

着物と帯はおはるからの借り物である。若い頃に着ていたの、と奥からいそいそと出してきたのは、淡い鴇《とき》色に千鳥の紋様を散らした愛らしい小袖。それに濃紺の綴《つづ》れ織《おり》の帯を合わせてくれた。そして、やはり久方ぶりの娘島田を飾るのは、うさぎ屋の赤い花簪と桜色の手絡《てがら》である。よく似合うわよ、とおはるは褒めてくれたが、結髪も綺麗な色の小袖も草履もいまひとつしっくりこない。

行き先は蒔絵師のところ。もちろん探索である。

おまきは飯倉の遠縁の娘で、毬香炉の蓋は亡き母の形見だ。美しいものだから嫁す前に是非とも由来を知りたい。

飯倉はそんな話をでっち上げた。

なぜ、わざわざそんなことをするのだとおまきが問うと、この香炉に似たものを別の事件で見かけたという。

　似ているだけかもしれないし、仮に同じものだとしても偶さかかもしれない。だが、どう見ても高直なものだから、見る者が見ればその由来がわかるやもしれぬ。ただ、探索と知れたら先方も身構えるから、そういうでっち上げ話が必要なのだ。そこで女岡っ引きの腕の見せ所だと飯倉は真面目な口調で続けた。女岡っ引き、という言いざまが胸に引っ掛かった。女を売りにするのはいやだ、とおまきがごねると飯倉は鼻で笑ったのだった。

　――男であれ女であれ、売りにするものがあれば売るのが当然じゃねぇか。要は鼻が利き、亀吉は絵の才がある。おまえには何があるんだ。まさか足の速さだけで勝負しようってわけじゃあるまい。

　ぐうの音も出なかった。ひっつめ髪とたっつけ袴で鎧《よろ》うた心の奥底にある〝女〟の部分を引きずり出されたような、もっと言えば、裸に剝かれたような心持ちになった。で、今日のこのいでたちである。

「それにしても、上手く化けたな」

　飯倉が笑いを嚙み殺すような顔つきで振り返った。化けた、という言葉をこちんと跳ね返したくなる。

「飯倉様の奥様と違って、元がひどいですからね。変わりがいもあるってもんです」

たおやかで優しくて、何よりも抜けるように白く美しい肌だった。あんな綺麗な奥方を始終見ていたら、どんな女子もおかめに見えるだろう。

「八丁堀でも評判の器量よしだったからな」

己の妻のことなのに謙遜もしない。まあ、あの美貌で謙遜したら却って嫌味ではあるけれど。

「だが、おまえだって」

そうひどくもあるまい、と飯倉は淡々と言い捨て、すたすたと歩いていく。慣れぬ草履で追いかけながら、不意に捨吉の笑顔が瞼の裏に浮かんだ。いきなり胸に熱いものが溢れ、昨夕のことが思い起こされる。

捨吉が梅屋を訪ねてきたのは、八幡宮の鐘が宵六ツを報せた後だった。

最後の客を見送り、おまきが暖簾を仕舞うために表に出ると、暮れ色に染まり始めた通りに捨吉がぽつねんと立っていた。話があるという。中に入ってとおまきが勧めると、ここでいいよ、と急いたような口ぶりで捨吉は言った。

――この前、おっ母さんが妙なことを言ったんだってな。だから、きちんとしようと思って。

捨吉はおまきちゃんに惚れてるの。

おはるの声が耳奥から蘇り、おまきの頰はかっと熱を持った。耳まで火照《ほて》りながら、おまきがもじもじしているうちに捨吉は早口で告げた。

——利助小父《おじ》さんのことが落ち着いたらさ。一緒になってくれねぇか。もちろんおまきちゃんは、今まで通り梅屋で働いていてかまわねぇよ。うさぎ屋と梅屋は近いから行ったり来たりすればいい。小父さんと小母さんのことも実のお父っつぁんとおっ母さんと思って大事にするから。それをどうしても伝えたくてさ。

そいじゃな、と勢いよく背を向けた拍子だった。前が見えていなかったのか、歩いてきた女とぶつかってしまったのである。相すみませんと捨吉がぺこぺこと頭を下げると、四十がらみの女は目を丸くし、あら、うさぎ屋の、と相好を崩した。

——こないだはどうも。そうそう、あの匂い袋、姪が気に入ってねぇ。また寄らせてもらいますよ。あら、こちらの可愛らしいお嬢さんは捨吉さんのいい人かしら。

それで捨吉の顔はますます真っ赤になってしまった。

——いえ、まだそういうんじゃないんです。けど、そのうちに。いや、おれ、何言ってんだろう。

しどろもどろになったかと思えば、失礼しますと頭を下げてあたふたと駆けていってしまった。

棒杭みたように突っ立っているおまきに女は微笑んだ後、若い人はいいわねぇと唄《うた》うように呟きながら去っていった。自分の身に起きたことがすぐには信じられなかったが、とにもかくにも、赤くなっているであろう顔を母には見られたくなくて、おまきは薄闇の中にしばらく立っていたのだった。

捨吉さんのいい人。

女の何気ない言葉を思い出せば、今もまたおまきの頬は火照り、胸が甘いもので満たされていく。何だか地面から足が浮いているみたいにふわふわしてくる。

「お嬢さん、ぼやっと歩いてたら危ねぇぜ」

すれ違いざまに投げられた男の声ではっと我に返った。すみません、と詫びて前を見ると黒羽織の背は随分と先を歩いていた。

慌てて足を速め、後を追いかける。

「何だ、草履が歩きにくいか」飯倉が振り向いた。「ん、やけに顔が赤いが、大丈夫か」

それでますます頬がかぁっとなる。

「大丈夫です」

今日はあったかいから。そうだ。頬も耳もかっかとするのは、二月にしては暖かすぎるお天道様のせいだ。胸に溜まった熱い息を吐き出して首をもたげれば、金色の光芒《こうぼう》を背負った春の陽が目に眩しかった。

工房になっているらしい表通りに面した土間ではなく、飯倉は裏通りの木戸へ廻った。以前、この辺りを探索していた折に知り合った蒔絵師だという。棟梁然とした、五十がらみの無骨な男を思い描いていたのだが、通された座敷に現れたのはせいぜい三十路過ぎ、色白でほっそりした、眸の色の薄い、やけに唇の赤い男であった。

「ああ、飯倉の旦那、お久しぶりでございます。父が大変お世話になりました」

切れ長の目をしばたたきながら、畳に手を支えて丁寧な挨拶をした。若いと思ったら二代目のようである。

「おお。宅次郎《たくじろう》。忙しい折に悪いな」

「いえいえ。大したことはございません。こちらは、遠縁のお嬢さんだとか」

琥珀《こはく》を思わせる眸でおまきを見つめる。澄んだその色に、嘘を見抜かれているような気がして、

「お初にお目にかかります。まきと申します」

笑みを繕い、深々と辞儀をした。締め上げた帯と娘島田に結った髪のせいだろうか、何だか手足までもが借り物のようで上手く動かせない。

「早速だが、おまきが母親の形見の由来を知りたいらしくてな。なぜか蓋だけが残っておるのだが」

目で促され、おまきは風呂敷包みから毬香炉の蓋を取り出した。古布ではなく、海松茶《みるちゃ》色の巾着袋に入れてきた。これもうさぎ屋の品である。

「こちらでございます」

おまきが蓋を差し出すと、ああ、これは、と手に取って宅次郎は目を細めた。

「知っておるか」

「はい。京の蒔絵師の手によるものだと思われます。かなり高直なものです。ただ」

宅次郎はそこで一旦言葉を切った。手の中で小さな丸い蓋をためつすがめつしている。

「ただ？」おまきはつい前のめりになった。

「これは、対になるものではないでしょうか」

似ているのではなく対だったのか。おまきは思わず飯倉を見たが、口を一文字に引き結んでいた。別の事件と言ったが何だろう。

「ということは、ふたつでひとつのものか」

「はい。うちでも注文があれば拵えます。父は存外に好きでございましたから」

「先代は毬香炉を拵えたことはあるのか」

「いえ、毬香炉は。ですが、根付《ねつけ》を対で拵えたことはあります。鴛鴦《えんおう》の絵柄でした」

鴛鴦の絵柄ということは、夫婦で持つということだろう。

「でも、これだけで、なぜ対になると思われたのですか」

おまきは宅次郎の手中にある金蒔絵の蓋を見つめた。

「勘ですよ。ひとつだけでは絵柄の収まりが悪い感じがするんです。蓋だけでなく全て揃っていれば、もっとわかりやすいんですが」

宅次郎の言に、飯倉が得たりとばかりに顎を引き、懐から折り畳んだ紙を取り出した。

「この絵を見たらどうだ」

亀吉の描いた絵だ。臥竜梅《がりょうばい》というのだろうか、地面を這う幹からしなやかな枝が伸び、蓋へと繋がっている。花のついた枝先に一羽の鶯が止まっていた。

「ああ、こんな感じでしょうね」宅次郎はぽんと膝を打ち、破顔した。「この絵は色がついていませんけど、たぶん、梅が紅白で対になっているんだと思いますよ。そしてそれぞれの鶯は互いを呼ぶように鳴いている」

「やはりそうか」

飯倉が得心したように大きく頷いた。

「やはり？」宅次郎とおまきの声が重なった。

「いや、おれも何となくそんな気がしたんだ。ほら、紅白の梅だったら
めでたいだろう、と飯倉がにやりと笑う。

「だとしたら、妙ですね」

不得要領な顔つきで宅次郎は再び蓋を眺めた。

「何が妙なんだ」

飯倉が眉をひそめると、

「これだけの品ですから、一対のものをばらして売ることはないと思うんですよ」

宅次郎が首をひねり、おまきを訝しげに見た。

「なるほど。そういやそうだな。おい、おまき。どこかにもうひとつの香炉があるん
じゃねぇのか」

飯倉の物言いが伝法になった。

「はい。父に確かめてみます。いえ、蔵を探してみます」

慌てておまきは話を合わせた。それがいい、と飯倉は深く顎を引き、

「忙しいところ、悪かったな。ありがとうよ」

満面の笑みで宅次郎に礼を述べた。


「対だとご存知だったんですか」

梅屋に戻り、汁粉と茶を出しながらおまきは訊ねた。帰宅してすぐにいつものたっつけ姿に戻ると、板を入れていたような背中と肩のこわばりがほどけて楽になった。島田の髪はまだそのままだ。店の表には「中休み」の札を掛けている。

「知っていたわけではない。そうじゃないかと思っただけだ。だが、これで細い糸が繋がった。繋がった先に何があるか、まだわからんがな」

「何が繋がったんですか」

はやる気持ちを抑えて問うと、

「ちょいと待て。これを先に食わせてくれよ」

お、うめぇ、と飯倉は砕けた口調で汁粉をすすった。冷淡だと思った同心は付き合ううちに色々な顔を見せてくれるようになった。

「おれも、絵を描いているうち、もしかしたら対じゃねぇかと思ったんだ」

口の中に白玉を放り込みながら亀吉が言った。その横では要が神妙な顔をして箸を動かしている。

「そうか。亀吉がそう思うなら、やっぱりそうなんだろうな」

飯倉も同じように白玉を口に放り込んだ。

「で、何と何が繋がったんですか」

のんびりと汁粉を食う飯倉を待ちきれず、少し苛立った面持ちで太一が訊いた。傾の辺りがこわばって見えるのは飯倉と初対面だからだろう。後で話を聞くからと、母は近所へ買物に出ている。父のことを知りたいような知りたくないような、妙な心持ちなのかもしれない。

「恐らく、利助の残した蒔絵の蓋は相模屋のものだろう」

口の中の白玉を飲み込んでから飯倉は言った。

「相模屋さん？」

おまきの声が我知らず裏返った。

「知っているのか」

飯倉が訝り顔になる。

「ええ、知っているというほどではありませんけど」

うさぎ屋の匂い袋の中身は相模屋から仕入れていると捨吉が言っていた。富沢町の袋物問屋、丸子屋の伝手だという。それに、おはるは妾だったという噂があるそうだ。その相手が丸子屋か相模屋の主人かもしれない。母に聞いただけで、おはるに直に確かめたわけではないけれど。

おまきが手短に述べると、飯倉は何かを考え込むように腕を組んでいたが、

「となると、うさぎ屋の息子は相模屋の胤かもしれんということか」

真剣な眼差しを寄越した。

「ええ。でも、おはるさんの話では、相模屋さんと会ったことはないと」

「では、妾だとしたら袋物問屋のほうかもしれんな。だが、香料を卸してもらっているという繋がりはある。細い糸だが手繰ってみるか。何が隠れているかわからんからな」

飯倉が再び汁粉に取り掛かると、

「話を整理してくれませんか。おれはすっかり蚊帳《かや》の外です」

太一があからさまに不満顔をする。

「そうだよ。おれらだってよくわかんねぇよ。飯倉様とおまき親分だけずりぃよ。ちゃんとわかるように話してくれよ」

亀吉が同意とばかりに丸い唇を尖らせた。あたしだってちゃんとはわかってないよ、と亀吉をなだめ、

「飯倉様、順を追って話してくれますか」

背筋を伸ばし、おまきは飯倉に向き直った。

「すまん、すまん。おれもまだ頭の中がこんがらがってるんだ。おい、亀吉。手習帳を寄越せ。ものを食いながら、いや、空中で喋るのはどうも苦手だ」

白玉のなくなった汁粉を綺麗に平らげた後、飯倉は手習帳を床の上に広げた。

「先ずは百本杭の話からしよう」

手習帳の真ん中に杭のようなものと人の形を書き入れる。

数日前のことだ。百本杭に若い男の亡骸が揚がり、翌日には相模屋の跡取り息子、藤一郎《とういちろう》だと明らかになった。その亡骸の袂に丸い容れ物が入っていたんだが、使い道はともかく、一目で高直だというのはわかった。だが、気になったのは、蓋と本体がちぐはぐだったことだ。高そうなものだけにいっそう妙に感じられたのかもしれん。これはすると、おまきたちが八丁堀に届けにきた蒔絵の蓋がそれとそっくりだった。これは同じ物がふたつ、いや、対であるものの蓋を取り違えたのではないか。そんな当たりをつけたのだが、果たしてその通りだった。蒔絵師によれば一対のものをばらして売

ることはないそうだ。しかも、持ち主はお大尽の相模屋だ。バラでなんぞ買うわけがない。

となれば、利助の残した毬香炉の蓋は一対の片割れ。

相模屋のものではなかろうか。

「ってことは、お父っつぁんが追っていた火付けの科人は相模屋にいるってことですか」

飯倉が話し終えるや否や、おまきは勢い込んで訊ねた。

「いや、それは早計だ。その蓋をどこで手に入れたか、お父っつぁんから聞いているか」

「いえ、何も」

おまきはかぶりを振り、手習帳に目を落とした。毬香炉の蓋が描かれた横には利助、百本杭の傍のひとがたには相模屋藤一郎と名が書かれ、両者が細い線で結ばれている。

そうか、と残念そうに呟き、飯倉は紙の隅に小さくうさぎ屋と書き入れた。

「太一っちゃんは何か聞いてる？」

太一に水を向けてみたが、

「十月の小火を追っていることは知ってましたが、それ以上は何も」

悔しそうな顔で答えた。

「あの」

遠慮がちに口を開いたのは要である。

「何か気づいたの」

期待に胸を膨らませながらおまきは問う。

「はい。気づいた、というか、確かめてみたんです」

何を？　皆の目が小さな顔に集まる。

「香を炷《た》くとどんなふうになるのかを」

いかな貧乏寺でも紫雲寺とて一応は寺だから香を炷くことはあるだろう。そう思って美緒に訊ねると、本堂の奥から香炉を出してくれたそうだ。吊るして用いる銀製の小ぶりな柄香炉《えごうろ》だったという。美緒に教えられながら要は香を炷いてみたそうだ。火は香炭団《こうたどん》と呼ばれる、小さな炭団を用いる。香炉に灰と炭団を入れ、その上に銀葉《ぎんよう》と呼ばれる雲母《うんも》の板を置き、薄く削《そ》いだ香木を載せる。つまり、香木は直に炷くのではなく銀葉の上でじわりと熱するのだ。

「美緒さんが出してくださった香木は伽羅でございました」

それはもう、いい香りだったという。先ずは伽羅の身上である、苦みを含んだ香気が立ち上り、続いて丁子に喩えられる辛みと微かな酸味、そして得も言われぬ甘いにおいが鼻腔《びこう》を満たしたそうだ。

「伽羅の最上と呼ばれる蘭奢待《らんじゃたい》に時の権力者が心を奪われたわけが、よくわかりました」

奥行きのあるふくよかな香りゆえだと要は言う。苦みや辛みの後に来るからこそ、蜜に喩えられる甘美な香りは人を搦《から》め捕って放さないのだとも。普通の伽羅でもこうなのだから、蘭奢待は一体どれほどの香りがするのかと、想像するだけでぞくぞくしたそうだ。

「なるほど。苦みや辛みの後の蜜か。貧乏人が偶さかでも大金を手にしたら、次もその次もってやつだ。博打や富くじにはまるのと同じだ」

飯倉が苦い顔で言い、茶を飲んだ。ごくりと喉を鳴らした後、

「で、香を炷いてみて何がわかった？」

頬を引き締め、厳しい眼差しを要に向ける。肝心なのはこの先である。

「その蓋に残る香りは伽羅だろうと思います。ただ、その伽羅の香りは濁っています」

要は眉をひそめた。

――そこにあるべきではないものがあったのかもしれません。

この蓋を初めて見せたとき、確か要はそんなふうに言っていた。

「濁っているって、他の香木のにおいが混じっているってことかしら？」

香木にはたくさんの種類があろう。でも、それを「そこにあるべきではないもの」と言い表すだろうか。

「香炉と知って、やっつけで調べてみたんだが」

おまきの話を引き取ったのは飯倉である。

香道で用いる沈香には六国五味《りっこくごみ》という分類の仕方がある。六国は木所とも言われ、伽羅、真南賀《まなか》、羅国《らこく》、真南蛮《まなばん》、寸門多羅《すもたら》、佐曽羅《さそら》、の六種、五味はその香りを味覚になぞらえ、甘、苦、辛、酸、鹹《かん》の五種を表す。それらの組み合わせによって銘がつけられるそうだ。銘香と呼ばれるものだけで、何十種類もあるという。

「それを聞き分けるのが香道だ。それゆえ、香とは繊細なものだと言いたいのだろう」

飯倉は要を見据えた。はい、と要は深々と頷いた。

「香は弱い火で香木をじわりと熱するものです。飯倉様がおっしゃったように、繊細な香りの違いを楽しむものと言えましょう。香を炷いてみて、そのことがよくわかりました。ですが、その蓋からは、繊細とは程遠い、乱暴な火のにおいがいたします」

乱暴な火？　剣呑な言葉に座の皆が息を呑むのがわかった。

「当たり前のことですが、香炉に炭団が入れられるときは、必ず香木が入ります。ですから、火のにおいではなく、香木のにおいが残るのです。けれど、そこには香木のにおいより、炭火のにおいが強く残っています。元々蓋に染み付いていた伽羅の香り、甘く気高い香りを蹂躙《じゅうりん》するほどのにおいです。たぶん、その香炉は」

最後に火だけを抱かされたのです。

十

その日の晩、同じ梅屋の小上がりである。

「一体どうして？」

何度めかわからぬ文言をおまきは虚《うつ》ろに繰り返した。

既に亥《い》の刻（午後十時）が近い。青ざめた顔で捨吉が訪ねてきたのはおよそ四半刻《しはんとき》（約三十分）ほど前、二階でおまきが母と毬香炉《まりこうろ》の話をしているときだった。父の残した蓋が火付けの科人《とがにん》に繋《つな》がるかもしれない。そんな昂揚《こうよう》した思いは一気に吹き飛んでしまった。

おはるが大番屋にしょっ引かれていったのだ。相模屋の跡取り息子、藤一郎を大川に突き飛ばして殺《あや》めた咎《とが》だという。通常は町役人、つまり差配人の卯兵衛が間に入るはずなのだが、それもなく、上からのお達しだからと、見知らぬ岡っ引きは捨吉の抗《あらが》う声に一切耳を貸さなかったらしい。唯一の救いはお縄を掛けられなかったことだ。近所の者に気づかれることもなく、いかつい下っ引き二人に挟まれるようにして、おはるはひっそりと表店《おもてだな》を出ていったそうだ。

——細い糸だが手繰ってみるか。

飯倉がそう表していたうさぎ屋と相模屋を繋ぐ糸は細いどころか、極めて太いかもしれない。

「その岡っ引きは何て言ってたの？」

母が柔らかな口調で捨吉に訊《き》いた。

「藤一郎って人が落ちたらしい場所の近くから、うさぎ屋の匂《にお》い袋が見つかったって」

行灯《あんどん》の火が中高の面差しに濃い陰影を与えている。なおさら憔悴《しょうすい》して見えた。

「うさぎ屋の匂い袋なんて誰でも持ってるじゃないの。だって万引きに狙われるくらいの評判の品なんだから」

おまきの声は思わず高くなった。そんなことくらいでお縄にかけられたら、伝馬《てんま》町《ちょう》の牢《ろう》屋敷から人が溢《あふ》れてしまうではないか。

「それだけじゃねぇんだ。石原町《いしわらちょう》の料理屋でおっ母《か》さんが藤一郎さんと会ってたらしい。その帰りに大声で言い争いしてたのを大勢の人が聞いてるんだ」

石原町と言えば、百本杭《ぐい》から七、八丁ほど北へ向かったところである。すぐ近くに回向院《えこういん》があるので料理屋や水茶屋が多い。大声で言い争っていれば、確かに近隣の人々の耳目を引くだろう。

「でも、それって本当のことなの」

「わかんねぇよ。けど、少し前におっ母さんが夜出かけることはあったんだ。昔の知り合いと会うんだって。ただ、誰と会ってたかまでは――」

畜生、何で訊いておかなかったんだろう、と吐き捨てるように言い、捨吉は頭をかきむしった。

苦悶《くもん》の形相を見ているうち、おまきの胸も大きな手で押さえつけられたように息苦しくなった。潰れそうな胸の隙間からは疑問が次々と頭をもたげてくる。あの優しいおはるが人を殺めるだろうか。殺された相模屋藤一郎をおまきは見たことがないけれど、大の男だからそれなりの体格をしているだろう。そんな相手をおはるの細い腕で川に落とすことなどできるだろうか。

だが、相模屋の倅《せがれ》と言い争っていたのが本当ならば、おはるはやはり相模屋の主人の妾《めかけ》だったということになるのか。すると捨吉の父親は――

「おっ母さんがさ」捨吉がおもむろに顔を上げた。「誰かの妾だったたって噂《うわさ》はいやでも耳に入ってきてたんだ。女手ひとつで表店に小間物屋を構えるなんてなかなかできることじゃない。きっと旦那がいるんだろうって。中にはわざと聞こえるように言う人だっていた。だから、何年か前に訊いてみたんだ。おれのお父《と》っつぁんはどこにいるんだって。そしたらさ」

――それを知ってどうするんだい？　あんたはあたしの息子だよ。大事な大事な息子だよ。それじゃ駄目かい？

おはるはそう言ったそうだ。それを聞いておまきの胸は激しく震えた。横に座る母が袂《たもと》でまなじりを押さえるのが目の端に映る。

――血が繋がってなくとも、おめぇはおれとおつなの大事な娘だ。

六つのときに父から告げられた言葉がおはるの言葉に重なった。

「捨吉っちゃん」

母が隣にいるのも忘れ、おまきは身を乗り出して捨吉の手を摑《つか》んでいた。こちらを見つめる大きな目は真っ赤だった。母がいつか言った通り、昔に何があったかなんて、捨吉の父親が大店《おおだな》の主人かもしれないなんて、どうでもいいことだ。

大事なことはただひとつ。

「小母《おば》さんは無実だよ。あんなに優しい人が人を殺めるはずがないもの。何とかして救える手立てがないか、飯倉様に頼んでみる」

言いながらふと思った。同心の指示がなければ、いかな十手持ちでも、科人を勝手にお縄にすることはできぬはず。となれば、おはるをしょっ引いていったのは田村の手下になるのか。

「飯倉様――」

捨吉の声で、人の好《よ》さそうな丸顔を頭から追いやった。とりあえずは飯倉に事情を訊くのが先だ。

「大丈夫。一見冷たそうだけどいい人だからきっと何とかしてくれる。あたしも調べてみるから。何とかして小母さんを救おう」

自らに言い聞かせるように、おまきは一語一語に力をこめた。

そして翌日。早速、飯倉を訪ねようとしていたおまきのところへ、山野屋から小僧が使いにやってきた。今日の宵六ツに店まで来てくれという。

何の用だろうと首をひねった拍子に、あ、と思わず声に出てしまったのは、源一郎に頼み事をしていたのを思い出したのだった。

本所、深川の普請中の店や屋敷を調べて欲しい。そんな無茶な依頼であった。飯倉の羽織からきな臭いにおいがする、という要の言が引っ掛かっていたことが発端だった。当初は飯倉も田村とつるんでいて、満月の夜の小火《ぼや》を隠しているのではないかとおまきは疑っていたのだった。だが、飯倉の羽織がきな臭かったのは、大八屋の木材から火が出た際、その場に居合わせたからだと後で知った。だから、源一郎には無駄な調べをさせてしまったことになる。

それでなくとも多用な源一郎に何ということを。己の迂闊《うかつ》さを悔やみながら、山野屋の座敷でおまきが落ち着かぬ思いで待っていると、亀吉と要を伴った半纏《はんてん》姿の源一郎が入ってきた。背中に「山源」の文字が染め抜かれた藍色の店半纏である。亀吉が継いだら「山亀」になるのだろうか、いや、名も継ぐから屋号はそのままだ、でも、山野屋を継ぐとしたらせっかくの画才がもったいないかも。そんなことを場違いに思った後、

「この度は面倒なことをお願いして申し訳ありませんでした」

おまきは畳に手をつき丁寧に頭を下げた。せっかく調べていただいたのに、と言葉を継ごうとすると、

「おまきちゃん。そんなことより、これを見な」

源一郎が引き締まった顔つきで一枚の紙を差し出した。ずらりと並んでいるのは人名や屋号だ。

その中にあるだろう、と源一郎が紙の中ほどを太い指で差した。

――松井町。相模屋藤右衛門《とうえもん》屋敷。

松井町と相模屋。言い換えれば小火と毬香炉。ふたつの点が繋がり、おまきの胸は高い音で鳴り始めた。

「しかも、相模屋さんは、何を普請していたと思う？」

うずうずした目をして亀吉がおまきに問う。

「座敷牢なんだぜ、ね、お父っつぁん」

問うているくせに、亀吉は待ちきれずに自ら答えを言った。

息が止まりそうになる。座敷牢の普請を請け負っていないか。父は大八屋のような店を何軒も廻《まわ》っていたのだ。毬香炉の蓋。座敷牢。小火。ふたつどころか、三つを繋

ぐ糸が浮かび上がってきた。その中心にいるのは相模屋だ。そこをつつけば、もつれた糸がほどけ、父の行方に繋がるものが姿を現すかもしれない。喘《あえ》ぐようにして息を吸い、おまきは背筋を伸ばした。

「相模屋から普請を請けたのは、海辺大工町《うみべだいくまち》の白田屋《しろたや》って店だ。重い口を開かせるのは、結構難儀だったぜ」

源一郎は唇の右端だけを上げて笑った。

納めた材木がどこで何に使われるのかは、取引先にいちいち確かめなくてはならない。だから、存外に時が掛かってしまったそうだ。白田屋は最初、相模屋について屋敷の一部を修繕していると言ったらしい。

ところが、昨夕、亀吉から剣呑《けんのん》な話を聞いた。利助の残した毬香炉の蓋が、数日前に死んだ相模屋の倅の持っているものと似ているようだと。

「で、うさぎ屋のおはるが、相模屋の倅殺しの咎でしょっ引かれたっていうじゃねぇか。何だかわかんねぇが、こりゃきな臭ぇってんで、白田屋の棟梁《とうりょう》にもう一遍訊いてきた。相模屋の屋敷はどこが壊れたんだと。そうしたら、母屋を建て増しして、そこに座敷牢をこさえたっていうじゃねぇか。何に使うんだって訊いたら、そこまでは知らねぇらしい」

「心の病を患ってる人がいるんじゃないかい」

亀吉が源一郎を振り仰いだ。澄んだ目は父親を真っ直《ます》ぐに見つめている。

「心の病だと?」

「うん。大八屋の棟梁が言ってたよ。座敷牢は心の病にかかった人が入ることもあるって」

「なるほど。心の病は治せねぇ。だから、無理に座敷牢にぶち込むってか」

源一郎が思い切り顔をしかめた。

おまきの頭の中で科人の姿がぼんやりと像を結ぶ。火付けをしたのは相模屋の誰かで、毬香炉の中に炭火を入れ、持ち歩いている。火をつけるのは心の病のせいだ。だから、相模屋はその誰かを閉じ込めるために松井町の寮に座敷牢を拵えた。

その誰かとは誰だ。

「大親分の残した毬香炉の蓋が、相模屋のものかもしれないと知ったとき」

要が静かに口を開いた。

「火付けをしたのは奉公人でもおかしくはないと思いました。女中であれば毬香炉くらいくすねることはできるでしょう。でも」

要はそこで一旦切った。

「でも？」

亀吉が眉根を寄せ、先を促す。

「今日の話を聞いて、その線は消えました。奉公人のためにわざわざ座敷牢を作る必要はありません。暇を出してしまえばいいのですから。外に洩《も》れることを恐れるのなら、口を封じてしまえばいいのです。病死だか何だかにして」

可愛《かわい》い顔をして物騒なことをさらりと言う。

「奉公人でないとしたら、自《おの》ずと限られるだろうよ。あそこは一人息子だと聞いてるぜ」

源一郎が亀吉同様、くっきりした眉根を寄せる。大きさが違うだけで同じ面相がふたつ並んだ。

「だとすれば、お内儀さんしかいないじゃないの。一人息子は死んじゃったんだもの」

おまきは座敷牢に閉じ込められた顔のない女を想像した。

「いや、死んだ息子だったかもしれんぞ」

煙草盆《たばこぼん》を引き寄せながら源一郎が呟《つぶや》いた。その言葉に背筋がぞくりとした。もしそうだとするなら、相模屋の息子の死には厄介なものが絡みついているのではないか

――おまきの頭に空恐ろしいことが浮かんだときである。

「旦那様、よろしいですか」

障子の向こうで慌てたような男の声がした。

「いいぞ。どうした」

源一郎が答えるとすぐに障子が引かれた。店半纏を着た若い手代が張りつめた面持ちで言った。

「すぐそこの角田屋《かどたや》で火が出たそうです」

亀吉が息を呑《の》み、煙管《キセル》を手にした源一郎の太い眉が吊《つ》り上がった。

「ですが、小火で済んだらしくて。女中が気づいてすぐに消し止めたそうです」

若い手代が慌てた様子で言い足すと、

「ばかやろう！　先にそれを言え」

障子紙が震えるほどの大声で源一郎が怒鳴った。手代が首をすくめる。

「角田屋さんって料理屋さんでしたよね」

八幡宮の東、永居橋《ながいばし》の袂に建っている小ぢんまりとした料理屋だ。柿渋《かきしぶ》染めの洒落《しゃれ》た暖簾《のれん》を覚えていた。

「へえ、そうです。裏庭に置いてあった空き樽《だる》が燃えたそうで。菜種油を吸わせた丸めた布があったんで、火付けじゃねぇかと」

おまきの問いに手代が早口で告げた。

「賊は見つかったのか」仏頂面で源一郎が訊く。

「いえ。それがまだのようです。はっきりしたことはわかりませんが、どうも夕闇に紛れて舟から火種を投げ込んだんじゃねぇかと。急ぎ、自身番には届けたそうです」

「わかった。また何かあったら報《しら》せてくれ」

源一郎は口調をやや和らげ、手代を退《さ》がらせた後、

「幽霊にゃ、火はつけられねぇよな」

煙管に火をつけながら低い声で言った。

「怖ぇこと言うなよ。お父っつぁん」

亀吉が隣に座る要の腕にしがみついた。こう見えて案外怖がりなのだ。

「菜種油を吸わせた布っていうのは大八屋と寺の小火と同じね。となると、一連の火付けは息子じゃなくお内儀さんの仕業ってことになるのかな」

確かめるようにおまきが座を見渡すと、そうかもしれんなと源一郎が苦い顔で煙を吐いた。

菜種油は高直《こうじき》なものだ。それを布にたっぷり吸わせて火種にするなんて貧乏人には

無理だろうが、大店のお内儀なら――

見たことのない女の顔を思い描きながら、ふと横を見ると要が何かを考え込むように眉根を寄せている。

「何か、気になることがあるの」

おまきが水を向けると、

「何で、舟からなんでしょう」

要は呟くように言った。

「何でって。逃げるためでしょ」

かわたれ時だ。何食わぬ顔をして宵闇に紛れてしまえばいい。

「ええ、そうなんでしょう。でも、そこが冬木町の二件の小火とは違いませんか。どことなく手慣れているというか」

確かに舟からの所業だとしたらお内儀一人ではできない。舟を漕《こ》ぐ人間が必要だ。しかも、永居橋の辺りはちょうど東西南北に堀が走っている場所だ。逃げ道を選べる。心の病んだ女が火をつけたというには、いささか手が込んでいる。

幽霊でも心の病んだ女でもない。だとしたら、角田屋の火付けは一連の小火とは関わりがないのか。

「そういやそうだな。もしかしたら、別件かもしれん。おれからも角田屋と近所のもんに当たってみよう。『山源』の目と鼻の先で火付けするなんざ、いい度胸だ」

吐き捨てるように言った後、源一郎は煙管を煙草盆に一旦置いた。

「なあ、おまきちゃん」

口調が改まった。

「はい」と居住まいを正し、源一郎に向き直る。

「おれは利助親分に頼み事があると言われてたんだ」

確か、亀吉がそんなことを言っていた。だから、すごく案じているとも。おまきは黙って頷《うなず》いた。

「で、そのことがずっと気になってた」

利助親分はおれに何を頼みたかったんだろう。何でもっと早く聞いておかなかったんだろう。おれにできることなら何でもしたのに。

「けど、今日わかった。親分はこれを知りたかったんだろうな。相模屋が座敷牢を普請していた、その裏を取りたかったんじゃねぇかなって」

大きな目を細めた後、源一郎は先を続けた。

「おまきちゃんはお父っつぁんが辿《たど》ろうとした道を間違いなく辿ってるんだ。さすが、利助親分の娘だよ」

最後の言葉に胸が詰まった。ありがとうございます、と言うのが精一杯で、おまきは畳に手を支《つか》え、深々と頭を下げた。あたしは独りじゃない。そう思えば腹の底から力が湧いてくる。

「おまき親分、こうしちゃいられねぇぜ。ともあれ、本丸の場所はわかったんだ。後は攻めるだけだろ」

やけに張り切った声で言っているくせに、どんぐり眼は潤んでいる。その横で要もゆっくりと頷いた。

「けど、くれぐれも無茶はするなよ」と源一郎は息子の頭にぽんと手を置いた。「おまえらにできることを考えろ」

あたしたちにできること。源一郎の言を胸裏でなぞると、

——子どもだってできることがあるだろ。

いつか亀吉に言われたことが浮かび上がった。刹那《せつな》、おまきの頭の中で算盤珠《そろばんだま》を弾《はじ》いたようにぱちりと音がした。

それから三日後。夕刻近くの屋敷町は振り売りたちの掛け声で賑《にぎ》やかだ。魚売りに

豆腐売りなど天秤棒《てんびんぼう》を担いだ男たちに交じり、おまきは青菜の入った背負子《しょいこ》を担いで歩いていた。もちろん亀吉と要を連れている。

目当ての屋敷に着いたとき、首尾よく黒檀《こくたん》の裏木戸から若い魚売りが出てくるところだった。春の陽《ひ》を受け、桶《おけ》の中で針魚《さより》の銀鱗《ぎんりん》が玉虫色にきらめいた。

「おまき親分、ちょうどいいや」

行こうぜ、と亀吉が囁《ささや》いた。さるを内側から掛けられたら入れなくなる。おまきは黙って頷き、二人の先に立って裏木戸から身を滑らせた。

裏庭だけで百坪はあるだろうか。だが、見頃の過ぎた梅が幾本か植えられているだけで、春だと言うのに他には目立つ花も畑もない。がらんとした寂しい眺めであった。その先に板葺《いたぶ》きの大きな一構と海鼠壁《なまこかべ》の蔵が見える。

勝手口はすぐにわかった。というのも、魚屋の桶から水が滴っていたのか、地面に点々と染みがついているのだった。その染みを辿って戸口まで行き、

「ごめんください」

亀吉がよく通る声で開いた戸から訪《おとな》いを入れると、厨《くりや》の流し場にいた女が振り向いた。

前垂れで手を拭きながら近づいてきたのは子持縞《こもちじま》の着物に身を包んだ、二十歳《はたち》前く

らいの女中である。魚の下ごしらえに取り掛かっていたのか、濡《ぬ》れた手からは生ぐさいようなにおいがした。三人もいるとは思わなかったのだろう、丸顔の女は細い目をぱちくりさせ、なあに、とやけに甲高い声で言った。

「青菜はいりませんか」

背負子を見せるようにして半身をひねったが、

「いらないよ。足りてるから」

にべもない。

「一把でいいですから、買ってください」

おまきが食い下がり、

「お願いだよう、お姉さん。売れないと、今日のおまんまが食えないんだよう」

ほらおまえも頭を下げろ、と亀吉が要の頭を押すと、

「あい、おたのみもうします」

と殊勝な様子でぺこりと頭を下げる。それを見た女中の眸《ひとみ》に束《つか》の間《ま》、逡巡《しゅんじゅん》の色が浮かんだが、

「でも、うちは人が少ないんだよ。お内儀さんの他には、あたしともう一人の女中と下男が二人いるだけ。だから」

ごめんね、と突き放すような物言いで戸を閉めようとした。お内儀さんの他には。

ということは、やっぱりお内儀はここにいるんだ。もうひと押しだ。そこを何とかお願いしますとおまきが戸に手を掛けた、そのときだった。

「買っておやり。青菜の一把や二把。おひたしにでもすれば幾らでも食べられるでしょう」

板間の奥から柔らかな声がした。薄手の練絹をふわりと広げたような気が辺りにたゆたう。

「お内儀さん、具合は大丈夫なんですか」

女中の声色が変わる。中を覗《のぞ》き込むとひんやりとした板間の中ほどに華奢《きゃしゃ》な女が立っていた。その背後、竈《かまど》の上部には立派な神棚が設《しつら》えられている。滴るような荒神松の碧《あお》と女の帯の緋色《ひいろ》が、そこだけ切り取ったかのようにくっきりと映る。

「大丈夫よ。今日はいい按配《あんばい》なの」

お内儀さんと呼ばれた女が下駄を突っかけて降りてきた。柔らかな気と共に甘やかなにおいが土間に広がる。ああ、あの香りだ。金蒔絵《きんまきえ》を施した、あの美しい毬香炉の蓋に残っていた甘い香気によく似ている。うっとりするようないいにおいだ。

ここはあたしがやるからお戻り、と女中を押しのけるようにしてその人が戸口の外に立った。夕刻間近の黄色みを帯びた陽がほっそりした輪郭を際立たせる。間近に見ると香色の着物に合わせた帯は緋色ではなく温かみのある柑子色《こうじ》だった。

「あら、可愛らしい。三人姉弟なのかしら」

にこやかに笑んだその顔を見て、おまきは思わず息を呑んだ。

十一

その頃、飯倉信左は日本橋室町にいた。中間《ちゅうげん》の朔次郎は伴わず、一人である。

相模屋の寮は松井町にあった。しかも、近頃母屋を建て増ししたうえに、座敷牢まで普請していたそうである。ゆえに青物売りに扮《ふん》して松井町の寮を探りたいとおまきに言われたものの、すぐには首肯できなかった。利助が行方不明になっていることを鑑みたら、深入りすれば危難が及ぶのではないかと思ったのだ。だが、女だてらに手下にしてくれ、と訴えるくらいの娘である。止めたところで勝手にやるだろう。だから、結局は許したのだが、念のため寮の近くに朔次郎を張りつけている。

そして、信左は別方向から攻めようと室町に足を運んだのであった。

相模屋は遠くからでもすぐにそうとわかった。間口六間の大きな店構えは否応《いやおう》なしに目立つ。大きな張子の薬袋に「薬種」と書かれた看板が吊り下げられており、店の右奥には立派な百味簞笥《だんす》がでんと置かれている。それだけでは足りずに、造り付けの棚には薬種の収められた抽斗《ひきだし》やらびいどろ瓶やらがずらりと並べられ、中には見たこともない動物の角らしきものまで入っていた。

板間では薬研《やげん》を使って何かをすっている者、乳鉢の薬を小袋に詰めている者など、みな忙しく手を動かしていた。店の左手前には「和中散」などの風邪薬に、痰《たん》切りや口臭消しの「外郎《ういろう》」、皮膚病に効く膏薬《こうやく》など、常備薬の類が所狭しと並べられており、大勢の客が品を手に取って見ている。

問屋商いに加え、直売りもする。御開府と同時に店を構えた本町界隈《かいわい》の大きな薬種問屋にも引けを取らぬ、堂々たる商いぶりだった。

店奥に進むと、帳場格子の中にどっしりとした体格の男が座しているのが目に入った。馬面に黒々とした眉が目立つ男である。主人か番頭か。

「忙しいところをすまぬが、少し話を聞かしてくれるか」

信左が声を掛けると、男は慌てた様子で帳場格子から飛び出してきた。

「お役人様。店先ではなんですから、どうぞお上がりください」

一見すると貫禄《かんろく》があると思った男は俄《にわ》かにおどおどして、信左を店先に上げた。

通されたのは帳場格子の裏の小座敷である。

「ただいま、番頭を呼んで参りますので」

去りかかった男へ、「あんたは番頭じゃないのか」と訊《たず》ねた。一呼吸置いた後、

「わたしは、店先を任されているだけでして」

失礼いたします、と男は頭を下げて障子を静かに引いた。

穏やかな日だ。小さな明かり採りの窓から春の陽が差し込み、座敷は明るく暖かい。商談にも使う部屋なのだろう、掃き清められた青畳からは藺草《いぐさ》の清々《すがすが》しいにおいがした。店先にも座敷にも暗い影はない。だが、跡取り息子が死んだばかりの店と思えば、それが却《かえ》って空々しく感じられる。

「失礼いたします」

待つほどもなく、落ち着いた声がして四十がらみの男が現れた。春の陽に体が半分透けてしまうのではないかと案じられるほどに男は影が薄かった。小柄で痩せているせいだろうか、と思っていると、

「相模屋の番頭、育三郎《いくさぶろう》でございます」

男は座敷の入り口で手をつき、丁寧に頭を下げた。なるほど。大店の番頭ともなれば〝表〟と〝裏〟がいるわけか。

「忙しい折にすまないな。幾つか訊きたいことがあってな」

頓死した跡取りのことで、既に色々と訊かれているはずだが、育三郎は怪訝《けげん》な顔ひとつせず、

「はい。何なりと」

淡々と返答して信左の前に座った。男前でも不細工でもない。目鼻が小ぢんまりとしており、ここを出て、しばらくするとすっかり忘れてしまいそうな目立たぬ風貌だ。顔も佇《たたず》まいものっぺりした男は置物のように身じろぎもしない。

信左はひとつ咳払《せきばら》いをしてから、

「三年前の小火のことを訊きたいんだが」

話の端緒を開いた。問いが案外だったのか、育三郎の目の奥が微《かす》かに動いた。

「三年前の小火、でございますか」

「そうだ。隣の糸問屋、丁子屋で物置が焼けたことがあっただろう」

林家の妻女の実家、御利益のある甕《かめ》を置いていた丁子屋だ。志乃から話を聞いたときは相模屋の「さ」の字も思い浮かばなかったが、大八屋の小火が気に掛かっていたので、朔次郎に命じて調べさせていたのだった。

浮浪人がお縄になったことを近所の者たちはよく覚えていたそうだ。

そうそう、あれは秋も深まった満月の晩でした。

そんなふうに切り出し、眉根を寄せる者もいた。

火が小さくてよかったですよ。浮浪人は何をするかわからないですからね。ともあれ、いなくなってよかった。

その一方で。

火なんてつけそうな男じゃなかったですよ。かつては大店の手代だったみたいな話もあって。折目正しいっていうのか、分を弁《わきま》えているっていうか。何かをもらいにくるのも裏口からこっそり来るし、しかも、こっちがあまり忙しくなさそうな頃合を見計らってやってくるんです。

男をはっきりと庇《かば》う声もあった。

頭がおかしいんじゃなくて、中風で上手《うま》く喋《しゃべ》れなかっただけだと思います。火付けなんかやってないとお白洲《しらす》で言えぬまま、罪をなすりつけられたんじゃないかって専らの噂でした。そうそう、下男くらいならできるんじゃないかって、町役人が働き口を世話してやると言ってたようです。でも、こいつがいるからと迷ってたみたいですねぇ。こいつというのは猫です。トラって呼んでいつも一緒にいましたよ。猫の方もよく懐いていましたがね。男が死んだ後、猫はどうしたかって。はて、どうしたんでしょう。いつの間にか、姿を見せなくなってしまいましたねぇ。

調べたことをひと通り話し終えると、朔次郎は小柄な身を微かに震わせた。

——旦那様、話を聞いているうち、わたしは何だか気持ち悪くなっちまったんですよ。上手く言えませんが、鳩尾《みぞおち》の辺りをぎゅっと摑まれたみたいな。トラはどこへ行ったんだろう。トラなら真相を知ってたんじゃないかって。

その気持ち悪さの元がもしかしたらここにあるかもしれない。

「ええ、小火なら確かにありました。丁子屋さんの裏庭で物置が半焼したんでしたね。ひやりとしたのを覚えています」

そう言いながら育三郎は眉ひとつ動かさない。

「なぜ、ひやりとしたんだ」

後ろ暗いことがあるからか。

「当然でございましょう」と育三郎は初めて薄く笑った。「延焼すれば店の被害は甚大なものになります。ことに薬種は高直なものばかりですし。仕入れ直すといっても、手間も刻《とき》もかかります」

「なるほど。で、お縄になったのが、猫を連れた浮浪人だったというが、覚えておるか」

短い間を置いた後、育三郎は言った。

「話としては、覚えております」

「どういう意味だ」

「浮浪人の顔を覚えていないということですよ。手前どもくらいの店になりますと、ただ物を売るだけでなく、雑多な仕事が生じてまいります。それらをこなしていくのに、手いっぱいでございまして。関わりの薄いことは失念してしまうのです。でも、それは、わたしに限ったことではございませんでしょう。お役人様は御役目の全てを事細かに覚えていらっしゃいますか」

微笑《ほほえ》みながら言う。

「いや、全てを覚えていることなど無理だ。だが、人間、忘れようにも忘れられないこともある」

「例えば、どんな場合でございますか」

「人を殺めたとき、だ」

「お役人様は人を殺めたことがおありで」

唇は薄い笑みを象《かたど》ったままだ。

「おれはない。聞いた話だ」

「さようでございますか。どんなお話でございましょう」

唇は動いているのに、声だけが遠くから聞こえる。この男は人形で、天井裏かどこかに人が隠れて喋っているのではないか。そんな妙な心持ちになった。胸にまとわりつく不快さを振り払い、もう随分前のことだがと信左は言葉を継いだ。

「朋輩《ほうばい》を殺しちまった大工がいたんだが、そいつはお縄になったときにどこかほっとした顔をしていたんだ。殺した相手の顔を片時も忘れることがなかったらしい。鉋《かんな》をかけているときも鋸《のこぎり》を挽《ひ》いているときも、飯を食っているときも、女を抱いているときも。頭からこびりついて離れなかったそうだ。夢枕《ゆめまくら》にも度々立ったと言ってたな」

育三郎の眸の奥にあるものを読み取ろうとして、信左はそこから目を離さずに語った。だが、小さな眸は揺るがない。短い間の後、唇だけが別の生き物のように微かに動いた。

「だったら、殺さなければよかったんです」

「そう言われれば、身も蓋もないがな。ああ、そうだ。こういう場合もあるな」

信左は膝をぽんと打った後、

「大事な者を喪《うしな》ったときだ。おっ母さんやお父っつぁん、亭主や女房、息子や娘。かけがえのない者が逝った日のことも、そう簡単には忘れられん。そういや、相模屋さんはどうしてる？　可愛い息子を亡くしたばかりだろう」

　番頭の目を覗き込んだ。

「それはもう、嘆いていらっしゃいますよ。とにもかくにも、藤一郎坊っちゃんは、相模屋の大事な跡取りでしたから。大内儀も店の先行きを心配していらっしゃいます」

　大内儀がまだいるのか。

「だったら、殺した奴《やつ》がさぞ憎かろうよ」

「ええ、きっとそうでしょう」

「だが、大事な藤一郎坊っちゃんを手にかけた科人は、今日番屋を出されるそうだ」

　おまきたちにはまだ伝えていない。ここへ来る前、番所で耳にしたばかりのことだ。

「人ひとりを殺しておいて所払いで済んだ。しかも、しょっ引かれてからたった四日しか経《た》っておらん。何でも相模屋の主人が内々にそうしてくれと町役人を通して番所に掛け合ったそうだ。そりゃ、何でだ」

　番頭の目に初めて当惑の色が浮かんだ。いや、当惑じゃない。信左を初めて警戒するような色だ。この同心は何者だ。どこまで知っている。敵か味方か。そんな目だ。

「それは――」

「科人のおはるがかつての妾だったからだろう。だが、昔のよしみで許してやろう――ってわけじゃあるまい。あんたらの目当ては妾の息子、捨吉だ。妾腹でも立派な主人の胤《たね》だからな。小さな小間物屋だが、十八歳で切り盛りする才覚もあるし、町娘をぽうっとさせるほどの男前だ。何より真面目で働き者だ。そいつを」

死んだ藤一郎の後釜として据えたいからだろう、と信左は言った。

短い間の後、高らかな笑い声が座敷に響いた。育三郎が笑っていたのだ。だが、笑っているはずなのに、そこに喜怒哀楽らしきものは一切感じられない。まるで出来損ないの面をつけているようだ。

「これはこれは。なかなか面白いご推察でございますな」

笑い声を喉に残したまま育三郎は言った。

「違うか」

「はい、全くの的外れでございます。そもそも、おはるという女は主人の妾ではございません」

「妾ではないと？」

それは意外だった。だとしたら、ますます糸がこんがらがってしまう。

「はい。そこからして、お役人様のご推察は違っているのでございますよ」

「では、なぜおはるを許す」

「それは、手前どもの主人が徳の高い人物だからでございましょう。どうやら藤一郎様にも瑕疵《かし》があったようでございますし」

瑕疵とはうさぎ屋を脅していたことか。それにしても。

「倅を殺めた女だぞ。それをわざわざ助けるのか」

どう考えてもおかしいではないか。信左が身を乗り出して追及すると、

「飯倉様とおっしゃいましたか。勘違いをなさっているようですね」

恬淡《てんたん》とした口調で言った。

「勘違いとはどういうことだ」

「失礼ですが、あなた様は見廻り方です」

何だと。その物言いにかっとしたが、かろうじて抑えた。育三郎の顔つきは変わらない。

「そして、手前どもはただの商人に過ぎません。御定法に従い罪を裁くのは、吟味方のお役人様と御奉行様でございましょう」

平板な口吻《こうふん》で言い終えた、そのときだった。

廊下を微かに打つ足音がした。足が悪いのか、片足を引きずるような音だ。その音

が障子の前でぴたりと止まる。信左の聞き取れぬほどの小さな声がし、育三郎の眸がほんの僅かだけ揺らいだ。だが、それも束の間だった。

「さて、そろそろよろしいでしょうか。最前も申しましたが、雑多な仕事で手いっぱいなのでございますよ」

育三郎は片笑みを浮かべると話を打ち切った。

十二

この人が相模屋のお内儀だって？

息を呑んだきり、おまきはその場に固まったまま動けないでいた。胸がどくんどくんと鳴り、頭の中は大風が吹いた後みたいに散らかっている。

大きな切れ長の目に黒々とした長い睫《まつげ》。通った鼻筋に少し厚めの形のよい唇。華やかで美しい顔立ちは、どこかで会ったような気がする。

いや、どこかで会ったような気がするどころではない。幼い頃から知っている顔だ。いつも間近に見ているから忘れようにも忘れられない顔だ。

そう。捨吉っちゃんにそっくりだ。

でも、どうして——

「どうしたの？　背負子の中を見せてちょうだい」

お内儀の訝《いぶか》り声で我に返った。

「はい！　ただいま」

おまきは慌てて背負子を下ろした。青菜を取り出す手が震えているのに気づき、落ち着けと胸裏で呟いてから、小さく息を吐いて吸う。母からの話で、おはるが相模屋の主人の妾だったかもしれないとは思っていた。だが、捨吉はこの人に瓜《うり》ふたつだということは、捨吉はおはるの子ではなく、正妻の、この人の子どもだったということか。だが、なぜ、妾のおはるに捨吉を育てさせたのだ。何のためにそんな面倒なことをする。

「あら、形は悪いけど、美味《おい》しそうね。いつもの青物屋より、葉がぴんとしてるわ」

じゃあ、三把もらおうかしら、とお内儀は懐から巾着袋を取り出した。その声は優しげで、とても火付けをするような人には思えなかった。

「お内儀さんには子どもがいるんですか」

もたもたしているおまきの手から青菜を取ると、亀吉がお内儀に手渡しながら訊いた。そんな問いをするということは亀吉も気づいているのだ。お内儀の顔がうさぎ屋の捨吉にそっくりだということに。

「どうしてそんなことを訊くの」

問い返されたことで狼狽《ろうばい》したのか、亀吉は耳まで朱に染め、あわあわしている。

「すみません。不躾《ぶしつけ》なことをお訊きして。あたしたち、おっ母さんもお父っつぁんもいないもんですから」

おまきが咄嗟《とっさ》に言い繕うと、

「そうだったの」

お内儀が悲しげな目で亀吉と要を見下ろした。

「それで、お内儀さんがあまりに優しいから。この子、おっ母さんのことを思い出しちまったんだと思います。ね」

おまきは亀吉に目配せをした。顔はまだ赤いものの亀吉は得たりとばかりに頷いた。

「そうなんです。すみません、お内儀さん」

しゅんと肩を落とし、殊勝な様子で頭をぺこりと下げる。

「いいのよ。まだ小さいんだもの。おっ母さんが恋しいわよね。あんたたち、幾つなの」

お内儀は腰を屈《かが》め、柔らかな声色で亀吉に訊ねる。

「おいらは十一で、こいつは十です」

亀吉が要の頭をくしゃりと撫《な》でれば、あい、あたいは十です、と要もたどたどしい口調で答える。日頃の凜《りん》とした面差しはどこにもない。この子、案外役者だわとおまきは胸裏で苦笑した。

そう、とお内儀は体勢を戻した後、あたしの子どももはね、と遠くを見るような目をして言った。

「とうの昔に死んじゃったの」

亀吉がひゅっと息を吸い込む音がした。とうの昔に、ということは藤一郎のことではなかろう。すると、捨吉は死んだことになっているのだろうか。ややもすると、前のめりになりそうな亀吉を手で押さえながらおまきは問うた。

「ということは、幼い頃ですか」

「ええ、そう。二人とも小さい頃に流行《はや》り病《やまい》で死んじゃったの」

二人とも？　流行り病で？　おまきの頭に再び大風が吹く。

「二人いなさったんですか」

亀吉が不得要領な面持ちで訊いた。二人とは藤一郎ともう一人、やはり捨吉のことを指して言っているのだろう。だが、二人共に幼い頃に死んだとはどういうことなのか。

「ええ、そう。ことに下の子がね、ものすごく可愛かったの。それなのに、姑《しゅうとめ》には忌み子とか不吉な子とか言われてね」

忌み子。不吉な子。重く尖《とが》った言葉がおまきの胸に次々と振り下ろされ、そこからどくどくと血が吹き出すような音がした。

丙午《ひのえうま》生まれの娘。男を喰《く》い殺す鬼っ子。不吉な子。だから水害が起きた。だから家を失った。だから死にかけた。この子のせいだ。この赤子のせいだ。

そうして紫雲寺に捨てられたおまきと同じく。

捨吉も捨てられたのだろうか。でも、なぜ。

「どうして不吉な子だって言われたんですか」

疑問をそのまま投げかけると、お内儀の眼差《まなざ》しはおまきの肩越しをすうっとすり抜けた。どこか遠い場所を見たまま抑揚のない声で答える。

「荒神様がそうおっしゃっているから、と姑は言ってたわね。だから、手放さなければ店が潰れると」

荒神様。どこの家の厨でも祀《まつ》られるものだ。だが、最前ちらりと見た、ここの神棚は異様なほどに立派だった。あんな大きな枝振りの荒神松を見たのは初めてだ。

「でもね、あたしは荒神様なんてどうでもよかったの。だって、おかしいでしょう。せっかく生まれてきた子が不吉だなんて。だから姑にお願いしたの。子どもを他所《よそ》にやるなんて言わないでくださいと」

そのときのことを思い出したのか、お内儀は捨吉にそっくりな目に涙を浮かべ、声を詰まらせた。

「でも、そのせいでしょうね。二人とも育ち上がる前に死んじゃったの。あたしが荒神様のおっしゃる通りにしなかったから罰が当たったんですって。でもね、あたし、どうしても手放せなかったのよ。腹を痛めた子ですもの。ねえ」

あなたも女だからわかるでしょ、とお内儀はおまきへ目を当てた。美しい双眸《そうぼう》はぞくりとするくらいに澄みきっている。

この人は、今どこにいるのだ。

どこに、とどまっているのだ。どこに――

「そうだ」

亀吉の弾けるような声で我に返る。姉ちゃん、と懐を指し示され、肝心なことを思い出した。

「お内儀さん、これ、見たことありますか」

おまきは懐から古布に包まれたものを取り出し、お内儀の前に差し出した。父が拾った毬香炉の蓋である。春の陽の下で金蒔絵の蓋はそれ自体が光を放つかのようにきらきらと輝いている。

「あら、これ、あたしのよ。どこかに落としたみたいで、ずっと捜していたの。どこにあったの？」

屈託のない物言いには焦りも戸惑いもやましさもない。それがことのほか、おまきの胸をきつく締め上げる。

「すぐそこ、外に落ちてました。綺麗なものだから、もしかしたらここのお屋敷のじゃないかって」

悲しい思いでおまきは告げた。

「そう。ありがとうね。大事なものなのよ。息子たちのために対になっているものを揃《そろ》えたの。もうひとつを見せられないのが残念だわ。ふたつ揃うと、鶯《うぐいす》が互いに呼び合っているみたいに見えるのよ」

お内儀はにっこり笑って毬香炉の蓋を受け取った。美しい笑顔だった。この顔にそっくりな顔が笑ったり、怒ったり、泣いたり、拗《す》ねたりするのを小さい頃から幾度となく見てきた。一歳違いの幼馴染《おさななじ》み。もしかしたら一生添い遂げることになるかもしれない相手。だから、この美しい人に初めて会ったのに初めて会った気がしない。それは捨吉がこの人の息子だという、何よりの証《あかし》ではないだろうか。

だが、そうだとしたら、捨吉は自らの境涯を知らされているのだろうか。想像すると瞼《まぶた》の裏が熱くなり、涙がこぼれそうになった。

お内儀は蓋を慈しむように眺め、鶯の絵柄をそっと指でなぞった後、左袂に入れた。本当にありがとう、と綺麗な目を優しくたわめると、そうそうお代を払わなきゃと帯と同じ柑子色の巾着袋の紐《ひも》をほっそりした指で解いた。

「はい、ご苦労様」

亀吉の手に置かれたのは。

銭ではなく、小刀で薄く削《そ》いだような小さな木の欠片《かけら》だった。


屋敷を出た三人はしばらく無言で歩いた。夕刻になって少し風がひんやりとしてきたようだが、大川沿いの桜は昼間の陽気でだいぶ花芽が膨らんでいる。後ひと月もしないうちに江戸の町は花時を迎え、川にはたくさんの花見舟が浮かぶのだ。でも、おまきの心は何だか真冬に向かっていくように冷え冷えとしている。

相模屋のお内儀はどう見ても心の病だ。だから、全てを鵜呑《うの》みにしてはいけないのかもしれない。けれど、あの人は間違いなく捨吉の生みの母親だ。整った相貌が何よりも雄弁に語っている。

不吉な子。忌み子。そう言われたわけは、いまひとつ腑《ふ》に落ちないが、ともかく捨吉はそれがために相模屋を追い出されることになった。だが、姑に抗い、可愛い息子を手放そうとしなかった。そこまでは事実なのかもしれない。

しかし、その後のことは――

「忌み子と言われた子どもは、無理やり家から出されたのかもしれませんね。そのときからお内儀さんの心はじわじわと壊れていったのでしょう。もしかしたら、長男の藤一郎さんとはあまり上手くいかなかったのかもしれません。そのうちに、荒神様に逆らったから罰が当たり、兄弟は幼いうちに流行り病で死んだのだと思うようになった。そう思い込まなければ、あの人はこれまで生きてこられなかった」

要が静かな声で語った。ああ、そうだった。狼狽していたからすっかり失念していた。要にはお内儀の顔が見えていなかったのだ。

「お内儀さんの顔なんだけど――」

「うさぎ屋の捨吉さんにそっくりだったんでしょう」

おまきが言い終わらぬうちに要は答えを告げた。

「どうしてわかったの?」

毎度のことだが、驚きでおまきの声は裏返った。

「声が似ていましたから」

「声が?」

さらに驚く。おまきにはそんなふうには思えなかった。

「はい。顔かたちが似ていると声も似るんだそうです。女ですからお内儀さんのほうがもちろん細く高いですけれど、二人の声は芯の部分が似ています。柔らかで優しい声です。もちろん、うさぎ屋の匂い袋に相模屋さんの香料が使われているとか、おはるさんがご主人のお妾さんだったかもしれないとか、そういう話をおまき姉さんから聞いていたから気づいたのですが。それに、おまき姉さんと亀吉っちゃんが驚いていたようでしたし」

この子の頭の中は人の何倍もの速さで動いているのだと、おまきは要のすべすべのおでこを見つめた。そのおでこに僅かながら皺《しわ》が寄る。

「冬木町の小寺の小火はお内儀さんの手によるものだと思います」

寺での小火を消し止めた後、香のようなにおいがすると要は言っていた。あれは僧侶のまとう白檀《びゃくだん》の香りだとおまきは思ったのだが、そうではなく——

「寺の焼け跡に残っていた香のにおいは、お内儀さんのにおいに似ていたのね」

おまきでもはっきりとわかるほど、今日のお内儀は甘い香りを抱いていた。

「はい。わたしもあのときはよくわからなかったのですが。今日、お内儀さんに会ってはっきりしました。あの甘いにおいは伽羅《きゃら》でしょう。寺の材木の辺りにもよく似たにおいが残っていました」

父の拾った香炉の蓋を「どこかに落としたみたい」とお内儀は言って受け取った。

となれば、一連の火付けは全てお内儀の手によるものなのだろうか。

だが、心の病とは言え、あんな優しげな人がどうして火付けをするようになってしまったのだろう。それに、今日はなぜ座敷牢に入っていないのだろうか。昼間は人の目が届くからだろうか。だが、松井町の小火はともかく、大八屋と寺の小火は昼間に起きたものだし、角田屋の小火に至っては手口も違う。

お内儀が火付けをしたのだと判じても、別の疑問が次々と湧き起こり、胸が苦しいほどだった。何より、おまきが一番知りたいことは不明のままだ。

――あら、あんたたち、まだいたのかい。

お内儀が奥へ姿を消してからすぐに女中が厨へ戻ってきた。だってこれじゃおまんまが買えないよう、と亀吉がお内儀から渡された幾つかの木片を見せると、

——そりゃ、悪かったね。

と女中は苦笑しながら懐から巾着を取り出し、四文銭を三枚くれた。おまきが銭と引き換えに木片を渡すと、女中はそれらを紙に包んで懐に大事そうにしまった。香木であることは間違いなかった。

——お内儀さんは、心の病でね。

香木をくすねた後ろめたさから、女中は訊かれもしないのに喋った。坊っちゃんが亡くなったばかりだというのに、それもわかってないのさ、と低い声で言った。坊っちゃんというのは、先日百本杭に流れ着いた藤一郎のことだろう。

口の軽そうな女中を逃すわけにはいかないと、

——この人を見たことがありますか。

おまきは縋《すが》りつくような思いで、女中に父の似顔絵を見せた。もちろん亀吉の絵筆によるものだ。さあ、と女中は首をひねった後に言った。

——残念だけど、あたしはここへ来てひと月にもならないんだ。

他のお女中さんにも訊いてもらえませんかとおまきが問うと、今はちょっと手が空かないんだよ、と渋柿でも齧《かじ》ったかのように口をすぼめた。だが、おまきの失望を見て取ったのか、女中は屋敷の建て増しについて話してくれた。

——ほら、あそこだよ。さすがお大尽だろう。

女中が指差すほうへ目を転じると、確かに敷地の一番奥に母屋と繋がった小さな一棟が見えた。夕刻間近の陽を跳ね返した板葺きの屋根は、ここまで木の香が漂ってくると思うほどに美しい色をしていた。あの中に座敷牢があるのか。それにしてもわざわざ建て増しまでして作るなんて、どれだけ大きな牢なのだろう。

——奥様はあそこでお過ごしになっているんですか。

さらに問いを重ねると、何でそんなことを訊くんだい、とでも言いたげに女中は細い眉をひそめた後、唐突に話を打ち切ってしまったのだった。

それでも、収穫はあった。いや、収穫というか思いがけぬ事実に出合った。だが、その事実はおまきの心の中に何とも言えぬ色合いの影を落としている。これから何をしたらいいのか。何ができるのか。考えれば考えるほど胸がぎゅっと引き絞られて、そこから怒りだか悲しさだかやりきれなさだか、よくわからない苦い思いが溢れてくる。

どんな事情があっても火付けは許せねぇ。

そんなふうに父は言っていたし、おまきもそう思う。けれど、お内儀の優しげな目とそれにそっくりな幼馴染みの目を思い出すと、振り上げた拳をどこに向けていいのか、わからなくなってしまうのだ。

――ふたつ揃うと、鶯が互いに呼び合っているみたいに見えるのよ。

息子たちのために揃えたという毬香炉。忌み子と言われた子を手放さなくても済むようにと願いをこめたのかもしれない。だが、その願いも虚《むな》しく、子どもは無理やり家を出されてしまった。

母親として可愛い我が子を守ってやれなかった。

そんな後悔の檻《おり》に閉じ込められたまま。

あの人はたったひとりで川の上流に取り残されているのだ。いつからかわからないけれど、毬香炉を持ったまま川岸に立って動けないでいるのだ。そうして、独りぼっちで冷たい場所に立っているうち、寂しくて後ろめたくて、子どもは二人とも幼い頃に流行り病で死んでしまったという、悲しいお話を拵《こしら》えてしまったのかもしれない。

心の中はとりどりの紙が散らばったようなのに、それをどう拾って整理していいのかわからず、おまきは亀吉と要を連れてとぼとぼと川沿いを歩いた。

そうして、三人でものも言わずに歩き、小名木川に差し掛かったときである。

「あんたたち、ぼんやり歩いてると危ないよ」

背後から艶っぽい女の声がした。振り向けば、そこに立っていたのは芸者である。

黒羽織に藤色の小紋、大きく襟を抜いた首は白く、赤い唇がやけに艶《なまめ》かしい。普通、女は羽織を着ないものだが、深川の芸者は粋に着こなすので羽織芸者とも呼ばれている――はて、こんな芸者に知り合いはいただろうかとおまきが頭の中を探っていると、

「あらやだ、わかんないのかい。あたしもなかなかのもんだねぇ」

女がころころと笑いながら近づいてきた。

「その声は」要が思い出したように言い、

「あのときの女だ」亀吉が叫んだ。

「さすが、あたしの手を見破った子だね」

よくおわかりだ、と女は亀吉の頭を撫でた。「あたしの手」でわかった。

「お千さん――」

「おや、名まで知られているのかえ。いよいよ大したもんだ」

うさぎ屋で匂い袋を万引きしようとした賊の仲間。巾着切りのお千。亀吉の似顔絵と比べてみれば、少し吊り上がった目元が多少は似ているけれど、あのときと比べて頬がすっきりしているし、唇は逆に丸みを帯びてぽってりとしている。すれ違っただけでは、お千とは決してわかるまい。どうやって顔形を変えたのか、これも手妻のようだ。おまきが茫然《ぼうぜん》と見つめていると、

「声を掛けずにやり過ごそうと思ったんだけど、やけにしおれてるからさ、どうしたのかと思って」

お千は笑いを仕舞い、澄んだ目で真っ直ぐにおまきを見た。不思議だった。人のものを盗むなんて悪いことなのに、芯からの悪人には思えなかった。すると、ぐちゃぐちゃに散らかったおまきの胸の中から、思いがけぬ問いがひょいと顔を覗かせた。

「お千さんは、どうして巾着切りをするんですか」

今度はお千がぽかんとする番だった。吊り上がった目尻が下がると、ますます悪人には見えなかった。斜陽が当たり、透き通るような桜色をした耳朶《じだ》の辺りで、ほつれた髪が夕風にそよぐ。ああ、綺麗とおまきが思ったとき、我に返ったようにお千がくしゃりと笑った。

「どうしてだろうね」

呟くように言った後、

「最初は食ってくためだった。九つか十。ちょうどあんたたちくらいの齢《とし》の頃だったよ。やってみたら案外簡単だったからさ。で、いつの間にか、こんなふうになっちまった」

おどけた口調で羽織の袖口をつまんで両手を広げる。亀吉も要も困ったような顔でお千を見ているのは、聞いてはいけないことを聞いてしまったような気がしているからかもしれなかった。ことに、紫雲寺に来る前の要は本意ではなかったとは言え、いかさまの片棒を担いでいたのだ。お千の身の上はずしりと胸にこたえるものがあるだろう。

「けど、どうしてそんなことを訊くんだい」

湿った気をひと掃きするようなからりとした物言いだった。何と説明していいのか、おまきが答えあぐねていると、

「まあ、巾着切りなんざ、江戸の町にごまんといるからね。色んな事情があるよ」

にこりと笑う。

「色んな事情って、他にはどんなものがあるんですか」

おまきが問いを重ねると、

「そうだねぇ。暮らしには困ってないのに、どうしてか指先が動いちまうっていう娘がいたって。そんな話を仲間から聞いたこともあるよ」

遠くを見るような目をしてお千は言葉を継いだ。

「困ってないのに？」

驚きのあまり声が裏返った。亀吉も要も何かを思案するように眉根を寄せている。

「うん。大店っていうほどじゃないけど、そこそこのお店の娘でね。もうやめようと思うのに、人混みに行くと指先が動いちまうらしい。それも、決まって月のものの前だって」

月のものの前。

「そう、月に一度、〝それ〟がやって来るんだそうだよ。今日だけは外に出まい、と思っても足が繁華な場所に向いちまう。下腹が疼《うず》いて疼いて、そうして体も頭もかーっと熱くなって。気づいたときには袂や懐に巾着が幾つも入ってるんだ。まるで」

誰かに心を乗っ取られているみたいだ。

「そんなふうに娘は言ってたらしい」

その娘さんは――

ぬるっとしたものが胸の内側にまとわりつき、言葉が喉奥に絡まった。嫌な予感がしたけれど、勇気を振り絞って訊いた。

「その後、どうなったんですか」

お千は顔を僅かに歪《ゆが》めた後、ぽつりと言った。

「首を吊ったそうだよ」

胸にまとわりついていたものが飛び出して背中に貼りつく。ひやりとした感触が走った。

「どうして、だい」

それまで黙していた亀吉が恐る恐るといった態《てい》で訊ねる。

「嫁に行ったんだ。相手もそこそこの商家だったし、是非にと請われての良縁だったそうだよ。けど、どうしても巾着切りはやめられなかったんだろうね。で、ある日、盗《と》った巾着が部屋にたくさんあるのを、亭主に見つかっちまったらしい。それで」

激しく責められたんだ。

何だ、これは。

人様のものを盗むなんて。

着るものも食べるものも不自由させてるわけじゃないのに。

恥ずかしい。人様のお金に手をつけるなんて、本当に恥ずかしい。

「それで、離縁されたんですか」

「そうらしいね。当然だけど実家の親にも責められた。だから」

逃げ場がなくなった。

誰も庇《かば》ってはくれなかった。事情を訊いてはくれなかった。手を差し伸べて泥沼の中から引っ張り出そうとはしてくれなかった。

あたしは盗みが悪いことだとちゃんとわかっている。手癖が悪いのはあたしじゃなくて、〝それ〟なのに。〝それ〟が、あたしの体を使ってやらせてるだけなのに。誰も、誰もわかってくれない。

「首を吊ったのは、どこでですか」

恐ろしい予感に打ち震えながらおまきは訊いた。川に身を投げたのでもなく、剃刀《かみそり》で手首を切ったのでもない。部屋の中で首を吊れるところ。梁《はり》。長押《なげし》。欄間《らんま》。それから――

「さあ、どこだろうね。何でもその娘が表へ出ないように、座敷牢に押し込めたとか何とかって言ってたけど」

濡れた肌を冷たい風になぶられたようにぞくりとした。座敷牢なら紐を掛けられるところは幾らでもある。

「聞いた話だからどこまで本当かわかんないけどね。人は他人の話に、それも不幸話に面白がって尾ひれをつけたがるもんだから」

さばさばとした物言いだったが、斜陽の照り映えた横顔は寂寥《せきりょう》として見えた。

月のもの。女には月に一度、そういう数日間がある。盗みをしたり火をつけたり、という気持ちはわからないけれど、頭や腹が重苦しくて、苛々して何かに当たったり、落ち込んだり、そんな心は知っている。

――考えてごらん。満月の晩にわざわざ火付けなんかするかねぇ。

いつだったか、卯兵衛はそう言った。悪意の、いや、故意の火付けなら賊は日を選ぶだろう。月のない晩。鼻先に人がいてもわからぬくらいの如法暗夜《にょほうあんや》。燃え広がることを望むなら、風の強い日をわざと選ぶかもしれない。

だが、〝それ〟は違う。その日が晴れていようが雨が降っていようが、昼間だろうが夜だろうが、知ったこっちゃない。人の心にするりと忍び込み、しれっと火をつける。

それでも。

――燃えないように火をつける。

今のところ、火事は全て小火でとどまっている。とすれば、お内儀の心の隅には火付けをすることへの後ろめたさがあるのだろうか。〝それ〟に心が乗っ取られることを拒んでいるのだろうか。

「本当はね」

お千の声で、おまきは切ない物思いから解かれた。

「声を掛けたのは、あんたたちにお別れを言いたかったのさ。もう会うことは二度とないだろうから」

思い切ったような口吻だった。陽はさらに深い色に変わり、お千の顔半分に濃い陰影を投げかけている。

「どうして、二度と会えないんですか」

おまきの問いかけに、

「情にほだされてあんな万引きに手を貸しちまってさ。あたしも焼きが廻っちまった。だから、心機一転、上方《かみがた》でやり直そうと思ってさ」

からりと笑った。心機一転。それは巾着切りとは縁を切るということなのか。それとも巾着切りとして生きる場を変えるということなのか。いずれにしても、掏摸《すり》仲間から足抜けすることは難しいのではあるまいか。それでも、この人には上方で真っ当な暮らしをして欲しい――

そこではたと思い当たった。首を吊った娘の話。あれはお千自身の話ではないのか。

思わずその首筋に目を当てたとき、

「お千さんは、芸者になったんじゃないのかい」

亀吉が遠慮がちに訊ねた。

「ああ、これかい。恰好《かっこう》だけだよ。三味《しゃみ》も踊りもできない。あたしにできるのは」

そこでお千は言葉を切った。一拍置いてから、ついと亀吉に向き直り、

「あたしの手を見切ったのは、あんたが初めてさ。あたしなんかが言うことじゃないかもしれないけど、その目を、せいぜい善いことにお使いよ」

優しい目をして言う。その首筋は白くなめらかで小さな傷痕ひとつなかった。

「善いことって、どんなことだい？」

亀吉は揚げ足を取っているのではない。真剣に知りたいのだ。亀吉だけではなく要もきっとそうだ。二人の小さな頭の中では、その問いがぐるぐると廻っている。おまきだってそうだもの。可愛い息子ともぎ離されて心の壊れたお内儀を見て、食うために仕方なく巾着切りになったお千と会って、心を乗っ取られた末に縊《くび》れ死んだ娘の話を聞いて、頭の中はますますぐちゃぐちゃになってしまった。

そもそも、善いこととは、いや、善い心とは何だ。

「そうだねぇ。改めて訊かれると難しいけど。強いて言えば、善いことっていうのは」

人を幸せにできることじゃないかねぇ。

柔らかな声がおまきの胸にすっとしみこんでいく。亀吉と要は身じろぎもせず、斜

陽の映ったお千の美しい顔を眩《まぶ》しげに見つめている。その顔が不意に笑み崩れた。赤い唇から綺麗な小粒の歯が覗く。

「あんたたちに会えてよかった。そいじゃ、今度こそ」

おさらばえ。

ふわりと羽織を翻し、芸者姿のお千は小名木川沿いを東のほうへ去っていった。下駄の音が夕風に紛れ、途切れ途切れにおまきの耳を打ち、やがて聞こえなくなった。

十三

相模屋の近所で何軒か聞き込みをした後、信左は番所に戻った。表門の脇にある同心詰所に顔を出したが、数名の同心らは信左に一瞥《いちべつ》を投げた後、何事もなかったかのように仕事や雑談へと戻った。さほど親しくはない者たちばかりではある。だが、その場に流れる気は明らかにぎこちなかった。

何があった。訊こうとしたが、彼らの周囲に張られた硬く冷ややかな膜を破る気力はなく、信左は黙って詰所を出た。

向かったのは例繰方《れいくりかた》の詰所である。例繰方というのは吟味の際に過去の判例を調べる役目であった。そこで丁子屋の件を洗い直そうと考えたのである。だが、足元の影が目に入ると足が止まった。影は青い踏み石を斜めに這《は》い、那智黒《なちぐろ》の玉砂利の上まで長々と伸びている。閉門までさして刻がない。

明日の朝にしようか——と逡巡が胸をよぎったときだった。

「ああ、ちょうどよかった。飯倉ではないか」

慌てたような声がした。玄関のほうから小走りで向かってくるのは支配与力の兵頭であった。地貸しを勧めてくれた上役は温厚な人柄で知られているが、ふくよかな赤ら顔には珍しく険がある。訝しく思っていると、

「おまえ室町まで出張ったそうだな」

苦い顔で吐き出した。室町というのは相模屋のことだろう。だが、店を出たのは高々半刻《はんとき》ほど前のことだ。あまりの早さに驚きで返しあぐねていると、

「まあよい。ともあれ、向後、一切室町には触れるな」

兵頭は低い声で囁いた。

「なにゆえですか」

声は抑えたが、拳に力が入った。相模屋の小座敷で感じた不快なものが、再び鳩尾にこみ上げる。兵頭は一瞬言葉に詰まったが、

「仔細《しさい》は知らぬ。だが、上からのお達しだ。臨時廻りの分際で要らぬことはするな」

低いが厳しい声で言い放った。

「ですが――」

「わかったな」

信左の反駁《はんばく》をはねつけると踵《きびす》を返し、玄関の奥へと姿を消した。

臨時廻りの分際――だからこそ、不審に思えば聞き込みをするべきではないのか。

封じられた言と共に、胸に溜《た》まった嫌なにおいのする塊を深々と吐き出した。俯《うつむ》いた拍子に玉砂利の跳ね返した斜光に目を射抜かれ、咄嗟に瞼を閉じる。顔を上げても、眼裏《まなうら》の残光はしばらく去らず、すぐそこにあるはずの玄関がぼんやりとかすんで見えた。

やはり明日にするか、と己に言い聞かせるように呟くと、

「信左、少しいいか」

またぞろ呼ぶ声がした。番所内で親密な呼び方をする男はひとりしかいない。

ゆっくりと振り向けば田村が立っていた。いつも豪快に笑う男が踏み石の上でぎこちない笑みを浮かべている。それは子どもが遊びに出遅れたような、どこか困《こう》じているような面持ちだった。

田村に連れて行かれたのは、裏門の近くに建つ門番の番所であった。

「ちょいと中を借りてもいいか」

門の傍《そば》で立っている大男に田村が声を掛けると、

「ああ、田村の旦那。どうぞどうぞ、お使いくださいまし」

赤銅色に陽焼けした門番はいかつい体に似合わず、無邪気な笑みを返した。

黄ばんだ色の障子戸を開けると、狭い土間と四畳半一間の部屋があった。饐《す》えたようなにおいがするのは日当たりが悪いせいだろうか。今日は暖かい日だったのに小さな部屋は真冬のように冷え冷えとしていた。

「あんな図体《ずうたい》をしているが、あの門番はなかなか使える男でな。人の顔を覚えるのが得意なのだ。裏門からは色々な人間が出入りするからな」

笑いながら殺風景な小部屋にどっかりと腰を下ろした。裏門の門番までも手下にしているのかと思えば羨望のようなものが胸に浮かんだが、それを押しやり、

「で、話とは何だ」

向かい合って腰を下ろす。一拍置いてから田村は淡々とした声で告げた。

「悪いことは言わん。昔のことをほじくり返すのはよせ」

なるほど。詰所に冷ややかな気が満ちていたのはそういうわけか。兵頭だけではない。あの場にいた同心らも知っていたのだろう。相模屋という禁足地に信左が足を踏み入れたことを。先刻会ったばかりなのに、もう思い出せぬほどの平板な顔。影は薄いが、あの裏番頭は相当に仕事が速いらしい。

「丁子屋の小火のことか」

信左はうんざりしながら肩をすくめた。

「そうだ。兵頭様に呼び止められたのは、その件なのだろう」

探るように目を細める。

「ああ。一切触れるなと言われた。だが、あれは冤罪《えんざい》ではないのか。科人は──」

信左が言い終わらぬうち、田村が小さく笑った。愚弄されたようで首根のあたりがかっと熱を持つ。

「何がおかしい」

つい声が高くなった。

「いや、三十路《みそじ》を過ぎたというのに、相も変わらず真っ直ぐな男だと感心したのだ」

「莫迦《ばか》にするな」

「莫迦にしているわけじゃない」

田村は笑いを仕舞い、真顔になった。

「なあ、信左、覚えているか。十三だか、十四の齢の頃だ。十手術の道場で、おまえが指南役の同心に食ってかかったことがあるだろう」

信左は思わず左頬に手を当てた。忘れようもない。ちょうどこの傷ができた頃のことだ。

八丁堀には同心の子らが十手術を習う道場があった。

――十手など、さして役に立たん。いざとなれば腰のものを使えばいい。

初老の元同心はそう言い放ち、少年たちに大した指南もせず、己の手柄話を始めた。どこまで本当かわからぬ大袈裟《おおげさ》な捕物話に辟易《へきえき》し、やがて信左の腹の底ではふつふつと怒りがたぎり始めた。

――十手術はれっきとした古流武術ではないのですか。だからこそ、色々な流派があるのでしょう。役に立つか否かは腕によると思います。

指南役に向かってそう言っていた。享保《きょうほう》の世には各流派をひとつにまとめた八丁堀流の十手術が生み出されていると父からは聞いていた。裏のものを持たぬ代わりに表のものはしっかりと信左に手渡そうとしていたのかもしれない。父は十手の使い方にはうるさかった。そんな熱心さを当然と思っていた信左にとっては、冗談でも指南役の放言は信じ難いものであった。答えに窮する指南役に対し、非礼とわかっていながら信左はなおも言を重ねた。

——十手は飾りですか。だったら、いっそ腰に差さぬほうがいいのではないですか。

指南役の顔は朱をそそいだようになった。わなわなと唇を震わせ、

——小生意気なガキだと思ったら、何だ、飯倉の倅ではないか。無能なくせに大口を叩《たた》くな。

信左を怒鳴りつけると、そのまま道場を出ていったのだった。

誰も賛同はしてくれなかった。後には白けた気だけが漂い、少年たちは三々五々散っていった。父を指したのか己を指したのかはわからぬが、同心が吐いた「無能」という言が棘《とげ》となってしばらく胸に刺さっていたのは覚えている。

「それがどうしたというのだ」

苦いものを呑み込みながら信左が問うと、田村はどこか楽しげに答えた。

「おれはあのとき、おまえの言う通りだと心の中では喝采を送っていたんだ」

喝采だと。

「ふざけたことを言うな」

「ふざけちゃいない。あの頃のおれは、おまえの真っ直ぐさが眩しかった。いや、羨

ましかった」

最後の言葉が胸の中心を過たず貫いた。誰かを羨ましがっていたのは、他でもない己であった。十三歳のあの日以来、家訓さえなければと幾度思ったことか。それに、己は真っ直ぐだったわけではない。家訓の縄に縛られ、狭い場所で身動きができなかっただけだ。その窮屈さが惨めで仕方なかった。だから、十手術にこだわるしかなかったのだ。それが、十三歳なりの精一杯の矜持《きょうじ》であった。

「昔のことだ」

信左は小さく息を吐き出した。

「そうだな。だが、おまえはあの頃から変わっておらん。それがおまえのいいところだとおれは思っている」

だがな、と田村は頬を緩め、

「同心が皆おまえみたいに真正直な輩《やから》だったら、ここは科人で溢れちまうぞ」

腰高窓のほうへ目を遣《や》った。黄ばんだ障子を透かし、淡い藍闇が小部屋に忍び込んでいる。

「そうかもしれん。だが、何もやっていない人間に罪をなすりつけるのは許せん」

昔のことを頭から追いやり、話を本筋に戻す。

「浮浪人のことか」

田村がゆっくりと首を巡らした。

「そうだ。頭がおかしかったから、いや、抗えないから、罪をなすりつけたんだろう」

上役に押さえつけられ、身を縮めていた不快さが頭をもたげた。思わず声が高くなる。

「声を抑えろ。外に筒抜けだ」

田村が低く唸《うな》るのへ、

「浮浪人と一緒に猫も消えたそうだな」

信左は言葉を継いだ。

猫だと？　田村は訝り顔になったが、すぐに唇を歪め、太い喉をくっと鳴らした。

「ああ、猫か。そういや、そんな話を聞いたな。だが、猫は殺しちゃいねぇだろうよ」

「だが、浮浪人がいなくなると同時に姿が消えたと」

「わからんか」と田村は半笑いの顔で言う。「猫はてめぇの好きで離れたってことだ。言うなれば、餌付けをしてくれるもんがいなくなったから、他所に移っただけの話だろうよ。それに、お上だって無用な殺生はしたくねぇはずだ」

「じゃあ、浮浪人は？」

あれこそ無用な殺生ではなかったのか。むざむざ落とさなくても済んだ命ではなかったのか。

「彼奴《きゃっ》は死ぬべくして死んだんだ。何と言っても、火付けは重罪だ。しかも、頭のおかしい浮浪人がいると怖がっている商家も多かったそうだ。いつ家に火をつけられるかわからないと。その恐れ通り、奴《やっこ》さん、ほんとに火をつけやがった。それが、おれが聞いた真相だ」

眉根を寄せ、苦い茶でも飲まされたような顔をする。

「そんな出鱈目《でたらめ》を信じろというのか。本当は――」

「本当のことを知ってどうする」

太い声に遮られ、信左は言葉に詰まった。

今更本当のことを知ったところで何も変わらん、と田村は呟いた後、

「それに、火付けの現場を見た者もいるそうだ」

平板な声で言った。

「見た者が、いる――」

「ああ、そうだ。丁子屋の裏木戸からぼろ着をまとった男が出てきたらしい」

裏木戸から出てきただけで科人にされるのか。否、そうではなかろう。

――折目正しいっていうのか、分を弁えているっていうか。何かをもらいにくるのも裏口からこっそり来るし。

その折目正しさにつけこまれたのかもしれない。浮浪人であったとしても、奴は奴なりに世間に気を遣い、身を縮めるようにして生きていた。なぜ、そんな人間がやってもいない罪で命を奪われねばならぬのだ。

「何より、浮浪人自身が自ら火をつけたと言ったそうだ。だから、御定法に従って罰した。それのどこが悪い。それに、冬が目前に迫っていたんだ。遅かれ早かれ」

奴は野垂れ死んだだろうよ。

吐き捨てるように言い、田村は再び腰高窓へと目を遣った。

不快なものが鳩尾で弾けた。吐き気さえ覚えた。

猫にすら見捨てられる男だ。そんな奴が死んだところで誰も悲しむ人間などいない。

いや、消えたところで気づく者すらいないかもしれない。

そんなふうに聞こえた。

拳を強く握りしめながら信左は問うた。

「なあ、恒三郎。火付けは重罪だと言ったよな」

「ああ、言った。それが何だ」

その日はまだ窓へと向けられている。

「やった者が浮浪人だろうが、役人だろうが、大店の主人だろうが、重罪。そういうことだよな」

罰が等しく与えられるのなら、命もまた等しく重んじられるべきではないのか。

短い間の後、田村はようやくこちらへ視線を転じた。

「信左、おまえ、知ってるか」

いつもの穏やかな語調で言った。

「何をだ？」

肩透かしを食らったような心持ちで訊ねる。

「ここは」と田村はゆっくりと立ち上がった。「葦《あし》の生える湿地だった」

そんなことは誰でも知っている。いきなり何を言っているのだ。

「おまえ、湿地に足を踏み入れたことがあるか。ずぶずぶとめり込むぞ。湿地というのはつまりは泥濘《ぬかるみ》だ。底が見えない」

だから何なんだ。見下ろされぬように信左も立ち上がり、田村の顔を睨《ね》めつける。

「おれら同心はな、その泥濘の上に立ってるんだ」

ひやりとした静寂が小部屋を駆け抜けた。

そんなたわごとを——言いさした言葉を仕舞ったのは、田村の目に僅かによぎったものを信左の目が捉えたからだった。

それは、悲しみと諦めとがない交ぜになったような、青みだつような何とも言い難い色だった。いつだったろう、こんな目の色を見たのは。信左が頭の中をまさぐっているとき、不意に田村の唇の端がほどけ、泣きそうに歪んだ。だが、それも一瞬のことだった。いつものように人の好さそうな笑みを口辺に浮かべると、

「わかっただろう。おまえひとりが抗ったところで、何も変わらん」

これ以上室町には触れるな、と兵頭と同じ言葉を告げて田村は狭い土間へ降り、障子戸の向こうへ消えた。


番所の裏門から表へ出ると、辺りは薄藍に沈んでいた。火照りの色を残しているのは遠くの西空だけで、通りを歩く人影は暮色に溶けかけている。

今にも藍に呑み込まれそうな残照を見ているうち、ふと、何をあんなにいきり立ったのか、と莫迦らしくなってきた。

――三十路を過ぎたというのに、相も変わらず真っ直ぐな男だと感心したのだ。相も変わらず。

己は狭い場所に立っているのか。

己だけではなかろう。父もまた同じように、狭い場所で孤独に立ち続けていたのかもしれぬ。

見習いになってすぐに気づいた。手下を使わずに淡々と役目をこなす父へ向けられた、周囲の眼差しが冷淡だということに。このご時勢に愚直に決まりごとを守る同心などいない。もらえるものはもらう。使えるものは使う。そうでなければ、年々凶悪犯の増える江戸の町は守れない。信左もそう思ったから、十三歳で父に意見したのだ。岡っ引きを使ったらどうかと。だが、父はそれを厳しくはねつけた。あれは強い信念の表れなどではなく。

ひとりでできることなど高が知れている。

そんな諦めによるものだったのかもしれない。

決まりごとは人の心の〝たが〟だなどと言いながら、結局のところは、ただ町を歩き廻り、型通りに自身番に声を掛け、三十俵二人扶持《ぶち》を手にするために毎日を過ごして来た。悪いこともない代わりに取り立てていいこともない。そんな日々をただ淡々と送ってきた。

いつか感じた、湿った後ろめたさのようなものが胸にじとりと蘇《よみがえ》る。

〝道理〟を楯《たて》にした、情けない諦念は父だけでなく己の中にもあった。手柄を上げられぬのは、祖父が決め、父が受け継いだ決まりごとのせいだと。ひとりでできることなど高が知れていると。そんなふうに言い訳をし、色々なことを諦めてきた。いや、そのことに気づいていながら長いこと気づかぬふりをしてきた。

それなのに、おまきたちにほだされ、柄にもないこと、いや、十三歳のときと同じく愚にもつかぬことをしようとしている。

今更足掻《あが》いたところでどうなる。

ここは、己がいるのは泥濘だ。

皆と一緒に泥濘に首まで浸《つ》かるか。それとも、歯を食い縛って埋まらぬように立ち続けるか。あるいは、今まで通り、小さなぼろ舟に乗って泥に染まった景色を傍観するか。

――失礼ですが、あなた様は見廻り方です。

――臨時廻りの分際で要らぬことはするな。

耳に絡みついた声を振り切ろうと、一歩前へ踏み出した。いや、踏み出したつもりだった。だが、足に何かがまとわりついたように動かなかった。足元を見ると、薄く頼りない影が卑屈な面構えで信左を見上げている。不意に硬いはずの路面に踝《くるぶし》までめり込むような気がした。

今、おれが立っているのはどこだ。

声に出して呟いた途端、足は重石《おもし》が外れたように軽くなったが、覚束《おぼつか》なさは残った。

信左は大きく息を吐き出すと、蹌踉《そうろう》とする足を叱咤《しった》し、宵闇の中を歩き出した。

十四

要と亀吉と別れ、おまきが梅屋に戻ったのは宵六ツの鐘が鳴る頃だった。早々に暖簾の仕舞われた店の戸を開けると、小上がりで母と話し込んでいる大きな背が振り返った。

「ああ、おまきちゃん」

捨吉だった。薄暗がりの中でもそうとわかるほどに、その顔は憔悴《しょうすい》し切っている。

やはり相模屋のお内儀にそっくりだと思いながら、雪駄《せった》を脱いで板の間に上がり、

「小母さんに何かあった？」

座る間も惜しく、中腰で訊いた。おはるがしょっ引かれてから四日が経っている。

「戻ってきたんだ」

思いがけぬ言葉に背中のこわばりが一気にほどけ、崩れるように腰を下ろしていた。

「よかったじゃない。疑いが晴れたんだね」

そうだ。あのおはるがはずみとは言え、人を殺めるはずがない。

「いや。そうじゃないんだ」

捨吉は力なく首を振った。

「どういうこと？」

「相模屋の主人が、罪を軽くしてくれって御番所に頼んだらしい。下手人にはしなくてもいい。息子も酔っていたし、おはるを脅したのは間違いない。何より昔のよしみがあるからって。それで」

江戸払いになったという。人を殺めれば多くの場合、死刑になる。死刑とひとくちに言っても、罪に応じて「下手人」「死罪」「獄門」「火罪」「磔《はりつけ》」「鋸挽《のこぎりび》き」と六種に分かれる。口論や喧嘩《けんか》の類で人を殺めた場合は「下手人」として打ち首にされた後、亡骸《なきがら》は親族に返され、埋葬を許される。が私欲による人殺しは「死罪」とされ、亡骸は刀の様斬《ためしぎ》りにされる。

はずみでも川に突き飛ばして相手の命を奪ったと断じられれば、最悪、おはるは「下手人」扱いされる。それが所払いで済んだのなら、喜ばしいことではある。だが——

「そもそも小母ちゃんは、やってないんでしょう。そこのところはどうなったの」

「それが——」

捨吉は俯いて口ごもってしまった。

「本人がやったと、言っているそうなんだよ」

母が囁くような声で言った。

「そんな莫迦な。小母ちゃんがやるわけないじゃない。笞《むち》で打たれて無理やり言わされたんじゃないの」

科人に罪状を吐かせるために、牢屋敷では笞打、石抱《いしだき》などの責問《せめどい》が行われると聞いている。おはるが縄で縛り上げられ、笞で打たれる姿を思い浮かべるだけで、心の臓が大きな手で締め上げられるような気がした。

「いや、そうじゃないみたいだ。おっ母さんは牢屋敷にも入れられてないらしい。ずっと大番屋に留め置かれていたみたいでね。手首には縛られた痕もなかったし」

大番屋から出る際は差配人の卯兵衛が立ち会ったという。

「差配さんは何て言ってたの」

おまきの問いに、しばらく逡巡した末、捨吉は言った。

「おれは、相模屋のお内儀さんの子どもなんだそうだ。でも、事情があって、何の事情かはよくわからないけど、相模屋を出されたんだ」

やはりそうだったのだ。

「で、おっ母さんに白羽の矢が立った」

当時、おはるは気働きもできる口の堅い女中として相模屋で重宝されていたという。だが、幾らしっかり者でも、お乳も出ない女がいきなり生まれたばかりの赤子を育てるのは無理だろう。そこで、捨吉は一年ほど屋敷に置かれたそうだ。

その間、おはるは乳母として赤子の世話をしたのだろう。妾だというのは、こちらの勝手な思い込みで、しっかり者の女中と言われれば、その方がずっと腑に落ちる気もする。

「で、人の好《い》いおっ母さんは、一年後に厄介者のおれを連れて相模屋から出たんだ」

無論暮らしが立つように、万端、相模屋が用意してくれた。捨吉が育ち上がるまでは富沢町の丸子屋の近くにしもた屋を借りて住んでいたという。その後は母やおまきが知っている通りだ。十年ほど前におはるは捨吉を連れて佐賀町にうさぎ屋を開いた。

相模屋の後ろ盾があれば、表店に小間物屋を構えることなど造作もないことだ。だが、店を開く金を出したのは相模屋でも、繁盛させたのは二人だ。小さな店ながら大川の向こうからも客が来るようになったのは、おはるの才覚と捨吉の実直さの賜物であろう。血は繋がらなくとも母子は幸せだった。少なくともおまきの目には、そう映っていた。

だが、順風満帆に見えたうさぎ屋に黒く大きな影が差した。

「一応、おれの兄さんになるのかな。相模屋の藤一郎さんがおっ母さんを呼び出して度々脅していたらしい」

ある日、影は知った。己の弟は佐賀町で小商いをしているという。しかも父の藤右衛門はその小店に香料を安値で卸している。手厚く守っている。

これは面白くない。まことに面白くない。

そう思った藤一郎はおはるを呼び出した。

佐賀町での商いをやめて江戸を出て行け。さもないと、うさぎ屋に香料を卸すのをやめる。いや、他所に手を廻してそれ以外の小間物も卸させないようにする。

当然のことながらおはるは抗ったが、藤一郎も一歩も引かなかった。

そして、言い争いになり、かっとして突き飛ばしてしまった。

「おっ母さんは、そう白状したそうだよ」

話し終えると捨吉は膝の上で拳を握った。

聞いてみれば納得がいくところもある。だが、何かが引っ掛かる。いや、何かが胸につかえている。何だろう。この気持ち悪さは。

「おれは、相模屋に行かなきゃならないらしい」

捨吉が白々とした口調で言った。

「行かなきゃならない？」

その物言いがまた引っ掛かる。気持ち悪さがいよいよ膨れ上がる。

「ああ、おっ母さんが言ったんだ。藤一郎さんに万が一のことがあったら、おれを相模屋に戻すと最初から決められていたらしい」

最初からだと。おかしいではないか。不吉だとみなし、無理やり追い出した子どもなのに、どうしてそんなことを最初から決めておくのだ。

――姑には忌み子とか不吉な子とか言われてね。

相模屋のお内儀はそんなふうに言っていたが、もしかしたら、主人のほうは荒神様など信じていなかったのかもしれない。だが、信心深い母親、つまり大内儀には逆らえなかった。ただ、跡取りである長男の藤一郎が恙無《つつがな》く育ち上がるとは限らない。ならば、次男の捨吉を他家に養子に出すのではなく、妾の子と偽って育てさせればいい。そうすれば、いざというときに手元に取り戻せる。お店の跡取りが誰もいないという事態になったら、大内儀とて不吉だ、何だと言わなくなるだろう。大店の主人としてそんなふうに算盤を弾いたのかもしれない。

だとしても。

「その話、断れないの？」

あまりの身勝手さに総身が震えた。しばらく押し黙った後、捨吉は絞り出すように言った。

「おっ母さんに、言われたんだ」

――あんたは、あたしの息子じゃないんだよ。正真正銘、相模屋の倅なんだ。あたしは産んでもいない赤ん坊をおっつけられたんだ。いい迷惑だよ。だから、とっとと室町の家にお帰り。

それきり、二階の寝間に閉じこもってしまったそうだ。

「捨吉っちゃんは、それでいいの？」

膝に載せられたままの大きな拳を見ながらおまきは訊いた。皮膚の色が変わるほど手は固く握りしめられていた。

「いいも何もしょうがねぇ。おっ母さんにそうしてくれ、と頼まれたんだ」

その手をさすってやりたかった。あなたは何も悪くないんだよ、とほどいてやりたかった。痛みを抱いた拳におまきがそっと手を伸ばそうとしたときだった。

あの人はさ、と絞り出すような声がした。行き場を失った手を膝に戻し、おまきは切ない思いで捨吉の顔を見上げる。

「おっつけられただけかもしんねぇけど。他人の子かもしんねぇけど。けど、おれをここまで育ててくれたんだ。それだけは」

真実なんだよ、と捨吉はきつく唇を嚙《か》んだ。


捨吉が帰った後の小上がりでおまきは母と向かい合っていた。大きな体の捨吉がいなくなったせいか、板間はいつも以上にがらんとし、薄ら寒いような気がする。沈んだ様子のおまきと母のためにと、太一が温かい茶を淹《い》れてくれた。その後、片づけを終え、裏口からひっそりと帰ったようである。

湯呑みを手で包むようにして持っていた母がぽつりと言った。

「おはるさんの言葉は嘘《うそ》じゃないかねぇ」

行灯《あんどん》の揺らめく火影が母の眸を柔らかく見せている。

「相模屋の倅を突き飛ばしたってこと？」

「それもそうだけど。おっつけられたって言ったことさ。確かに血は繋がってないかもしれない。けど、血の繋がりだけが人の繋がりじゃない」

生みの親より育ての親って言うし、と母は番茶をすすった。おまきも湯呑みに口をつけた。温かさが喉を伝い、冷え切った胸にゆっくりと落ちたとき、

「おまきは、お父っつぁんの十手を見たことがあるだろう」

湯呑みを盆に戻しながら母が言った。なぜ母がそんな話を始めたのかわからずに、おまきが戸惑っていると、

「お守りがついていたのを覚えてるかい」

母は口辺に柔らかな笑みを浮かべた。

「お守り？　ああ、そう言えば」

赤い端切れで拵えた細い房のような飾りだ。紋様まではわからない。ただ色褪《あ》せていたので、もっと鮮やかなものをつければいいのにと父に言った憶《おぼ》えがある。

「あれは、おまえの産着からこさえたものなんだ」

母は懐かしそうに目を細めた。

「産着からこさえた？」

思いがけぬ方向に転がった話を捕まえようと、おまきは母の言葉をなぞった。

「そう。おまえが紫雲寺の門前に置かれていたときに着てたものだよ。だから、あのお守りはね、恩送りのしるしなんだ」

幼子に言い含めるようにゆっくりと言った。

――恩送りってなんだい。

――人から受けた恩を、その人に返すんじゃなく、別の人に送ることだよ。

亀吉の問いに卯兵衛はそんなふうに答えた。恩がぐるぐる廻ればみんなが幸せになれるとも。

だが、おまきの産着、しかも捨てられていたときの産着でお守りを拵えることが、なぜ恩送りのしるしになるのか――どうにも腑に落ちず、おまきは母を見つめる。

「おまえは、あたしたち夫婦にとって〝恩〟そのものなんだ」

あたしが〝恩〟そのもの？　言い間違いではないかと思ったが、潤んだ目は揺らぐことなくこちらへ向けられている。

「だって、欲しくて欲しくてたまらない赤ん坊を授けてもらったんだからね。そうして、育てさせてもらった。これを恩と言わずしてなんと言えばいいんだい」

母は潤んだ目のまま笑みを深くした。

赤子を引き取ってから一年ほどが経った頃、お父っつぁんはこう言ったそうだ。

――なあ、おつな。もらった恩はもらいっぱなしじゃ駄目なんだろうな。大事に大事に慈しまなきゃならねぇんだろうな。そうすれば、その恩は大きくなってまた誰かを幸せにする。それが〝恩送り〟ってことじゃねぇのかな。

大事に大事に慈しむ。

母の口を介して聞いたはずなのに、懐かしい父の声で耳に響くような気がした。六歳の頃、背中からどきんどきんと伝わった力強い鼓動が蘇り、大きく温かいものに包まれているような心持ちになる。

でも――まだ心の中にわだかまっているものがある。母はまだ肝心なことを言っていない。

「どうして捨てられていたときの産着でお守りを拵えたの。どうしてそれが恩送りのしるしになるの」

小さい頃にあんたに言ったつもりだったけどね、と母は苦笑しながら前置きし、

「あんたの産着はね」

赤い生地に麻の葉の柄だったという。

麻は丈夫ですくすく育つ。それに、三角がたくさん集まった葉の形は魔を祓《はら》ってく

れるのだそうだ。だから、麻の葉紋様は赤ん坊の産着や子どもの着物に使われる。無事に育ちますように。

この子の周囲から邪気を払ってくれますように。

親はそんな思いをこめるのだ。

確かに麻の葉紋様の産着に包まれていたことを、母か美緒に聞いたことがあるかもしれない。でも、おまきの心の中にいつもあったのは別のことだ。

おまえは丙午生まれの娘だ。不幸を背負って生まれてきた子だ。だから洪水が起きた。だから家が流された。このままおまえといたら死んでしまう。

そうして、実の親は赤子を紫雲寺の山門前に捨てたのではなかったのか。

「あたしはね」と母は潤み声で言う。「おまえの実の親はそう悪い人じゃなかったと思ってるんだ」

やむにやまれぬ事情があったのではなかったか。何しろ、あの大洪水の後だ。家も田畑も人も泥水に呑まれ、流された。嫌な病が汚泥の乾かぬうちに雑草のように蔓延《はびこ》った。お救い小屋は人で溢れ、一杯の粥《かゆ》でさえなかなか手に入らない。かろうじて助かった命でさえも明日はどうなるか知れなかった。

けれど、この子は、この子だけは死なせたくなかった。

神様、どうかこの子をお守りください。

赤子の無事を心から願い、麻の葉紋様の産着を着せた。

そうして紫雲寺の門前に置いたんだもの。

根っからの悪人なんかであるはずがない。

「でも、でも――」

利助お父っつぁんは言った。俗伝を悪事の言い訳にする人間がいると。

「おまえの気持ちもわかるよ。丙午生まれだ、捨て子だ、って言われ、さんざんいじめられたからね。下駄を隠されたって泣いて帰ってきたこともあった。けど、そろそろ大人におなり。おまえは決して捨てられたんじゃない」

託されたんだ、と母は言った。

「託された――」

「そう。あたしたちはおまえを、ううん、大きな恩を託された。だからお父っつぁんはあの産着でお守りを拵えて十手につけた。そうして、肌身離さず持っていたんだよ。おれは託された恩を命がけで守る、それをいつも忘れないようにってね」

いきなり心の臓を摑まれたような衝撃があった。そこから熱いものが滾々《こんこん》と湧きだし、総身に満ちていく。

なあ、おまき。

父の呼ぶ声が際やかに蘇る。今この瞬間《とき》を待っていたかのように、まるですぐ傍にいるかのようにおまきに優しく語りかける。

——十手はお上からの御用を預かっているという印だ。だが、それは人に見せるもんじゃねぇ。てめぇの胸に言い聞かせるもんだ。

あれは。あの言葉は。

十手のことだけじゃなかったんだ。

「ねえ、おまき」

温かく湿った声に呼び戻される。

「捨吉っちゃんも同じだと思わないかい」

「捨吉っちゃんも同じ——」

そう口にした途端、おまきの指先が温かくなった。触れようとして触れられなかったはずなのに、捨吉の拳の感触がそこに残っている気がした。なぜだろう。不思議に思いながらもおまきは大切なものを包むようにしてそっと手を握り込んだ。

「そうだよ。あの子はおっつけられたんじゃない。託されたのさ」

大事に大事に慈しんでくれる人にね、と母は最前まで捨吉がいた辺りに目を遣った。

十五

「やはり、おはるは妾ではなかったのか」

話を聞き終え、信左は思わず唸った。おはるが表店に戻った翌日、要と亀吉を連れたおまきが八丁堀まで訪ねてきたのである。

「はい。捨吉っちゃんがそう言っていました」

おまきが苦しげな面持ちで吐き出し、

「飯倉様のほうは何かわかったかい」

亀吉が鹿爪《しかつめ》らしい顔で訊く。

「いや、相模屋から真相を引き出すのは難儀だった」

だが、死んだ藤一郎からは、調べれば調べるほど悪いことが出てきた。

十五から岡場所へ通い始め、そのうちに吉原の味を覚えた。賭場にも入り浸り、驚くほどの大金を賭けていたそうだ。大店の坊っちゃんと知れば、手を擦り足を擦り、意地汚いハエどもがたかってくる。褒め、おだて、いい気持ちにし、懐から金を掠《かす》め取っていく。相模屋の若旦那、と呼ばれれば、身代《しんだい》は自在のままだと藤一郎は勘違いをする。だが、父親の相模屋藤右衛門は骨の髄まで商人だ。商いに身を入れぬ放蕩《ほうとう》息子をほったらかしにしておくはずがない。厳しく叱咤しただろう。

――悪所通いも博打もすぐにやめろ。

だが、やめられない。女も博打も甘い蜜の味だ。しかも、そこには「若旦那」と仰ぎ見る者たちがいて己を歓迎してくれる。本当は、仰ぎ見ているのではなく、奴らが陰で嘲笑《あざわら》っていることに気づかずに、嬉々《きき》として通い続ける。

そんな息子にある日父は言う。

――おまえに店は任せられない。他所に預けている次男に継がせる。

そこで初めて藤一郎は知らされたのかもしれない。己には弟がいたことを。

そんなことはさせない。相模屋の跡取りはおれだ。あの身代はおれのものだ。

だから、おはるを呼び出して脅した。

「で、おはるは、かっとして突き飛ばしたと言っているそうだ。ここまではいいか」

これまでの話を整理し、信左は前に座る三人を見渡した。

「はい。ただ、おはるさんは嘘をついています。藤一郎さんを殺めてはいません」

要がきっぱりと断じた。

「どうしてそう思う？　おはるが善い人だからか」

「善い人だからではありません。藤一郎さんを殺めたところで、おはるさんには何の得もないからです」

要の頭のよさには往々にして驚かされるが、子どもらしくない冷徹な言にもどきりとさせられる。

「何の得もないと？」

「はい。おはるさんは聡明《そうめい》な方です。女がひとりで生きていくためのものを約束されたから、捨吉さんを育てたのだろうと思います」

「お金のために捨吉っちゃんを育てたってこと」

すかさずおまきが訊いた。顔つきにも物言いにも険がある。案の定、要が困ったように眉間に皺を寄せた。

「それだけじゃないってことだろう。なあ、要」

信左は要に助け舟を出した。

「はい。正しく言うと、最初はお金のためだった。けれど――」

「育てるうちに、情が深くなったということね」

おまきが要の言葉を引き取った。大きな目が潤んでいるのは気のせいか。

「はい、そうです。愛着《あいじゃく》の向かう先が変わったと言ってもいいかもしれません」

「愛着？」

それまで黙していた亀吉が声を上げた。

「はい。初めてお会いした折に、芳庵先生が教えてくださいました」

要は頷き、ゆっくり瞬《まばた》きをすると言葉を継《つ》いだ。

紫雲寺に引き取られたとき、わたしは奇しくも捨吉という名でございました。捨てられた子だからその名なのだと旅芸人の大人たちには言い聞かされていたのです。すると、芳庵先生はわたしにこうお訊ねになりました。

──おまえは、その名に愛着があるか。

愛着というのは何でございましょう、とわたしが問うと、芳庵先生はおっしゃいました。

──愛着というのは煩悩のひとつ。心から切り離さねばならぬとされておる。だが、見方を変えれば、人が生きる上でなくてはならぬものでもある。

──なくてはならぬもの、でございますするか。

──そうだ。愛着とはそのものを大事と思い、手放したくない心のこと。それがなければ人は生きてはいけぬ。

芳庵先生のお答えに、わたしは何と返してよいか困りました。なぜなら、わたしは

〝何かを大事と思い、手放したくない〟と思ったことがなかったからです。ですから、その心がどんなものなのかもよくわかりませんでした。迷った末に、そう伝えると、芳庵先生はしばらく黙り込んでしまったのです。人が生きる上でなくてはならぬものと、このお方はおっしゃった。ああ、そうか。それを知らぬ己は、ここにいてはならぬのだなと。そう悟ったのです。

けれど、案に相違して芳庵先生は有り難いお言葉をくださいました。

――ならば、「捨吉」という名はきっぱりと捨てるがよい。今日からおまえは「要」だ。扇の要。肝心要の「要」だ。

――その名であれば、愛着が湧くのでござりましょうか。

わたしの問いに、芳庵先生は「おまえ次第だ」と優しい声色でおっしゃったのです。

要が話し終えると、開け放した障子から柔らかな春の風が吹き込み、座敷に静寂が駆け抜けた。

黙り込んだという芳庵の心中を思うと、信左の胸は引き絞られるようだった。恐らく、人徳ある老僧の胸はやりきれなさでいっぱいだったろう。それから先は訊くまでもない。要は愛着のない名を捨て、「要」になった。そうして紫雲寺で過ごす間、大切に思い、手放したくないものをたくさん知ったのだろう。

見れば、亀吉のどんぐり眼までうるうるとしている。亀吉、わかってるか。要に〝愛着〟の意味を教えたのは、きっとおまえだぞ。信左が胸裏で呟いたとき、

「すみません、話の川筋を元へ戻します」

要が目元を引き締め、言葉を継いだ。

「おはるさんが、愛着を感じているもの。つまり、一番大切にしているもの、手放したくないものは捨吉さんです。ですから、もし、うさぎ屋を潰すと脅されてもおはるさんはひるまなかった。捨吉さんさえいれば、うさぎ屋など惜しくないと思ったでしょう」

では、科人は誰だ。

「藤一郎さんを殺めたのは、相模屋さん本人だと思います」

要がいきなり核心をついた。おまきと亀吉が大きく目を瞠《みは》る。

「おれもそれは考えた。だが、実の父親がそこまでするとはどうしても思えなかった」

己も父親のはしくれだ。信太郎は可愛い。なぜかと訊かれても、答えようがない。理屈などない。ただ可愛いのだ。だから、どんな事情があっても、我が子を手に掛けることなどできようはずがない。

「けれど、おはるさんがやっていないのなら、それしか考えようがないのです」

困じ果てたように眉根を寄せた要へ、

「おれも飯倉様の言う通りだと思うぜ。血の繋がってるお父っつぁんが、実の息子を手に掛けるとは思えねぇ」

亀吉がどうにも腑に落ちぬ様子で異を唱えた。

でも、とおまきが躊躇《ためら》いがちに口を挟む。

「あたしの実の親は、あたしを捨てたよ。紫雲寺の門前に置いたみたいだから、死んでもいいとまでは思わなかったかもしれないけど」

平素と違って歯切れの悪い物言いだった。だが、濡れた手で頬を叩かれたような気がした。おまきの身の上に驚いたのではない。己の眼界の狭さを指摘され、はっとしたのである。見えているところが狭くなると心も狭くなる。信太郎の言った通りだ。

「飯倉様、相模屋さんは大店中の大店なのですよね」

要が淡々とした声で訊ねた。

「ああ、そうだ」

信左は動揺に蓋をし、要の目を見つめた。

「相模屋の主人にとっては、お店がいっとう大事なもの、手放したくないものなのではないでしょうか。身代を喰い潰そうとする者がいるのなら、どんな手を使っても阻もうとするのではありませんか」

たとえそれが己の息子であっても容赦はしない。そういうことか。

「要の言う通りだとあたしも思う。現に、相模屋さんは、荒神様に言われたからってお店のために息子を手放したんだもの」

おまきが泣きそうに顔を歪めた。皆、押し黙った。亀吉の小さな肩はしょんぼりと落ちている。内福な家に生まれ、愛情を一身に受けた坊っちゃんに聞かせるには、血を分けた父子の相克はちと酷だったかもしれぬ。

「ここから先は、さらに推察の推察になりますが」

重苦しい空気を拭うようにして、要が話を再開した。

もしかしたら、相模屋のご主人は息子の藤一郎さんがおはるさんを脅すことを予見していたのかもしれません。いいえ、わざと弟がいると告げてそう仕向けたのでしょう。そうすれば、邪魔な藤一郎さんを消して、その咎をおはるさんに着せることができますから。ただ、おはるさんが下手人になってしまうと、捨吉さんにも累が及んでしまいます。下手人の息子ですし、商い上のもつれですから、連座で捨吉さんも所払いくらいにはなるかもしれません。そこで、相模屋さんは善い人のふりをし、内々に済ませるように御番所に働きかけたのではないでしょうか。はずみの殺しですし、殺されたほうにも瑕疵がある。しかも、殺されたほうの親が内済を願っているのですから、御番所を丸め込むのにさして苦労はしなかったと思います。無論、金は掛かったとは思いますが。

そして、おはるさんにはこっそりと言うのです。

――人一人を殺めたんだ。本来であればおまえは下手人だ。しかも、相手は仕入先の跡取り息子だ。当然のことながら、息子の捨吉も連座で所払いになるかもしれない。だが、捨吉を相模屋に返せば話は変わる。捨吉の一生は安泰で、おまえは江戸を離れるだけで済む。天と地ほどの差があるだろう。さあ、どうだ。おはる。心を決めろ。

「わたしはこんな筋書きを考えました」

要は眉ひとつ動かさずに淡々と語った。子どもらしからぬ推察力に驚嘆すると同時に、信左の胸には切なさがこみ上げる。

紫雲寺に来る前は旅芸人の一座にいたと聞いているが、要の心の目は、そこで随分と汚いものや怖いものを見たのだろう。そして、芳庵や亀吉やおまきに会い、初めて愛着の意味を知った。清濁の両方を知っているからこそ、心の目はますます冴《さ》え渡り、先を見通せるようになったのかもしれない。だが、果たしてそれはいいことなのだろうか。見えすぎてつらくなることはないのか。

「要の言う通りかもしれん。が、おれの心の隅には僅かに疑念がある。いかなお店大事でも実の父が息子を手に掛けるだろうかと。疑っているのではなく、そうではないと信じたいのかもしれん。ただ」

信左はそこで一旦言葉を切った。

本当のことを知ってどうする。おまえひとりが抗ったところで、何も変わらん。田村の言が己の声となって頭の隅で鳴り響く。

三組の澄んだ目がこちらを見つめているのを感じながら、

「仮に要の推察通りだったとしても、打つ手はないかもしれん」

やりきれなさ、いや、不甲斐《ふがい》なさと共に吐き出した。途端に我が身が一回り縮んだような気がする。

「どうしてですか」

おまきが畳に手を支えて訊いた。大きな目は見たこともないほど吊り上がっている。

「お白洲で一旦決まったことをひっくり返すのは難しい。それに、おれは一介の見廻り同心に過ぎん」

つい、育三郎と同じことを言ってしまった。卑屈で卑怯《ひきょう》な台詞《せりふ》が喉を灼《や》き、苦いもので口の中がいっぱいになる。

「でも、その筋書きを通すために、相模屋さんはお金を使ったんですよね。賄賂《まいない》が知れたら、お役人は重罪だと聞いたことがあります」

おまきは引かなかった。確かにそうだ。役人が賄賂を受け取ったことが露見すれば、重罪。金額の多寡によっては獄門もありうるとされている。だが、それは建前だ。金を持つ商人からの付け届けは当たり前のように行われ、よほど悪質でない限り、〝袖の下〟が知れても厳しく断罪されることはない。

――おれら同心はな、その泥濘の上に立ってるんだ。

罪を犯す者を捕縛するから〝不浄役人〟なのではない。もとより同心自体が〝不浄〟な場に立っているのだ。

番所を出たときの覚束ない足元を思い出し、心までもが重く沈んでいく。

「父は――」

おまきの震え声がした。澄んだ目がこちらをひたと見上げている。光を抱いた眸から目を逸《そ》らさぬよう、信左は沈みかけた己の心を叱咤し背筋を伸ばした。

「恐らく、もう生きてはいないと思います。それでも、骸《むくろ》であったとしても、あたしは父に会いたい。何年かかっても父を捜したい。何年かかっても」

言い終えた拍子に、強い光が揺らめき、涙がひとしずくこぼれた。利助はまだ見つかって
そうだった。相模屋藤一郎殺しにばかり目が行っていたが、利助はまだ見つかって
いないのだ。そして、それも相模屋と繋がっているはず——

「旦那様、よろしいですか」

いきなり慌て声が飛び込んできた。見ればおきみが青ざめた顔で廊下に座している。

背後には神妙な顔をした子どもが四名。一番前にいるのは向かいに住む林家の修平だ。

後は信太郎の遊び仲間である。

「どうした？　信太郎に何かあったか」

「坊っちゃんが見つからないそうです」

「隠れ鬼でか」

おきみの肩越しで首をすくめ、小さくなっている修平へ声を掛ける。

「はい。降参するから出てこい、と呼んだのです。けど、なかなか出てこないから」

心配になって、とべそをかきそうな面持ちで返した。

「どの辺りで遊んでいたんだ」

「わたしと信太郎の屋敷です。けど、外だけです」

「甕の中は捜してみたか」

「はい。いませんでした」

「よし、わかった。悪いが、林の屋敷地をもう一度捜してくれるか。こちらはこちらで捜す。見つかったら報せてくれ」

子どもらはこくりと頷き、おきみに連れられてその場を去った。

「飯倉様。あたしたちもお手伝いします」

おまきがすっくと立ち上がった。もうその目に涙はない。いや、と信左が言いかけたのを、

「飯倉の旦那、おれらを見くびってもらっちゃ困るぜ」

亀吉が伝法《でんぽう》な物言いで遮った。こちらは最前の落ち込みから立ち直ったのか、きりりとした顔つきをしている。

「そうか。じゃあ、頼む」

手数は多いほうがいい。

「おれだったら、縁の下に隠れるな」

庭に降りると、亀吉は早速腰を屈め、縁の下を覗いた。

「お隣はお医者様でいらっしゃるのですか」

要が山茶花《さざんか》の生垣へと首を巡らせた。
「ああ。そうだ。薬湯のにおいがするか」
言いながら、湛山のところにいるのではないかと信左は思った。修平たちにとって
は他所の屋敷地だが、信太郎にとっては飯倉の敷地も同然。見つけにこない修平らに
痺《しび》れを切らし、診療所に上がりこんでいるうち、隠れ鬼のことを忘れてしまったか。
「医者に地貸しをしているのだが、そこにいるかもしれん」
まだそのままの山茶花の垣根をすり抜け、信左は湛山の診療所へ向かった。
およそ三十坪の敷地に板葺きの小さな一構が建っている。患者が開け放していった
のか、通りに面した枝折戸が夕刻の風に軋《きし》んだ音を立てていた。
よく考えれば、信左がここへ来るのは初めてだった。元々は己の屋敷地内なのに近
づくこともしなかった。もしかしたら、そんな信左へ当て付けるつもりで、信太郎は
ここに隠れているのではないか。そんな思念が脳裏をよぎった。
診療所の前に立って油障子を叩くと、程なくして湛山の青黒くむくんだような顔が
現れた。驚いたように細い目を見開いた後、
「ああ、これは飯倉の旦那。御新造様に何かございましたか」
丁重な口ぶりで言った。

「いや。そうではない。信太郎の姿が見当たらないのでな。ここかと思ったのだ」

「いいえ。今日は一遍も。昨日、オンジを取りに――」

オンジ！　そうか！

背後で小さな叫び声が上がった。要である。

「おまき姉さん、亀吉っちゃん、来てください」

要が言い、二人が慌しくついていく。それに気づいた湛山が、信左の肩越しから覗くようにして、

「あの者らは？」

と怪訝な顔をした。

「おれの手下だ」

すらりと言葉が出た。邪魔をしたなと信左は踵を返し、三人の後を追う。

手を繋いだ二人の子どもとおまきは、診療所の西、田村の屋敷との境になっている、アオキの生垣へと急ぎ足で向かっていた。ああ、そうか。生垣の隙間かと、信左の胸に温かい安堵《あんど》がふわりと降りてくる。要の見立てに間違いはないだろう。

「亀吉っちゃん。もっと奥です」

珍しく甲高い要の声の後、

ていた。

「いたぞ！　信太郎さんがいたぞ！」

亀吉の大きな声が屋敷地内に響いた。

信左が駆けていくと、アオキの垣根の小さな隙間に、信太郎が丸くなって眠りこけていた。

「皆が捜しにこないから、退屈で眠ってしまったのです」

夕餉《ゆうげ》の席で信太郎は赤い唇を尖らせた。血の通った色に改めて安堵しながら、

「捜しに来ないのは当たり前だ。おまえには敷地内でも修平たちにとっては他所の敷地だ」

信左は厳しい声を繕った。

「そうですよ。皆さんにご心配をかけたのですから」

まことに心の臓に悪いこと、と志乃が胸に手を当て細い眉をひそめた。近頃は調子のいい志乃は、奥の居室で知人に文《ふみ》をしたためていたようだが、おきみに事情を報され、真っ青になったそうだ。遅かれ早かれ、目が覚めて信太郎は帰ってきただろうが、早く見つかるに越したことはない。またもや要のお手柄だと信左は小さな手下を頼もしく思った。

その要たちは宵六ツの鐘が鳴る前に念のために朔次郎を供につけて帰した。

──なぜ、あそこにいたとわかったのだ。

屋敷に戻って信左が要に問うと、

──オンジのにおいです。信太郎さんは母上様のためにオンジを手ずから煎じていらっしゃるのでしょう。先日、お邪魔したときもそうでしたから。

──だが、あの場所はオンジどころか、色々な生薬のにおいがするだろう。曲がりなりにも診療所なのだから。鼻が利くとはいえ、なぜ信太郎の居場所がすぐにわかったのだ。

──においは人がまとうと変わります。オンジも信太郎さんがまとうと、信太郎さんのにおいになるのです。

事も無げに要は言った。それが要の言う、この屋敷の〝優しいにおい〟なのだろう。

そして、志乃はその文言にまたもや涙するほど感激したのだ。

「要は、まことに賢い子どもですわね」

その志乃が信左の心に呼応するように呟いた。

「賢いだけじゃないですよ」

信太郎が膳をひっくり返しそうな勢いで前のめりになった。

優しいのだろう。答えを先に胸に上らせたが、息子は意外なことを言った。

「要は悲しいのですよ、父上」

悲しい。言い間違いかと思ったが、信太郎の眼差しは真剣だった。

「先《せん》に屋敷に来たとき、要はわたしにこう言ったのです」

――信太郎さんは、母上のためにお薬を煎じているのですね。うらやましいです。

「その顔がとても悲しげで、わたしは、ここがぎゅっとなりました」

と信太郎は薄い胸にそっと手を当てた。

「母がいないことが悲しいというのか」

「違います」と信太郎はきっぱりとかぶりを振った。「誰かのために何かをしたいのに、それができないことが悲しいのです」

「でも、要はこうしてみんなの役に立っているじゃないか」

おまえの居場所をいち早く捜し当てた。他にも要の秀でたところはたくさんある。

「はい、もちろんです。けれど、それとは少し違うのです。上手く言えませんが」

箸を持ったまま信太郎はもどかしそうに言う。

「私、わかるような気がいたしますわ」

志乃が穏やかな声で割って入る。その目はいつかのように潤んでいた。

「要は、大事な人の、いいえ、無二の人の役に立ちたいのですよ、きっと」

「だが」

要には亀吉がいるじゃないか、と言いかけて信左は口を噤《つぐ》んだ。要にとって亀吉は無二の相手。それは亀吉にとっても同様に思える。だが——

——血の繋がってるお父っつぁんが、実の息子を手に掛けるとは思えねぇ。

相模屋の息子殺しに亀吉は疑問を呈した。人は往々にして己の身に置き換えて物事を考えがちだ。しかも、奴の父親は出来物で情の深い、山野屋源一郎という男である。そんな父親に育てられた亀吉の考えはごく当然のことだろう。

一方、要は十一歳の子どもとは思えぬほど、非情で怜悧《れいり》な推察を繰り広げた。それも要の境涯によるものだ。

善い悪いではない。二人とも、そうなるべくしてなったのだ。

陽だまりで愛情を総身に浴びて育まれた子どもと、寒風の中で愛情の存在すら知らずに育った子ども。

有体に言えば、恵まれている子どもと恵まれていない子ども。

要にとって亀吉は無二の相手になり得ても、その逆は難しいのではないか。亀吉には両親もいて継ぐべき店もある。二人の仲は釣り合いが取れているようで、取れていないのかもしれぬ。

「だが、要の心の中のことだ。おれたちがどうこうするのは難しい」

信左はやりきれなさと一緒に飯を飲み込んだ。つかえた胸に味噌汁《みそしる》を流し込む。

「わかっていますわ。でも、わたしも悲しゅうございます。あんなに聡明で優しい子が、誰よりも人の気持ちのわかる子が、心に大きな洞《うろ》を抱えていると思うと胸が詰まります」

洞、という志乃の言に心の臓を強く摑まれた。

信左自身の中にもそれがあることに気づかされたのだ。要のように大きくはないが、確かに胸の隅にぽっかりと穴の開いた部分があった。

己には志乃がいて信太郎がいる。それでも埋めきれぬ部分。

己が己である証。この世に生きている証。

いや、八丁堀の同心の家に生まれ、同心として生きる証。

それが見つからぬ限り、この穴は埋まらない。

そう悟ったとき、熱を孕《はら》んだ言葉が心の奥から卒然と溢れて来た。

飯倉様は、わたしのようなものを褒めてくださいました。そのおっしゃりようには嘘がございませんでした。大親分を捜したいからだよ。だから、飯倉様のお力が必要なんだ。飯倉様、どうかお願いします。父を何としてでも捜したいんです。そうしなければ――

そうしなければ。

丙午生まれの捨て子。不吉な子ども。父を死に追いやった娘。その咎を、おまきは一生背負って生きていくのか。

だが、己に、一介の臨時廻り同心に何ができる。ひとりでできることなど高が知れている。

――飯倉様。あたしたちもお手伝いします。

――飯倉の旦那、おれらを見くびってもらっちゃ困るぜ。

揺らぐ胸の内に、先に聞いたおまきと亀吉の言が際やかに立ち上がった。

――あの者らは？

――おれの手下だ。

そうだ。かけがえのない、無二の手下だ。

「父上」

信太郎の声に腕を摑まれ、はっと我に返った。最前とは語調が違う。

「何だ」とこちらも語気を柔らかく改めた。

「生垣の陰でうとうとしていると、お隣の音が随分と耳に入ってきたのです。目を閉じていると人の足音やら声やらが大きく聞こえるんだなと。要の気持ちがほんの少しですが、わかったように思いました」

隠れ鬼をしながら眠りこけていたかと思えば、案外に鋭いことを言う。八歳の息子の成長に驚きつつ、

「なるほど。だが、盗み聞きははしたないぞ」

信左がたしなめると、

そうですね、とぺろりと舌を出した後、信太郎は言った。

「お隣には、足の悪い方がいらしていたようですよ」

「足の悪い？」

廊下をひっそりと打つ足音と共に、相模屋でのひやりとした不快さがひたひたと打ち寄せてくる。

「はい。足を引きずる音がいたしました」

信太郎はにっこり笑った後、味噌汁をすすった。

十六

竹屋《たけや》は石原町界隈ではあまり目立たぬ小ぢんまりとした料理屋だった。

百本杭から七、八丁ほど北上した辺り、相模屋の藤一郎とおはるが会っていたという店である。向かいの屋敷に住む、吟味方同心の林に訊ねると、あっさりと教えてくれた。

おまきの話によれば、おはるが誰かに呼び出されていたことを捨吉は知っていたという。香料を卸さないと藤一郎が脅していたのは事実のようだ。だが、わかっていることでも調べ直せば、大事なものを拾えることもある。信左はおまきたち三人を現場の石原町へと同道することにした。ただ、さすがに十一歳の子らを竹屋の聞き込みに連れて行くのは躊躇われる。そこで、要と亀吉の二人は河原で待たせていた。

勝手口から用向きを告げると、四十がらみのでっぷりした女将《おかみ》は細い目の辺りに不快さを露《あら》わにし、「もう話すことはありませんよ」と慳貪《けんどん》な物言いをした。

「同じ話で構わん。聞き落としていることがあるかもしれん。もう一度話してくれ」

信左が粘ると、女将は大仰に肩をすくめ、

「これで終《しま》いにしてくださいよ」

と念を押し、板間に腰を下ろしてめんどくさそうに話し始めた。

初めて見えたときは、そういう仲かと思いましたよ。女は四十路《よそじ》手前くらいだけど身綺麗にしてたし、男はいかにも金を持ってそうでしたから。どっかの大店の坊っちゃんの道楽かと思いました。ほら、大年増《おおどしま》が好きな男ってぇのもいるでしょう。けど、じきにそうじゃないってわかりました。料理を運んだ仲居がちらと聞いたんですよ。何かを卸すのをやめるとか、おまえの店なんか潰すのは赤子の手をひねるようなもんだとか。ああ、そうか。男は大店の若旦那かなんかで、女は小店を営んでいてそこから品を卸してもらってるんだろうなと。

店に来たのは二度です。一度目は十三日でしたかねぇ。女はすぐに帰りました。その後、残った男はどうしたかって。女を呼べと。ここはそういう場所じゃありませんよ、と言うと、酒も注《つ》げねえのかと喚《わめ》き散らしましたから、仕方なく仲居に酌をさせましたけど。

二度目に来たときは、確か一月晦日《みそか》の晩だったと思いますよ。明日の朝、荒神松を替えなきゃ、と思った憶えがありますから。いたのは半刻（約一時間）ほどで、二人一緒に店を後にしました。ええ、通りのほうではなく川岸に下りたようです。どうしてわかったかって。そりゃ、大声で言い合いをしていましたから。男のほうは相当酔ってたんで何を言っていたか、はっきりとはわかりませんでしたけど、女が啖呵《たんか》を切る声は聞こえました。

——やれるもんなら、やってみなさいよ。

ええ、大きな声でした。うちだけじゃなく、他所の店にも聞こえていたんじゃないですかね。そんなに遅い時分じゃありません。五ツ（午後八時）にはなっていなかったと思いますよ。

「もういいですか。忙しいんですよ」

女将は仏頂面で言い放ち、板戸を逞《たくま》しい腕で乱暴に閉めた。連子窓からは煮炊きをする白い湯気と煮しめのふくよかなにおい、それに女将のぼやきが洩れてきた。

「晦日ってことは、藤一郎さんの亡骸が揚がった日の前日ですよね。今のが本当だとしたら、おはるさんには分が悪いですね」

おまきが大きな溜息《ためいき》を洩らした。確かに女将の口ぶりに嘘はなかった。だが——

「あれだけでは、おはるが川に突き落としたとは言えん」

「わかってます。でも、どうやってそれを突き止めるんですか」

「今から考える」

信左は勝手口から離れ、裏木戸へと向かった。置いて行かないでくださいよ、とおまきの慌てたような声が背中を追いかけてくる。

店脇の石段を下りればすぐに川沿いの道だ。すぐそこで亀吉と要が仲よく腰を下ろして川を眺めている。八ツを少し過ぎた頃だろうか。水面《みなも》には春の光が細かく砕け、まるで金色の千鳥が無数に飛び跳ねているように見える。亀吉はその様子をどう伝え、要はそれをどう受け止めているのだろう。大小ふたつの背中は陽の光に縁取られ、信左の目にはそこだけが無性に明るく見えた。その明るさに胸の奥がしんと切なくなる。

「待たせたな」

二人の背後に近づいた途端、信左は大きく息を呑んだ。

いつもの手習帳より分厚い紙に川の絵が描かれていた。美しい青の濃淡で描かれた川面《かわも》はうねり、瀬音が聞こえるほどに躍動している。そして、そのうねりの隙間には胡粉《ごふん》と雲母《うんも》を混ぜたのか、白銀色に輝く小さな波が幾つも立っていた。まさしく眼前にある川の姿が色鮮やかに映し出されていたのだった。

「今、描いたのか」

声がかすれた。

「まさか。こんな短い間に描けるわけがないだろう。ここからの風景に近いなって思って家で描いたのを持ってきたんだ」

亀吉は誇らしげに白い歯をこぼした。確かによく見れば対岸の景色は少し違う。だが、川の面差しはそっくりだ。

「これが、要に見せたかった絵だね」

隣でおまきが呟いた。川風に紛れそうな声は潤んでいた。

「要に見せたかった絵？」

信左の問いに、はい、とおまきは頷いた。

──要におれの絵を見せたいって思ってたんだ。

利助の残した毬香炉の蓋を見せたとき、亀吉はそう言って目を輝かせたそうだ。顔料を塗り重ね、厚みを持たせた蒔絵のような絵を描きたいと。

なるほど。確かにこれなら要でも〝見える〟絵だ。だが、いかな画才のある亀吉とて、これだけの絵を仕上げるには根が要っただろう。朋友の真心が嬉《うれ》しい一方で、いささか重いのか。なあ、要、どうなんだ。

「わたしが思ったよりも、大川は激しいものでした」

要の声は静かだった。その指は波の盛り上がりを丁寧になぞっている。晴れた空を写し取ったような綺麗な青だ。亀吉はこの青も要に見せてやりたいと思っているのだ

ろう。やるせなさに蓋をし、

「そうだな。今日は穏やかだが、日によってはもっと狂暴になる。川とはそういうものだ」

絵から川面に目を転じる。

「この辺りは、ことに流れの速い場所ですか」

要がこちらを振り仰いだ。

「そうだが。なぜわかる?」

子ども二人と目の高さを合わせたくて信左は地面に腰を下ろした。邪魔な刀と十手は脇に置く。おまきもたっつけ袴《ばかま》の膝を抱えて座った。

「この先に、百本杭がありますから。それは護岸のためなのでしょう」

事も無げに要は答えた。

「そうだ。よくわかったな」

言いながらもさして驚きはしない。要なら当たり前に気づくことだ。

「飯倉様は、ご覧になったのですよね」

要が信左のほうへ正しく顔を向けた。頬が紅潮し、目元がきりりと吊り上がっている。

「何をだ」

「亡骸です。相模屋藤一郎さんの」

要の声が一段と張りつめる。

「見た。ちらとだが」

「どんな様子でしたか。その――」

「綺麗だった。まるで眠っているようだった」

底知れぬ才に胸が沸き立つ。先を聞きたくて気持ちがはやる。

「その先を早く言え」

信左は要を促した。

「もしも、藤一郎さんがここから落ちたなら、百本杭に引っ掛かった亡骸は綺麗ではなかろうと考えたのです。物の本によると、溺《おぼ》れると身の内に水が溜まるので亡骸は沈んでなかなか揚がってこない。時が経ってから打ち上げられるので、大層惨《むご》たらしいと」

そうだ。溺れ死んだ人間の体はすぐには揚がってこない。沈んだまま波に揉《も》まれ木っ端や石になぶられ魚につつかれ――そうして、何日も経ってから見るも無残な姿になり人目に付くのだ。

そんな信左の胸の内を読んだかのように、おまきが苦しげな顔をして、胸の辺りでぎゅっと手を組んでいる。

「おまえの言う通りだ。だが、亡骸は綺麗だった。顔もさほどむくんではいないし、目立った傷もなかった。おれも不審に思って朋輩に訊いたのだ。すると、泥酔していたのなら冷たい水に落ちた拍子に心の臓が止まったのだろう、だからたいして水を飲まず、すぐに百本杭に流れ着いた。そう言われ、おれもそのときは得心した。だが、仮にそうだとしても、おまえはおかしいと言いたいのだろう」

なあ、要。何に気づいた。早く言え。

「はい。この流れの速さでは、百本杭に着くまでに着物は乱れるのではないでしょうか。帯はほどけ、下手をしたら裸になって打ち上げられるかもしれません。でも、藤一郎さんはきちんと着物を着ていた」

それでわかった。要が何を言いたいのか。でも、終いまでこいつに言わせたい。いや、聞きたい。こいつの口から聞きたくて聞きたくて仕方ない。

「なぜ、見てもいないのにそうとわかる？」

知らずしらず笑みがこぼれた。

「毬香炉が藤一郎さんの袂にあった」

飯倉様はそうおっしゃいました。

　終いまで聞き終わらぬうち、信左は要を抱きしめていた。その体は思った以上に小さかった。だが、思った以上にしっかりとして温かい。その温かさが信左の心に、ぽっかりと開いた空洞にじわりとしみてくる。同時に、長いこと身にまとわりついていた縄が外れ、総身が軽くなったように思えた。

ひとりでできることなど高が知れている。その通りだ。だから、ひとりだと思わねばいい。泥濘ではなく他の場所で、狭苦しい場所ではなくもっと広々とした場所で、誰かと一緒に立てばいい。そうすれば、もっと別の美しい景色が見えるはずだ。

そして、思う。

要の心の目には波の青がしっかり見えているのだろうと。亀吉が心をこめて一筆一筆塗り重ねた青が。泣きたいほど綺麗な青が。

「要、おまえは本当にすげぇやつだ」

こみ上げる温かい塊から飛び出したのは、そんな陳腐な言葉だった。

川風が信左の頬をそっと撫でる。

――要は悲しいのですよ、父上。

信太郎に叱咤された気がした。そうか。〝すげぇやつ〟じゃ駄目だったな。

「おれもおまきも亀吉も。みんなおまえを頼ってる。おまえがいなきゃ、困っちまう」

いいか、それを忘れんじゃねぇぞ。

そう言ったとき、腕の中で確かに要がこくりと頷いた。

＊＊＊

おまきの胸はまだどきどきしている。

要じゃなく、おまきが飯倉に抱きしめられたみたいに、心の臓が高く硬い音を立てている。同心が、お役人があんなことをするなんて、考えられないことだった。

おまきは少し前を歩く黒羽織の背を不思議な思いで見つめた。もちろんそこからは飯倉の気持ちは読み取れない。けれど、以前よりもずっと大きく逞しく感じられる気がした。

先ずはおはるの冤罪を晴らす。一から調べ直すぞ。

今日、午《ひる》過ぎに梅屋を訪ねてきた飯倉は、おまきの顔を見るなり言ったのだった。

お白洲で一旦決まったものを覆すのは難しい。おれは一介の見廻り同心に過ぎん。

そう言って渋面を刻んでいたのが昨日のことだ。飯倉の心にどんな変化があったのかはわからないが、おまきにとっては喜ばしいことだ。

そうして現場の石原町に赴いた結果、ぐんと真相に近づいた。

相模屋藤一郎は石原町ではなく百本杭の近くで誰かに殺され、川に投げ込まれたかもしれない。

そんな推察の下、おまきたちは百本杭までの川べりを歩いている。石原町からすぐの埋堀《うめぼり》の向こうには大名屋敷が建ち並んでいて、屋敷の白塀に沿って進んで行けば、やがて御蔵橋《おくらばし》に着く。お上の資材置き場である御竹蔵へと続く入り堀に架かる橋だ。

「亡骸を流すとしたらこの辺りか」

橋を渡ったところで飯倉は足を止めた。ここから百本杭までは目と鼻の先だ。

「でも、御竹蔵がそこですから、橋番が目を光らせているでしょう。もう少し先かもしれませんよ」

おまきが異を唱えると、

「そうだな。だが、夜更けにこんな場所を通る者はめったにおらん。寝ぼけ眼の橋番をやり過ごすのは案外容易《たやす》いだろう。悪行を見てたのは物の怪《もののけ》だけかもしれん」

飯倉の低い声音に「飯倉様、勘弁してくれよ。おれは怖ぇ話が苦手なんだ」と亀吉が首をすくめる。

「〝置いてけ堀〟だね」

おまきが言うと、おまき親分までひでぇや、と泣き顔になる。

御竹蔵の周辺は堀に囲まれているので、釣り人が多い。この近所に住む男がたくさん釣れて上機嫌で帰ろうとすると、「置いてけぇ」と誰の姿もないのに声がした。慌てて逃げ帰ったところ、家に着いたら魚籠《びく》の中には魚が一匹もいなくなっていたという。本所七不思議のひとつにそんな話がある。

「〝置いてけ堀〟に亡骸を置いてくなんて、正気の沙汰じゃねぇよ。怖くてちびっちまう」

亀吉が胴震いし、要にしがみつくと、

「ああ、怖いな。だが、本当に怖いのは、物の怪なんかじゃない。生身の人間だ」

飯倉が目を細め、対岸を見た。陽は西空に傾き始め、江戸の町並みを濃い飴《あめ》色に染めている。大名屋敷の瓦屋根が鈍く光り、おまきの目を射抜いた。

生身の人間は怖い。確かに息子を殺したかもしれない相模屋藤右衛門を思うと背筋を冷たいものが這い上る。けれど、火付けをした相模屋のお内儀はおまきには怖いとも憎いとも思えなかった。それはどうしてなんだろう。

——大事なものなのよ。息子たちのために対になっているものを揃えたの。

「お内儀さんは、毬香炉を大事なものだと言ってました。息子さんたちのために対で揃えたそうです。でも、それが、火付けの道具に使われるなんて、あたしにはどうしても信じられなくて。ううん、お内儀さんを怖いとは思えなくて」

毬香炉の蓋を渡したときのお内儀の目には慈愛がこめられていた。それは母の目や、おはるの目にあるものとよく似ている気がする。

「でも、相模屋のお内儀は心の病なんだぜ。大八屋の棟梁が言ってたじゃないか。病が重くなると、てめぇや人を傷つけちまうって。それが怖いってことなんじゃねぇのかい」

なあ、飯倉様、と亀吉が要の腕にしがみついたまま訊く。

「亀吉の言う通りだ。怖いのは人の心なんだろうな」

飯倉は対岸に目を当てたまま答えた。

人の心。人の心に忍び込んだもの、と言えるかもしれない。

だとしたら、お内儀の心の中に棲《す》みついているものとは何だろう。要は毬香炉の蓋に残っているにおいを「乱暴な火のにおい」と言い表した。お内儀にとって大事なもの、慈しむべきものを、自らの手で火をつけるという所業で蹂躙《じゅうりん》してしまうほどのものとは――

おまきは斜陽の眩しさに目を細めながら、いつかの飯倉の言葉を思い出した。

――見守るんだ。傍にいる者が見守って、病が治るまで待ってやるんだ。

あの屋敷に。裏庭がやけにがらんとしたあの場所に。

心の病んだ美しい人を見守ってくれる人間はいるのだろうか。

「さあ、とりあえず、おれは生身の人間に会いに行くか」

飯倉が対岸からおまきへと目を転じた。剽《ひょう》げた物言いなのに、その双眸には何かを思い決めたような強い光が宿っている。

「生身の人間って、誰さ」

亀吉がおずおずといった口ぶりで訊く。

「いや、もしかしたら人間じゃねぇかもしれん。生身は生身でも狸《たぬき》か、いや、泥の中にいるから、かわうそかもしれん」

くしゃりと笑い、さ、帰るぞと飯倉は亀吉の頭に大きな手を載せた。

置いてけ堀の話を聞いたせいで夕闇を嫌がる亀吉を、おまきは山野屋まで送っていった。

「おまき親分、ありがとう」

宵六ツの鐘が鳴った後で、通りには藍と朱の混じったような薄闇が這っていた。材木の浮かんだ近くの堀では夕潮の立った水がたぷんたぷんと揺れる音がする。

「ううん。こっちこそありがとうね。いつもより遅くなっちゃったから、お父っつぁんに叱られないかな」

おまきが心配すると、うん、それは大丈夫と亀吉は神妙な顔をし、

「おれさ。要を幸せにしたいんだ」

出し抜けに言う。おまきが何と返そうか迷っていると、

「それがずっと善いことだと思ってたんだ。お千さんも、善いことっていうのは、人を幸せにできることだって言っただろ」

一旦切って、大きな澄んだ目でおまきを真っ直ぐに見上げた。おまきは黙って頷き、先を促した。

「けど、おれがそう思えば思うほど、要はしんどいんじゃないかなって。おれなんかが、要を幸せにしてやることなんか、できないんじゃねぇかって」

泣きそうな声に胸が衝《つ》かれた。そんなことないよ、と言いたいのに言えなかったのは、亀吉の言があながち間違いでもないように思えたからだ。要にとって亀吉は兄さ

んと慕うほどの大事な相手だ。紫雲寺の外へ行くときはいつも手を引いてくれて、お菓子をいつも取ってくれて、〝見える〟絵を描いてくれて。それは涙が出るほど温かく有り難いことだろうけれど、その一方で、少し重いことでもあるのかも——

そこまで考えたとき、おまきの胸の底でことりと音が鳴った。

飯倉はそんな要の思いに気づいていたのかもしれない。だから、要を抱きしめながら、

——おれもおまきも亀吉も。みんなおまえを頼ってる。おまえがいなきゃ、困っちまう。

あんなことを言ったのだ。きっと要は嬉しかったろう。感激しただろう。

でも、その反面、亀吉の無垢《むく》な心には疑問がぽっちりと穿《うが》たれてしまった。己がよかれと思って要にしてきたことは間違っていたのではないかと。少しも善いことなんかではなく、むしろ要に窮屈な思いを抱かせてしまったのではないかと。

「要は、亀吉のことが大好きだよ」

大した慰めにならぬかもしれないが、おまきは言った。

「うん。わかってる。けど」

亀吉は口を噤んで雪駄の足元を見つめた。その足が存外に大きなことにおまきは気

づいた。この子も要も大人の入り口に差しかかっているのだ。しかも、こんな探索事に巻き込まれたせいで、余計に早くその場所に辿りついてしまったのかもしれない。手を繋いで笑いながら駆けて行く二人を見たのが遥《はる》か昔のことのように思えた。

「ごめんね、亀吉」

詫《わ》びの言葉が我知らずこぼれ落ちた。顔を上げた亀吉の目は潤んでいる。

「どうしておまき親分が謝るのさ」

その目が怒ったように吊り上がったとき、

「あら、亀吉」

裏木戸が開き、優しい声がした。亀吉の母親のおこうだった。山吹《やまぶき》色と朱の万筋《まんすじ》の紬《つむぎ》は一見して上物とわかる。ふっくらとした優しげな顔立ちの人だ。亀吉の帰りが遅いので案じて表に出てきたのかもしれない。

「お内儀さん、遅くなってすみません」

おまきが慌てて詫びると、

「いいのよ。うちの亀でよかったら幾らでも使ってちょうだい」

いつか源一郎が言ったのと同じことを言い、ふくよかな笑みを寄越《よこ》した。

「おっ母さん、こんなところにいたの」

開いた木戸から顔を出したのは亀吉の長姉のおさとである。桜色の地に細かい亀甲《きっこう》柄の小袖が十七歳の娘らしく輝いて見える。おさとの下には十五と十三の妹がいる。さぞ賑やかだろう、と思えば微笑ましいだけでなく、おまきの胸はなぜか薄皮を剝がしたようにひりついた。亀吉は母親と姉からぷいと目を逸らすと、何も言わずに中へ入ってしまった。

「あら、おまきちゃんの前だから恥ずかしいのかしら」

おさとがくすりと笑い、そうかもね、とおこうも微笑んだ。美しく邪気のない二人の笑顔が赤剝《あかむ》けたような胸にちくちくと痛くて、失礼しますとおまきは頭を下げて足早にその場を去った。

八幡宮前の通りはすっかり夜の色に彩られていた。夜商いを始める店の軒提灯《のきぢょうちん》が路面を明々と照らしている。白粉《おしろい》のにおいが濃く漂い始めた雑踏をすり抜けながら、おまきの耳奥では亀吉の泣きそうな声が何遍も何遍も谺《こだま》していた。

十七

八丁堀に戻った信左が訪れたのは、畑山の屋敷であった。藤一郎の亡骸を検《あらた》めた検使与力である。同じ八丁堀に住んでいても、同心と与力の身分差は歴然としていて、三百坪の屋敷地には冠木門《かぶきもん》を構えることも許されている。一万石の大縄地から、一人二百石をあてがわれている上、大名屋敷からの付け届けも多く、「不浄役人」と蔑まれていても、与力たちの羽振りはよかった。

出迎えた中間に用向きを告げるとすぐに戻ってきて、縁先へ行けという。玄関からそのまま屋敷地の南へ廻ると、松にイヌツゲなど碧でまとめた落ち着いた風情の庭が広がっていた。小さなつくばいの横には大ぶりの蠟梅《ろうばい》が植えられている。もう少し早い時期なら可憐《かれん》な黄色の花が拝めたか、と惜しんでいると、

「そろそろ来る頃かと思っておった」

やけに明るい声がした。振り返れば畑山が皺んだ顔をくしゃくしゃにして立っていた。思いがけぬ言葉に驚きつつも、その場で膝をついて辞儀をすると、

「さように畏《かしこ》まらずともよい。とりあえずここに座れ」

自ら縁先に子どものようにちょこんと腰掛ける。では、失礼いたしますとやや離れて腰を下ろした。なぜ訪問を察していたのかと訝っていると、

「信左衛門《しんざえもん》によう似てきた」

畑山が唐突に言った。

どちらかと言えば、母に似ていると言われることが多かったので、案外な思いで訊いた。

「父、とですか」

「うむ。その目じゃな。頑《かたく》なで融通が利かぬ」

六十に近い老与力は呵々《かか》と笑った後、

「決まりごとには表と裏があってな」

子どもを諭すように柔らかな声で言った。

「はい。それは承知しております」

「うむ。ならば、何を訊きたい」

矢庭に鹿爪らしい顔つきになった。

「真実です」

「それを知ってどうする。知ったところで、何も変わらぬ」

田村にも同じことを言われた。

——おまえひとりが抗ったところで、何も変わらん。

だが、ひとりではない。

「何も変わらぬわけではありません。心が変わります」

短い間が空いた後、微風に紛れるような声がした。

「そこもとの心がか」

「それもあります」

「それも、ということは他の者もいるということか」

「はい」

おはるを信じる者たちの心だ。おまきや亀吉や要。何よりも、おはるの息子である捨吉の心。真実を知れば心が救われる。救われた心は前へ踏み出す力を生み出す。少なくとも、彼らによって己の心は大きく変わった。だから、こうしてここにいるのだ。

「あれは溺死《できし》だ」

間違いない、と畑山はきっぱりと断じた。

「ですが、亡骸は綺麗でした。溺れて肺腑《はいふ》や胃の腑に水が溜まれば、亡骸はしばらく沈むのではありませんか。水に落ちてすぐに心の臓が止まったとしても、石原町の端にある竹屋という料理屋から百本杭までは結構あります。あんなに綺麗な様で流れ着くでしょうか」

信左は食い下がった。

「なるほど、いい見立てだ」と畑山は微笑んだ。「だが、亡骸には誰かが殺めた痕はなかった。刀傷も首を絞めた痕も殴った痕も。毒物のにおいもせなんだ。となれば、水に落ちてすぐに心の臓をやられたか、溺死しかあるまい。だがな」

一旦、言葉を切り、前を向いたまま畑山は言葉を継いだ。

「人は一寸の深さでも溺れる。幼子が浅き川で溺れることは多々あるだろう。大人であっても、したたかに酔っていたとしたら。幼子も同然」

はっとして畑山の横顔を凝視する。薄闇の中でも皺んだ顔に厳しさが見て取れた。皆まで聞かずともわかった。

一寸の深さでも溺れる。例えば桶か何かに水を張り、大の男が大勢で押さえつければ殺すことはできるのではないか。それから川に放り込めば――

「そのお見立ては、吟味方にお伝えなさったのでしょうか」

「侮るな。それがわしの役目だ。だが、その先は知らぬ。わしにとっては闇だ」

苦いものでも嚙み潰したような顔で畑山は吐き出した。

「闇、ですか」

「うむ。わしも若い頃は闇を何とかして切り裂こうと息巻いたこともあった。だが、できなんだ。ちょっとやそっとでは剣の先は向こう側に届かん。闇は深い」

検使与力でもそうなのだから、一介の臨時廻り同心にとってはなおさらだ。闇はどこまでも深く果てがない。しかも足元は底の見えぬ泥濘だ。

「私がこちらにお伺いすると、おわかりだったのはどうしてですか」

最前感じた疑問をぶつけると、

「百本杭で会うたとき、わしの検めに不満のありそうな顔をしていたからだ。この老いぼれが、とでも言いたげだった」

畑山は肩を揺すって笑った。老いぼれとまでは思わなかったが、それに近いことは脳裏をよぎった。

「図星だったか」

喉に笑いを残したまま訊く。

「いえ、決してさようなことは」

信左が慌てて打ち消すと、笑みを仕舞い、

「そういや、袂には毬香炉、懐には立派な紙入れがあったな」

思い出したように言った。香炉に気づいていたのか。いや、己が気づいたのだから畑山が気づかぬはずがあるまい。信左が黙して次の言葉を待っていると、

「いずれも高直なものだが、あれで亡骸の身元がすぐに割れたようだ」

ともかく、色々とわざとらしさの残る亡骸だったと畑山は鼻の頭に皺を寄せた。

身に着けたものを抜き取らずに川へ流したのは、何が何でもおはるに罪を着せたかったからだろう。脅されてかっとして突き飛ばしたのだと無理にでも言わせたかったのだ。それに、おはるを捕えてからの吟味もまた早かった。伝馬町の牢屋敷には沙汰待ちの科人が数多《あまた》囚《とら》われているにもかかわらず、おはるは吟味を受け、すぐに江戸払いの沙汰が下された。そこにも相模屋の意向が強く働いているのかもしれなかった。

「それともうひとつ」

ここから先はわしの私見と思うて聞いてくれ、と畑山が重々しい語調へと変えた。

「川は高いところから低いところにしか流れぬが人の足は違う。低いところから高いところへも行ける。案外、百本杭よりも下流に〝溺れる〟場所があるかもしれん」

私見ということは、外へ洩らすなということだ。

「しかと承りました。御高察、かたじけなく存じます」

信左が深く頭を下げると、

「わしは来年隠居する。八丁堀を出て向島で妻女と田舎暮らしだ」

畑山は皺顔を和らげ、静かに立ち上がった。

畑山の〝私見〟に従い、翌日、朔次郎を連れて百本杭近辺の舟宿や茶屋を当たったところ、すぐにそれらしき話が網に引っ掛かった。水茶屋勤めの女が睦月《むつき》の晦日に藤一郎らしき男とすれ違ったというのである。勤めが終わり、帰宅する途上のことだったそうだ。数人の男に囲まれ、身なりのいい若い男が覚束ない足取りで横網町《よこあみちょう》の舟宿に入っていくのを見たらしい。泥酔して仲間に介抱されるのだろうと思ったそうだ。いつ頃だったかと問うと、店を出たのが、五ツの鐘が鳴った少し後だったという。暗かったし顔までは見ていないが、すれ違ったとき、酒のにおいに混じって微かに甘いようなにおいがしたのでよく覚えている。あたしすごく鼻がいいのと女は胸を張った。

その話の裏を取るべく、舟宿の女将を当たったが、こちらは暖簾に腕押しだった。だが、舟宿の女将は固く口止めされているのだろうと信左は考えた。女の言う「甘いようなにおい」とは伽羅だろう。元禄の頃ならいざ知らず、いまどき伽羅のにおいをさせている男など、そうそういるものではない。川の水に洗われなければ、唐桟縞《とうざんじま》の着物からは焚《た》き染《し》めた香のにおいがしたはずだ。

おはると藤一郎が竹屋を出て言い争いをしたのは睦月晦日の五ツより少し前。酔っていたとはいえ、藤一郎が横網町に来るまでに四半刻はかかるまい。五ツの鐘が鳴った後、という水茶屋勤めの女の話とも平仄《ひょうそく》が合う。

おはるはやはり無実だ。だが、それがわかったところで、どうすればいい。

深川を後にし、永代橋《えいたいばし》を渡る頃には陽は沈み、川面には生まれたての青い闇が漂い始めていた。今日は十三夜だ。晴れているから月は綺麗に見えるだろうが、頼りない月明かりでは常闇は破れぬか。深い深い闇だ。けれど、すぐそこにある。

策を弄さずに真っ直ぐに行くか。

信左は八丁堀に向かって足早に歩き出した。

「たまには一緒に月見酒もよかろう」

信左が染付の銚子を傾けると、大きな手が盃《さかずき》を差し出した。なみなみと注いでやる。田村の屋敷の縁先であった。暖かな月夜だ。花時であればなおよい。

「御新造の具合はどうなんだ」

盃に口をつけ、田村が目を細めた。

「ああ、近頃はだいぶいいな。地貸しをしている医者だが、藪《やぶ》かと思ったら、存外にまともだった」

信左も酒を口に含んだ。酒屋で自ら求めた酒だ。奮発したのでなかなか美味である。

「湛山とか言ったな。どこか小ずるそうな顔をしているがな」

かく言う田村はいかにも人の好さそうな顔だ。丸顔に細い目。深川を見廻っていても、行く先々で田村の評判はよかった。

「そうだな。金にはきっちりしているな。地貸しをしているよしみで薬礼をまけてくれると思ったが、それは一切ない。まあ、考えてみれば、そちらの方が気楽と言えば気楽かもしれん。何かあっても、出て行けと容易く言える」

「だが、金がなければ、何もできん。病に罹《かか》ったところで診てもらえん」

田村の低い声には実感がこもっていた。五年前に妻子合わせて三人も立て続けに病を得たのだ。医者の掛かりは結構な額になっただろう。

「そろそろ五年になるか」

言いながら、頭の隅を何かにこつんと突かれたような気がした。

先日、番所で見た田村の目の色を思い出したのである。悲しみと諦めとがない交ぜになったような、青みだつような色だった。あれを見たのは五年前。子の後を追うようにして田村の妻女が亡くなった日、信左は志乃と一緒に弔問に訪れた。その際、平素と変わらず気丈に振る舞う朋輩の目を見て信左の胸は引き絞られたのだった。

七歳まで子は神の領域。幼子が命を落とすのは決して珍しいことではない。だが、同じ年に妻女まで喪ったとあれば、その悲嘆は生半《なまなか》なものではなかっただろう。

そして、もうひとつのことに信左は気づいた。勲功者として田村の名が度々挙がるようになったのはその頃からではなかったかと。すると、田村は妻子を喪った心の洞を埋めるべく役目に邁進《まいしん》したのかもしれない。その結果として手柄を上げ、金子を得て、手下を増やし、また手柄に繋げた。それは素晴らしいことだ。だが、その道程に闇がひそんでいたとしたら。

「ああ。光陰人を待たず、というのは本当だ」

穏やかな表情で田村は答える。その内側に抱えている洞の大きさに今更ながら気づき、信左の胸は詰まった。手入れの行き届いた美しい庭へ目を遣れば、イヌツゲや万両の葉が月明かりでつややかに濡れている。この屋敷には手下や商人など大勢の人間が出入りするのだろうが、そこに心を許せる者はどれくらいいるのだろう。

こみ上げるものを押し返しながら信左は田村へ目を転じた。

確たる証はないが。

「ここに、相模屋の者はよく来るのか」

深刻そうに聞こえぬように言った。

「相模屋の者？」

田村の声が僅かに裏返った。

「ああ、足の悪い男だ」

知っていないはずがなかろう。

信左は真っ直ぐに田村の顔を見た。双眸が微かに揺れる。何を言っているのだ、と笑い飛ばすか。それとも、酒に手を伸ばすふりをして目を逸らすか。

だが、そのどちらでもなかった。

「おまえ、どこまで知っている？」

細い目を眇《すが》めるようにして、信左を見返した。

「どこまでかはわからん。だが、うさぎ屋のおはるは藤一郎を殺めておらん。もしも竹屋の近くで突き飛ばしたとしたら、百本杭に流れ着くまでに着物が乱れているだろう。それと、おはると別れた後、藤一郎が数人の男らに舟宿に連れ込まれたところまでは調べた」

短い間の後、角行灯の火が微かに揺れた。

「なるほど。その通りだ」田村が薄く笑った。「だが、そこから先は吟味方与力の領分だ。おれらには何もできん」

「そうだろうか。何かできるかもしれん」

恒三郎よ。本当のことを言ってくれ。おまえは相模屋とどこまで繋がっている。気持ちの悪い番頭はもちろん、その近くにいる男のこともよく知っているのだろう。顔は見たことはないが足の悪い奴だ。冷たく陰気な歩き方をする奴だ。そいつがここへ来たということは、おまえも向こう側にいる人間ではないのか。〝おれら〟ではなく、〝そこから先〟に、畑山の言う〝闇〟に足を踏み込んでいる人間ではないのか。

「おまえの気持ちはわかるが、おれでは役に立てん」

そう言って田村は庭の闇に目を当てた。

「利助のことはどうだ。行方がわからなくなって、そろそろふた月になる。おまえの手下だった男だ」

祈るような思いで信左は問うた。

「そうだ。以前に言った通りだ。手下だ。それ以上でも以下でもない」

田村の口調も面差しも変わらない。

「何も知らぬと言うのか」

「ああ、知らん」

「利助は毬香炉を拾っていたんだ」

「毬香炉？」

田村が庭から信左へと目を転じた。

「ああ、蓋だけだがな。だが、殺された相模屋の倅が持っていた毬香炉と同じものだ。

恐らく拾ったのは松井町だろう。相模屋の寮の近く、十月に小火のあった辺りではないか。それだけじゃない。利助は寮に座敷牢が普請されていることも調べていた」

くっと田村の喉が鳴った。と思ったら縁先に笑い声が響き渡る。

「何がおかしい」

信左は思わず声を荒らげた。

「だから、どうだというんだ」

田村が不意に真顔になった。強い眼差しに負けぬよう、信左は腹に力を入れ、先を続ける。

「毬香炉の蓋は相模屋のお内儀のものだ。お内儀はそこに炭火を入れてあちこちで火付けをした。恐らく、三年前の丁子屋の小火もそうだろう。心の病ゆえの所業だ。だが、心の病だろうが小火だろうが、火付けは大罪だ。だから相模屋が金を使ってもみ消した。そうじゃないのか」

手持ちの札を洗いざらい見せた。そうでなければ闇の中には踏み込めぬ。

「そうだとしたらどうする？　吟味方の与力に、いや、御奉行に直訴するか」

くだらん、と田村は吐き捨て、苦い顔で盃を呷《あお》った。

「御奉行など飾りだ。探索の〝た〟の字も吟味の〝ぎ〟の字も知らん。この八丁堀で力を持っているのは、吟味方の与力だ。与力がこうだ、と言えば、御奉行は首を縦に振るだけだ。からくり人形と同じよ。まあ、おれらもそうだがな。吟味方与力に逆らえん」

〝おれら〟とは誰だ。

おれはおまえと同じ場所には立っておらぬ。

おれが立っているのは——おまきの澄んだ目が脳裏に浮かぶ。

「頼む」

信左はその場に手をつき、頭を下げた。

「何のつもりだ」

訝るような田村の声が頭上から降ってくる。

「せめて利助のいる場所を教えてくれ。娘が会いたがっている。たとえ骸でもいいから会いたいと、そう言っている」

今度は重たい沈黙が返ってきた。ゆっくり顔を上げると、田村は再び庭の闇に目を当てていた。行灯の火がその横顔に深い陰影を落としている。長い間の後、こちらを向いた田村は微笑を浮かべていた。その唇がゆっくりと動く。

「先にも言っただろう。利助のことは知らぬと。あれはいい手下だった。岡っ引きには珍しく真っ当な男で、地道な探索を厭《いと》うこともなかった。だから、おれも失ったことを惜しいと思っているのだ」

失った――のか。

「旦那様！」

甲高い声が二人の間に割り込んだ。慌しく庭に駆け込んできたのは、最前出迎えた中間である。

「何だ」

早く言え、と田村が仏頂面で促す。

「松井町で火事だそうです」

「まさか」

誰が火をつけたんだ。

田村が呻《うめ》くように言った。

「まだ委細はわかりませんが――」

中間の声を押し潰すように、半鐘が澄んだ濃紺の空に響き渡った。

その空から、十三夜の歪《いびつ》な月が冴えた眼差しで信左を見下ろしている。

十八

半鐘が鳴る。激しく鳴る。これでもか、と連打される。なぜだ。燃えないように火をつけるんじゃなかったのか。なぜ、半鐘が激しく鳴っている。

胸の内で繰り返しながらおまきは大川沿いの道をひたすら駆けていた。松井町二丁目の辺り、空の高みへと黒煙が昇っていくのが見える。大川沿いより、六軒堀町《ろっけんぼりちょう》の方から行ったほうが早いだろうと、小名木川を越えてからすぐに右手へと折れた。大名屋敷の白壁が途切れたところを左に曲がり、ひた走る。

屋敷を目前にして、こんなことなら大川沿いから廻ればよかったとおまきは悔やんだ。野次馬が黒々とした垣となって道を塞いでいるのだった。風はさほど強くないし、東から堀に向かって吹いている。延焼はしないだろうと見積もったのか、近所の者が高みの見物を決め込んでいるのだ。我が身に累が及ばないと知れば、人は途端に暢気《のんき》で身勝手になる。通して、と声を上げようとしたとき。

真っ赤な火柱が咆哮《ほうこう》と共に立つのが見えた。

足がすくみ、汗ばんだ背筋が震える。

〝それ〟に善も悪もないのだと思った。

燃えないように火をつける、などというのはこっちの勝手な料簡《りょうけん》で〝それ〟は気儘《きまま》ににやってきて、気儘に火をつける。

善い心も悪い心も全て呑みこんでしまう。

小火だろうが大火になろうが、あの人が死のうがお構いなく。

あの人が死ぬ――

はっとわれに返った。おまきは人だかりに近づき、

「通してください！　そこを通して！」

大きな声で叫んだ。だが、野次馬たちの耳には届かない。十三夜の空を染める赤い炎に魅入られ、その美しい色に酔いしれた人々が十重《とえ》二十重《はたえ》の垣となり、おまきの行く手を阻む。

火付けだってさ。そりゃ、許せねぇな。ああ、許せねぇ。許せねぇ。許せねぇ。

違う。悪いのは〝それ〟だ。〝それ〟が、あの人の心を乗っ取って勝手にやらせてるだけなんだ。だから、何とかして、あの人を〝それ〟から解き放ってやらなきゃいけない。

そうしなけりゃ、お天道様を拝んだり、花や虫を見たり、涼しい風に当たったり、川っぷちをかけっこしたりできない。

永遠に冷たく狭苦しい場所に閉じ込められたままなんだ。

「どいて。そこを通して!」

早く、早くしないと。死んじゃう。早く引っ張り出してあげないと。心が閉じ込められたまま死んでしまう。

だから、お願い――

「おめぇら! そこをどいてやりな!」

背後から堀の水が波立つほどの大声がした。

振り向くと明るい闇の中で大男が仁王立ちしていた。藍地の店半纏を羽織っているのは山源こと、山野屋源一郎だった。その傍らには同じように目を吊り上げた亀吉と、しかと手を繋いだ要までいる。

「あんたたち――」

「ほれ、おまきちゃん、行くぞ」

源一郎が肩をいからせ、ずいと前に出ると人垣は瞬く間に左右に割れた。

「幸い、と言っていいのかどうかわからんが、風向きからいけば火事は相模屋だけで済みそうだ」

源一郎が歩を早めながら言う。はい、とおまきは頷きながら、火の廻りが遅いことを願った。

現場に足を踏み入れると同時に、体を分厚い熱気に抱きすくめられ、息ができなくなった。だが、敷地の中にまで入り込んだ能天気な野次馬たちは、屋根に上った頑強な纏《まと》い持ちにやんやの喝采を送っている。屋敷の半分は壊され、最奥が火を吹き上げ激しく燃えていた。持ち込んだ竜土水《りゅうどすい》を放つ町火消したちの手がどこか緩慢な動きに見えるのは気のせいだろうか。

「類焼の恐れがないからか」

源一郎が呟くように言った。敷地は広いし、手前の建物はぶち壊した。後は最奥が燃えてしまえば、おっつけ火は消えるだろう。そんな気楽さが火事場には横たわっているように思われた。

「でも、中に人がいるかも――」

「おまき親分！　あのときの女中さんだ」

亀吉が大きな声を上げ、おまきの袖をぐいと引いた。見るも無残に崩れた柱の傍に、若い女が裸足《はだし》でぼんやりと立っている。帯がだらりと下がり、髷《まげ》は乱れてはいるが無事なようだった。

「すみません、お内儀さんは。助かったんですか」

おまきは女中に駆け寄った。女中は煤《すす》で黒ずんだ顔をこちらへ向けたが、おまきを覚えていないのか、どろんと濁った目で見ているだけだ。

「ねえ、お内儀さんは――」

「おい、どこにいるんだ」

横から男の怒鳴り声が割って入った。

捨吉だった。いつの間にそこにいたのか、捨吉が女中の肩に手を掛け、激しく揺すっているのだった。室町から駆けてきたのか、額は汗ばみ、血走った大きな目は吊り上がっている。

「お内儀さんだよ。まだ、中にいるのか」

捨吉がもう一度女中の肩を強く揺すった。それでようやく薄膜の張ったような目に小さな光が点《とも》った。女は捨吉を見、おまきを見ると、炎の恐怖を思い出したようにガタガタと震え出した。歯を鳴らしながら、途切れ途切れに言う。

「お内儀さん――は自ら、座敷牢に、入ったんだ。そこから、そこから火を放ったんだよ。

最後の言葉は、燃え盛る炎と破壊の音と共におまきの耳朶を打った。背筋に冷たい戦慄《せんりつ》が走り、纏い持ちの怒号が天に向かって鳴り響く。

同時に捨吉が駆け出していた。すぐそこにあった玄蕃桶《げんばおけ》の水を頭から被《かぶ》ると、あっという間に炎に包まれた屋敷の最奥へ向かっていく。

「捨吉っちゃん！」

声を限りに叫んだが、大きな背中は歪んだ炎に呑まれ、すぐに見えなくなった。

「あの野郎。無茶しやがって」

源一郎が低い声で唸った。亀吉は泣きそうな顔をし、要は唇をきつく嚙んでいる。

「おまき、来てたのか」

かすれた声に振り向くと、肩で息をする飯倉が立っていた。妙だった。飯倉が白く紗《しゃ》のかかったように朧《おぼろ》に見える。そうか。これは夢なんだ。悪い夢なんだとおまきは自らの胸に言い聞かせた。

「どうしたんだ、おまき」

うすぼんやりとした紗の向こうから飯倉の声が飛び出してきた。驚くほど近く、そしておまきを包み込むような優しい響きだった。すると、おまきの胸底から熱い塊がせり上がってくる。違う。これは夢じゃない。ここに立っているだけで熱いし、目だって痛いし、喉もひりひりする。夢じゃないんだ。それなのに。

「捨吉っ――」

こみ上げる熱い塊がおまきの声を押し潰した。こらえろ。しゃんとしろ。背筋を伸ばして歯を食い縛る。

「おい、おまき」

飯倉の大きな手がおまきの肩を摑む。揺する。火の粉が爆《は》ぜ、火消しが怒鳴る。あらゆる音が耳元で膨らんでいく。

もうすぐだ。ここまで壊しちまえば。大丈夫だ。燃えるもんはもうねぇぞ。

燃えるもんはない。

おまきは歯を食い縛ったまま母屋の奥へ、捨吉が駆けていった場所へと目を転じた。

赤馬がいた。何頭もいた。緋色の駻馬《かんば》がいななき、身をくねらせ、嬉々として跳ね廻っていた。

まだだ。まだ火は消えてないじゃないか。赤々と燃えてるじゃないか。

思わず飯倉の手を振り切り、竜土水を放つ町火消しに駆け寄っていた。おまきを怪訝そうに見上げる煤だらけの顔は汗でてかっている。

「嬢ちゃん、あぶねぇな。野次馬なら、もちっと離れてな」

わかってる。この水じゃ、大きな火なんか消せないことも。延焼を防ぐために壊すしかないことも。火消しの男たちが手を抜いているのではないことも。頭ではちゃんとわかっている。でも、言わずにはいられなかった。胸の中ではち切れそうな熱い塊を、どこかにぶちまけずにはいられなかった。

おまきの手は、男の刺子半纏《さしこばんてん》の胸元をぐいと摑んでいた。

「あんたたち！　それでも火消しかい。壊すんじゃなく、火を消しなよ。あそこを早く消しなよ」

「なんだとぉ。このアマ」

男が色をなし、分厚い手でおまきを突き飛ばした。胸に強い痛みが走る。息が詰まり、体がよろける。足を踏ん張り、再び男に詰め寄ろうとすると、

「やめろ、おまき」

背後から強い力で羽交い締めにされた。その途端、体中に張りつめた糸という糸がぶちぶちと切れる音がした。

「だって、だって、捨吉っちゃんが。あそこには、捨吉っちゃんがいるんだ」

すると、お内儀の声がどこかから聞こえて来た。

――でもね、あたし、どうしても手放せなかったのよ。腹を痛めた子ですもの。

――ふたつ揃うと、鶯が互いに呼び合っているみたいに見えるのよ。

捨吉っちゃんを呼んだのは。炎の中へと呼び寄せたのは。

お内儀か。あるいは。〝それ〟か。

捨吉っちゃん。行っちゃだめだ。お願いだから――

行かないで。

叫んだ拍子に、おまきはへなへなとその場にしゃがみこんでいた。涙でぼやけた目が青々としたものを捉える。あの日、お内儀に初めて会った日、立派な神棚に祀られていた荒神松だった。大振りの枝は人の足で踏みしだかれ、無残にもひしゃげていた。

（やっぱり、おまえは丙午生まれの女だ。男を喰い殺す娘だ）

おまきの頭の中で嘲笑うような声がした。

刹那、炎の唸る音と屋根の崩れる音がどうと耳になだれ込んだ。

寮とは言え、大店の火事を重く見て、火付盗賊改方が現場を検分したそうだ。座敷牢だった場所に油を撒《ま》いた跡があったことと女中の言から、相模屋のお内儀が自ら火をつけたと判じられたという。

そうなれば、いかな相模屋とは言え、軽々と内済にはできない。火付けは火罪に処せられるが、火をつけた当人であるお内儀と跡取り息子の捨吉が焼け死んだことが斟《しん》酌《しゃく》されたのか、相模屋主人は過料三百両の上、江戸払いとなった。沙汰が軽い気がするのは、藤一郎殺しの件がおまきの胸に引っ掛かっているからだろう。おはるの冤罪はまだ晴れていない。それでも、相模屋に一応の罰は下った。

神様でもなく御奉行様でもなく、お内儀の手によって。

「相模屋のお内儀さんは可哀相《かわいそう》だったけど、これでよかったのかもしれないねぇ」

卯兵衛が細く開いた障子越しに自宅の庭を見ながらしみじみと言った。青葉をつけた卯の花は薄藍の靄《もや》に包まれている。夜はその気配をひっそりと消し始めていた。

「そうかもしれませんね」

母が寂しげに相槌《あいづち》を打った。

沙汰を受け、おはるは今朝、江戸を出立する。

行き先は江《え》の島《しま》の料理茶屋だそうだ。

「そこの主人がわたしの知り合いでね。事情を全てわかって受け入れてくれる。口は堅いが心は柔らかい。おはるならすぐに馴染むだろうよ」

卯兵衛が安心させるように言うと、母は目を潤ませて頷いた。子を育てる母親同士、何かと心を通わせることもあっただろう。

数日前、そのおはるから聞いた話をおまきはそっと手繰り寄せた。

相模屋は今のご主人から四代前、元禄の頃に香具屋として商いを始めたそうです。吉原の遊女がこぞって伽羅の香りを焚きしめ、路地にも香具売りがいた時代だそうですが、香木がいずれ高値になればそれだけでは難しくなると、少しずつ薬種に商いを広げていったようです。

大店の地位を確かにしたのは三十年ほど前、明和《めいわ》の大火がきっかけだと聞いています。ええ、行人坂《ぎょうにんざか》の大円寺《だいえんじ》が火元とされている火事です。あれも火付けと言われていますが、不明者も入れると二万人近くの方が亡くなったとか。日本橋一帯は火の海になり、焼き尽くされましたが、相模屋は大川の東に蔵を持っていたそうで、再興はさほど難しくはなかったようです。いえ、むしろ、先代は災いを転じて福となしたのです。火傷《やけど》の薬を作らせて売り出したのですよ。命を落とさないまでも火傷やそれを元にした皮膚の病に苦しむ方はたくさんいましたからね。これが、大当たりしたのです。

さて、本題に入りましょうか。

なぜわたしが捨吉を育てることになったのか。

十七年前。相模屋に生まれたのは二人の赤子でした。

ええ、藤一郎坊っちゃんと捨吉は双子だったのです。皆さんもご存知でしょう。双子は昔から忌み子と言い伝えられています。ゆえに、生まれてすぐに片方が命を絶たれることもあったそうです。ようやく光を見たと思ったら、すぐに闇に葬り去られてしまうのですから、何ともやりきれない話です。

ただ、お店の場合には双子が本当に不吉の種になることもあるのです。同じ家に生まれた兄弟でも齢が違えば、よほどのことがない限り、長男が跡を継ぐものだと決められる。けれど、双子の場合は同じ年に生まれてしまった。仮に先に出てきた方が兄だと決めても、将来、同じ年齢の二人が身代を巡って揉めるかもしれない。だから、どちらかを養子に出すことはよくある話なんだそうです。

双子の誕生にいきり立ったのは大内儀でした。生まれたその日に、今すぐ片方を里子にやりなさいと命じました。ええ、大内儀は先代の奥様です。つまり、相模屋が大店中の大店に成り上がるのを見守ってきたわけですね。かてて加えて、昔、大内儀の遠縁で双子が生まれたばかりに身代が傾き、一家が落魄《らくはく》するのを目の当たりにしたことがあったそうで。いずれにしても、それだけお店に思い入れが深かったのだろうと思います。

もちろん、お内儀さんは双子の一人を手放すことを拒みました。せめて子どもが十になるまでは手元に置かせてくださいと。頭を畳に擦《こす》り付けて懇願し、大内儀もとりあえずは許したようです。ただ、双子の世話は大変ですから、わたしがお手伝いすることになりました。お乳の出ない乳母ですね。

双子は育つうちに面差しがはっきりとしてきました。旦那様に似ているのが藤一郎坊っちゃん。お内儀さんに瓜ふたつなのが捨吉。双子といえばお顔が似るものだと思っていたから、びっくりいたしました。気性も違いましてね。藤一郎坊っちゃんは気難しくて泣いてばかりでしたが、捨吉は人懐こくて、誰があやしてもにこにこと笑いました。

でも、それが却って大内儀の気に障ったのかもしれません。一年が経つ頃、今すぐに捨吉を里子にやりなさいと言い出しました。何でも、荒神様が大内儀の夢枕に立って、捨吉を外に出しなさいとおっしゃったんだそうです。

今度ばかりはお内儀さんがどんなに泣いて頼んでも無理でした。里子にやらねば、自らの手で捨吉を縊り殺すとまでおっしゃいましてね。とにかく、捨吉を何とかしなければ荒神様がお怒りになる。その一点張りでした。

で、旦那様が窮余の一策として、わたしに捨吉を託すことを決めたんです。その頃のわたしは赤子に情が移っていましたし、暮らしが立つように店も持たせる、と言われたので里親になることを引き受けました。実は、捨吉の最初の名は藤吉《とうきち》だったんです。けれど、相模屋の主人の字を名につけるのは許さないと大内儀が息巻いて、お内儀さんが捨吉とおつけになりました。不吉な子だ、忌み子だと大内儀にさんざん言われましたから、厄を捨てて吉を拾って欲しいと願ったのだと思います。

さて、そうと決まった後のお内儀さんは見ているのも可哀相なくらい、しょんぼりとなさっていました。どちらも腹を痛めた子どもですから大切だったんでしょうけど、捨吉はご自身にそっくりでしたからね。それに、何と言っても可愛い盛りでしたから、身を切られるようなつらさだったと思います。

そうして、お別れの日の前日になりました。今でも忘れません。花時の美しい満月の夜でした。最後の晩だからとお内儀さんは捨吉に添い寝していました。わたしはと言えば、明日からの暮らしを思い、不安でなかなか寝付かれなかったのです。それでも子《ね》の刻（午前零時）を過ぎた頃でしょうか、ようやくうとうとしかけました。そのときです。

『火事だ』

屋敷に大声が響き渡ったんです。わたしは無我夢中で表に出ていましたが、さすがに大店ですからしっかりした使用人はたくさんいます。すぐに誰かが火を消し止めて、事なきを得ました。

お内儀さんが火をつけたのかって。それがわからなかったのです。火元は荒神様でございました。でも、厨の火にはことのほか気をつけていましたのでね。なぜあんな場所から、と皆が首を傾《かし》げていました。

お内儀さんは寝間着のまま捨吉を抱いて裏庭に出ていました。ちょうど桜が満開でしてね。月の光を透かした桜の花はさながらぼんぼりのようでした。そんな景色を見て、わたしもほっと気が緩みましてね。

『お内儀さん、大事にならなくてよかったですね』

近づいてそう話しかけたんです。その横顔を見て、わたしは息が止まりそうになりました。

赤子を胸に抱きしめ、お内儀さんは月に向かって嬉しそうに微笑んでいたんです。月気を浴びた面輪は青白く透き通っていましてね、ぞっとするほど、それこそ、人ならぬものではないかと思うほどに美しかった。その腕の中で捨吉はすやすやと眠っていました。

もちろん、翌朝はばたばたいたしました。何よりも大内儀が大変でした。

ほら、双子を置いておくからこんなことになるんだ。荒神様の逆鱗《げきりん》に触れたんだ。

今すぐ、その子を殺しておしまい。

誰もできないならあたしが殺《や》ってやる。

お内儀さんから捨吉を奪い取ろうとしたのです。その場は旦那様が何とか収めましたが、髪を振り乱して赤子に摑みかからんとする形相は何とも恐ろしゅうございました。

災いを転じて福となすと申し上げましたけれど、明和の大火を大内儀はもっと別の意味で捉えていたのです。

あの大火のお蔭《かげ》で、相模屋は大店に成れたんだ。

全ては荒神様のご加護なんだ。荒神様に逆らったらいけない。

大内儀は荒神様の前で手を合わせて何遍もそうおっしゃいました。

けれど、わたしにはこう聞こえたのです。

大勢の人が死んでくれたお蔭で、相模屋は肥え太ることができたんだ。

いい、いい、いい、いい。

ご加護どころか、まことに罰当たりで恐ろしい考えです。わたしは身が震える思いでした。

そんな具合でしたから、大内儀は今すぐに出て行けとおっしゃったのですが、旦那様は却って験が悪いからと、八卦見《はっけみ》を呼んで吉日を決めさせました。結局、捨吉とわたしが相模屋を出たのは、それからひと月ほど後のことです。ええ、その間、お内儀さんは捨吉を片時も手元から放しませんでした。もしかしたら捨吉を連れて相模屋を出て行くことも考えていたのかもしれません。でも、そうなさらなかったのは、双子の片割れ、藤一郎坊っちゃんのことが気がかりだったのではないでしょうか。

その後、しばらく富沢町の丸子屋さんのお世話になり、後は皆様のご存知の通りです。血の繋がりはなくとも、捨吉はわたしにとって大事な宝物になりました。まことに幸福な十六年間でございました。でも、お内儀さんにとってはつらい十六年間だったのでしょうね。

わたし、あの晩の月の色とお内儀さんの笑顔は生涯忘れないと思います。月は澄み切っていて得も言われぬほどに美しかったのですよ。お内儀さんの心はあの月に魅入られてしまったのかもしれません。

同時に今でも思うんです。

大内儀の夢枕に立ったものとは何だったんだろうと。

立派な神棚に祀られていたのは何だったんだろうと。

もしかしたら、あの家にいたのは荒神様などではなく、何か得体の知れぬものだったのかもしれません。

「ごめんください」

はきはきとしたおはるの声で、はっと我に返った。

「あ、来た来た」

卯兵衛の声に促されるように、おまきも母も立ち上がる。

「ああ、支度はできたかい？」

下駄を突っかけ、三和土《たたき》に下りていく卯兵衛におまきも続いた。

「はい。大変お世話になりました」

薄藍の靄の中、草鞋《わらじ》に手甲《てっこう》、振り分け荷物と旅装姿のおはるが深々と頭を下げた。

頬の辺りにやつれが残っているものの、眸には明るさが戻っている。

そして隣には。

捨吉がぴんと背筋を伸ばして立っていた。その横顔にはまだ痛々しい火傷の痕が残っているが、中身は何ともない。

そう、捨吉は死ななかったのだ。炎の中に飛び込んだ捨吉を待っていたのは、刺子半纏に猫頭巾《ねこずきん》を被った町火消しの男だった。座敷牢を叩き壊し、中で倒れていたお内儀を救い出すところだったという。その話を聞いて、竜土水を放っていた町火消しに食ってかかったことをおまきは恥じた。

お内儀を背負って炎の中から出てきた捨吉は煙を吸ったせいか、その場にぐったりと倒れてしまった。総身に火傷を負った実母の横でぴくりとも動かぬ捨吉を見て、おまきは度を失い、その身に縋って泣き叫んだ。だが、その後、近くの医者に運ばれた捨吉は息を吹き返したのだった。

おまきが歓喜の涙にむせんでいる横で、

——これは死んだことにしたほうがよくないか。

いつもの淡々とした口調で飯倉が言った。

相模屋は商魂逞しい男だ。江戸を離れて、いずれ他の地で商いを再開するだろう。もしも捨吉が生きていると知れば、取り戻しにくるやもしれぬ。だったら、その前におはるとどこかに逃げてしまえばいい。見知らぬ場所で母子二人、新しく人生をやり直せばいい。

火事場に多くの野次馬がいたのも〝幸い〟だった。

相模屋の跡取り息子は母親を救おうと炎の中に飛び込み、命を落とした。

江戸っ子は人情話に弱い。健気《けなげ》な孝行息子の話はあっという間に本所深川界隈に知れ渡った。後は卯兵衛にお任せすればいい。店子を管理し、店賃を取り立てるだけが差配人の仕事ではない。町年寄を頂点とした町政の底辺にいるが、だからこそ、家移りの際の細かい手続きは差配人に委ねられている。

人別帳も行き先も手形もどうにでもなるでしょ、卯兵衛さん。だって差配人なんだから。

果たして、卯兵衛は任せとけ、と胸を叩いた。

相模屋捨吉なんて男はもうこの世にいない。いや、端《はな》からいなかったことにしてしまえばいい。

そして、今日、母子揃って卯の花長屋を離れることになったのである。

「ありがとな」

捨吉が潤んだ目でおまきを見下ろした。その目を見つめていると、甘酸っぱい思い出が胸奥から転がり落ちてきた。

七歳のときのことだ。些細《ささい》なことで母に叱られ、泣きながら歩いていると捨吉に声を掛けられた。

——おっ母さんはあたしが捨て子だから叱るんだ。

本気でそう思ったわけではない。けれど、叱られて悲しいところに、ひとつ齢上の幼馴染みが優しい言葉を掛けてくれたから、甘えたかったのだと思う。すると捨吉が言った。

——じゃあ、おまきちゃんの実のおっ母さんを捜しに行こう。おれが一緒に捜してやるよ。

実のおっ母さん。深川のどこかにあたしの実のおっ母さんがいる。叱られた痛みの残る心にその事実はひどく甘美に響いた。うん、行く。捜しに行く。一も二もなく頷くと、捨吉はおまきの小さな手を握ってくれた。

赤子の頃に紫雲寺の山門前に捨てられていたことを話すと、じゃあ、清住町を訪ね歩こうということになった。手を繋いで目に付いた長屋を訪ね、うろうろしているうちに気づいたら迷子になっていた。灯ともし頃だ。温かい色の灯りが家々の障子窓からほんのりと覗き始める。その一方でおまきと捨吉の立っているところだけ、じわじわと濃い藍色に塗り潰されていった。

不意におっ母さんが恋しくなった。今すぐに会いたいと思った。顔も知らぬ実のおっ母さんではない。二刻ほど前におまきを叱り飛ばした、けれど、甘い小豆のにおいのする、大好きな大好きな梅屋のおっ母さんに会いたいと心底思った。そう思ったら、堰《せき》を切ったように涙が溢れ出してきた。すると、繋いだ手から心細さが移ったのか、捨吉も泣き出してしまった。小さな子どもが大声で泣いていれば、どこかから優しい大人が飛び出してくるものだ。そのまま清住町の自身番に連れて行かれ、程なくして二人のおっ母さんが飛んできた。自身番に入るなり、青ざめたふたつの顔がふたつ共にくしゃりと崩れ、真っ赤な目から涙がほろほろとこぼれ落ちた。よかった。本当によかった。同じ台詞を繰り返し、二人のおっ母さんはそれぞれの子どもを抱きしめたのだった。

もしかしたら、とおまきは今になって思う。

捨吉もあのとき同じ気持ちだったのではないか。

真実のおっ母さんは清住町ではなく、すぐ傍にいる。そうおまきが悟ったように、捨吉も気づいたのかもしれない。いっとう大切な人はすぐ傍にいる人だと。それが真実なのだと。

すると、胸に引っかかっていた小さな鉤針《かぎばり》がすっと抜け落ちるのがわかった。おはるが大番屋から戻ってきた日。おまきは捨吉の拳に触れようとして触れられなかった。それなのに触れたかのような温《ぬく》みと柔らかさがおまきの指先に残っていた。あれは、七歳のときの感触だ。共に大切な人を求め、泣きながら繋いでいた手の感触を未《いま》だにおまきの手は覚えている。

「こっちこそ、ありがとう」

本当にありがとう。

あなたがいてくれたから。

「捨吉っちゃんがいてくれたから、真実がわかったんだもの」

「真実？」

「うん」

過去に何があったかではなく。事実かどうかではなく。

今、心の底から大切に思えるかどうか。

それが真実なんだと思う。

捨吉は神妙な顔つきになり、約束を果たせなくてごめんと詫びた。夫婦約束のことだ。でも仕方ない。おまきは母を独りぼっちにはできないし、捨吉もおはるを独りで見知らぬ場所に送ることはできない。おまきも捨吉も二人のおっ母さんに大事に大事に育ててもらった。慈しんでもらった。だから、今度はあたしたちが二人のおっ母さんを守る。それがあたしたちにとっての真実だ。

「それは、おあいこだから」

いつか江の島に会いに行くよ、とおまきは明るく笑った。笑えば笑うほど、胸の内側がひりひりと痛むようだったけれど、無理して笑った。小さい頃から近くにいたから、それが当たり前と思っていたけれど、少しも当たり前じゃなかったんだと今頃になって気づいた。そして、その当たり前が途轍《とてつ》もなく幸せなことだったんだとも。――小父《おじ》さんと小母さんのことも実のお父っつぁんとおっ母さんと思って大事にするから。

この先、あの台詞が本当になることはないかもしれない。でも、こんなに勇気のある優しい人に出会えたことを心の底から有り難く思わなくちゃいけない。そして、その人が生きていてくれたことがおまきには何より嬉しい。

火事場から生還した数日後、おはるのいないところで捨吉は言った。

――おれさ、相模屋に戻ってすぐに松井町の寮へ会いに行ったんだ。けど、おっ母さんはおれだとわからなかった。十六年前に手放した子だとわからなかったんだ。悲しかったけどさ、でも、おれは相模屋のおっ母さんをどうしたって嫌いにはなれねぇ。あの人がいなけりゃ、今、おれはここにいなかった。綺麗なものを見ることも、美味しいものを食べることも、何よりも、大好きな人に会うこともなかった。だから、助けに行くのは当たり前のことだよ。

何の気負いもない恬淡とした物言いだった。

その一方で、おはるは「やっぱり生みの親には勝てないのかしらね」と母のおつなにぼやいたという。母はこう慰めたそうだ。

——何言ってんだい。火の中にいたのがおはるさんでも、捨吉っちゃんは助けにいっただろうよ。

おまきもそう思う。捨吉の真実のおっ母さんは、おはるを措《お》いて他にいないのだから。

そして、相模屋のお内儀もそれをきっとわかっていたに違いない。だから、捨吉を一緒には連れていかなかった。こうしておはるのところへきちんと返してくれた。可愛い我が子と離れるのは、身を裂かれるほどつらいことだと誰よりも知っているからこそ。

焼け死んだお内儀の懐には毬香炉があったという。蓋と本体のちぐはぐな毬香炉だ。でも、本当は紅梅と白梅で一対となる、ふたつでひとつの毬香炉だ。

それは、お内儀の切なる願いだったのだ。双子が離れないようにと。両親の元で仲《なか》睦《むつ》まじく育つようにと。でも、その願いは叶《かな》わなかった。

ならば、せめてあの世で藤一郎と再会を果たして欲しい。取り違えた蓋をちゃんと戻して欲しい。

そうして、この世にいる間はすれ違ってしまった母子が仲よくできればいい。

「おはるさんと仲良くね。捨吉っちゃん、じゃなかった。卯吉《うきち》さんだね」

捨吉はもういない。ここにいるのは、卯吉だ。卯の花長屋で育ったから卯吉にすると、本人が決めた。でも、藤吉だろうが捨吉だろうが卯吉だろうがこの人の根っこは変わらない。どんなに枝葉をもがれようが、そこがどんなに硬い地面だろうが、しっかりと根を張って生きていく。

「ああ。おまきちゃんも」

ありがとな、と卯吉は二度目の礼を言い、卯兵衛にも丁寧に別辞を述べた。

「それじゃ、お世話になりました」

母子が頭を下げるのへ、

「達者でな」

卯兵衛が丸みを帯びた大きな手を振った。その声は少し湿っていた。

二人の姿は朝靄に紛れ、表通りのほうへ呆気《あっけ》なく消えてしまった。今まで母子が立っていた場所には、白々と明るい空洞がうずくまっている。その空洞を見ているうち、胸がきつく締め上げられた。今すぐにでも後を追いかけ、七歳のときのように声を上げて泣ければどれだけ楽だろうと思いながら、おまきはその場で足を踏ん張って立っていた。

歯を食い縛り、天空を仰ぐ。

まだだ。まだ、やらなきゃいけないことがある。

もうひとつの真実を探し当てねばならない。

そう独りごちたとき。

大きな星が銀色の尾を引いて、鴇色《ときいろ》に染まり始めた空の縁に溶けていった。

十九

屋敷の外に出ると、八丁堀の闇に濃い土のにおいが立ち上った。信左は唇を噛み締めると、昼間の沛雨《はいう》でぬかるんだ道を隣家へと歩き始めた。

出迎えた中間に用向きを告げ、庭に廻ると既に田村は縁先に腰を下ろしていた。廊下には角行灯が点され、その辺りだけぽっかりと明るい。事件に〝片がついて〟安堵したせいだろうか、丸顔には穏やかな笑みが浮かんでいた。白絣の普段着とも相俟《あいま》って、随分とくつろいで見える。

「話とは、何だ」

まあ、座れと縁先を勧める言には構わず、信左は田村の前に立った。

――お隣には、足の悪い方がいらしていたようですよ。

足の悪い者など珍しくはないが、

――目を閉じていると人の足音やら声やらが大きく聞こえるんだなと。要の気持ちがほんの少しですが、わかったように思いました。

要の気持ち。信太郎はそう続けた。

信太郎も要も亀吉もおまきも驚くほどに真っ直ぐだ。真っ直ぐすぎて、大人は時に対処に困る。けれど、一方ではその真っ直ぐさに導かれて、己はここまで辿りついたように思う。

「これが、死んだお内儀の懐にあったそうだ」

信左は袂から取り出したものを田村に差し出した。蓋と本体が合っていない毬香炉だ。

「これが何だというのだ」

「いいから、中を開けてみろ」

田村の手に毬香炉を押し付ける。

「何も入っておらんが」

蓋を開けた田村は訝しげな面持ちでこちらを見上げた。

「ああ、そうだ。まことに綺麗なものだ。大事に使っていたのだろうな。もし、火付けのための炭火を入れたのなら、中がもっと汚れているだろうよ」

――お内儀さんは、毬香炉を大事なものだと言ってました。息子さんたちのために対で揃えたそうです。でも、それが、火付けの道具に使われるなんて、あたしにはどうしても信じられなくて。

そう、おまきの勘は当たっていたのだ。否、勘ではあるまい。見えぬところを見ようとしたからだ。志乃の言を借りれば、人よりもよく見える目を胸に隠し持っていたのだ。

反対に座敷牢と心の病に囚われすぎて、己の目は曇っていたのかもしれなかった。蓋と本体が合っていなかったという事実だけでなく、なぜ合っていなかったかを考えてみるべきだった。ちぐはぐなことには必ず訳があるものだ。

――吉原辺りで女の気でも引きたかったのかもしれませんよ。

喜之助はそう言ったが、女の気を引くのに、わざわざ蓋を取り違えた毬香炉を持っていくだろうか。

あの毬香炉は、女の気を引くためでも香りを楽しむためのものでもない。

恐らく、要の言う〝乱暴な火〟を入れるためのものではあるまいか。

そして、十三夜、松井町が火事だと知らされたとき、田村は驚いた様子で言った。

――まさか。誰が火をつけたんだ。

そう、あれでわかった。

お内儀は一連の火付けの科人ではないと。

だとすれば。

「藤一郎の亡骸が抱いていた毬香炉はどこにある？」

まさか相模屋に返してはおるまい。

すると、それまでこわばっていたいかつい肩が一気に緩むのがわかった。田村は黙したまま立ち上がり、一旦奥へ姿を消した。

程なくして戻ってきたその手にはもうひとつの毬香炉があった。こちらは白梅の蓋である。受け取って蓋を外すと、中には黒々とした炭が入っていた。それだけではない。内側の真鍮の部分は真っ黒に汚れていた。水に濡れなければ、もっと汚かっただろう。

やはり――

「そうだ。火付けをしていたのは藤一郎だ」

田村は肩をすくめ、先を続けた。

「奴は十月に松井町で付け火をした際、香炉の蓋を落としたのだ。それを利助が拾った。蓋がなければ火種を持ち歩けん。だから、仕方なくもうひとつの香炉の蓋を拝借したのだろう」

蓋と本体がちぐはぐなのには、そういう訳があった。

では、藤一郎はなぜ火付けをするようになってしまったのか。

——火をつける所業そのものが目当てではないか。だから火をつければ気が済んでしまう。

いつか田村はそう言っていたが、果たして本当にそうなのか。

おはるの話によれば、お内儀は藤一郎よりも捨吉のほうを可愛がっていたという。自らにそっくりな子だし、いずれ別れがくると知っていたから、いっそう愛《いと》おしく感じられたのかもしれない。

だが、それが捨吉を手放してからも続いていたとしたら。他人に託した子への愛着を断ち切れなかったとしたら。

そして、頑迷な祖母やお店大事の父親が肉親の情を注いでいなかったとしたら。

真っ直ぐに育つべき幹は、あらぬ方向へと曲がってしまうのではないか。

決して許されることではないが、一連の火付けは、捻《ね》じ曲がった若木の心の叫びだったのかもしれない。

結果、根元から切り倒されたのだとすれば、何ともやりきれないではないか。暗い穴に落ち込むような心持ちになりながら、

「いつから藤一郎の火付けは始まったのだ」

信左は問うた。

「三年前の丁子屋の小火が最初のようだな。父親とはその頃から上手くいってなかったらしい。小火以降、内儀はおかしくなったそうだ。それもあって、藤一郎もしばらくは大人しくしていたようだが、昨年の十月に寮の近くでまたぞろ火をつけた」

店を継がせぬと言われ、その腹いせに火をつけたのか。火付けは大罪。たとえ小火でも火刑。下手をすれば相模屋も連座で闕所《けっしょ》になり得る。だが、見つかっても、父が金の力で揉み消すだろうと踏んで、〝燃えないように火をつけた〟のか。あるいは、いっそのことお店もろとも心中しようとしたか。にきび痕にどこか幼さの残っていた藤一郎の死に顔を手繰り寄せれば、やりきれなさがまた募った。

「その上、暴れるようになったからと相模屋は寮に座敷牢を作ったのだ」田村が淡々と言葉を継いだ。

「だが、女中や下男を騙《だま》したり脅したりして度々逃げたそうだ。一月の晩も昼間の二

件の小火も奴の仕業だ」

「角田屋の火付けは、誰がやった」

あの小火でお内儀が火付けをしたと皆が思い込んだのだ。死んだ藤一郎に火付けはできないと。

「あれについては、おれは知らん」田村は即座に首を横に振った。「ともあれ、あの放蕩息子には随分手を焼かされた。騒ぎにならなかったものも含めれば、まだあるのかもしれん」

相模屋は生きた心地がしなかったろうな、と苦い笑いを洩らした。

「だから、血を分けた息子を手に掛けたのか」

信左の問いに田村は黙り込んだ。腕を組んで庭の闇に目を凝らすようにしていたが、

「相模屋藤右衛門という男は大層気の小さい奴でな。大店の主人のくせに肝心なところでは、何も決められないのだ」

案外なことを言った。信左が相模屋を訪ったとき、応対したのは、のっぺりした面相の影の如《ごと》き番頭だった。この男はからくり人形で、実は天井裏かどこかに人が隠れて喋っているのではないか。そんな妙な心持ちになったが、主人も影のような男だったということか。では、影を操っていた気持ちの悪いものは何だ。

「双子の件はうさぎ屋のおはるから聞いただろう。あれも全て大内儀が決めたことらしい。俗伝にとり憑《つ》かれ、無理を通して道理を捻じ曲げた。今度も同じだ。藤一郎がまともに育たなかったことも俗伝のせいにし、こんなことを言ってのけたらしい」

――ああ、あたしは間違った。他所にやらなきゃならないのは、捨吉じゃなく藤一郎のほうだった。不吉なものは藤一郎に憑いていたんだよ。この子を追い出すか、さもなきゃ始末しておしまい。そうじゃなきゃ、相模屋は早晩喰い潰されちまう。

「大内儀と藤一郎は本当に血が繋がっているのか」

怒りとやりきれなさを押し込めながら、信左は訊いた。両の拳には知らずしらず力がこもっていた。

「ああ、正真正銘の祖母と孫だ。だが、大内儀にとっちゃ、血の繋がった孫よりお店のほうが大事なんだろう」

大商人の考えることはわからん、と田村は苦い顔で言った。

自らも言う通り、大内儀は確かに間違ったのだろう。だが、間違ったのは双子の選別ではなくその後のことだ。正しい道筋は、手元に残した孫と心を通わせることではなかったか。ひいては、それが大事なお店を守る最良の術《すべ》にもなったはずだ。お店は人が作り、支えるものだという肝心なことを忘失してしまったから、相模屋は図体ばかりで、血の通わぬがらんどうな容れものになり果ててしまったのだ。そうして、そこに化けものが棲《す》みついてしまった。不吉なものは勝手に憑《い》いたのではなく、大内儀や主人の藤右衛門が自らの手で呼び寄せたのだ。

ひとつ腑に落ちぬことがあるのだが、と田村が思い出したように言った。

「なぜ、藤一郎は香炉の蓋だけを借りたのだろう。丸ごともうひとつの香炉を使えばよかったのに。そうすれば、おまえに対だと気づかれなかったかもしれん」

ちぐはぐなことには必ず訳がある。

「最前言った通りだ。香炉がお内儀にとって大事なものだったからだろうな」

「どういうことだ」

田村が訝しげにふたつの毬香炉に視線を落とす。

綺麗な毬香炉と炭で汚された毬香炉。

「ふたつの香炉は息子たちのためにお内儀が揃えたそうだ。もしかしたら、双子の兄弟が離れぬようにと願いをこめたのかもしれんな。そんな大事な香炉をふたつとも火付けに使っちまうことに、息子としては多少なりともやましさがあったんじゃねぇかな。だから、蓋だけを拝借した」

悪所通いをしても賭場に通っても火付けをしても。どれほど捻じ曲がっていたとしても。藤一郎の心の隅には母への思いがあったのかもしれない。いや、そう思いたい。
では、お内儀はどんな思いで屋敷に火を放ったのか。
おまきの話では、相模屋に戻った捨吉はお内儀に会いに松井町の寮へ出向いたとい
う。だが、お内儀は捨吉を我が子だとはわからなかった。あたしの子たちはとうの昔
に流行り病で死んだのだと言い切ったそうだ。だが、その言葉は本心からだったろう
か。
田村も言った通り、藤一郎の火付けのせいで元々繊細なお内儀の心はひび割れてし
まったのだろう。だが、捨吉の出現がそのひび割れを僅かでも修復したとしたら。座
敷牢が普請されたわけや、荒れていた藤一郎がこの世にいないわけを、正しく理解し
てしまったとしたら。
己だけがおめおめと生きていることはできまいと感じたはずだ。だから、自ら座敷
牢に入り、油を撒いて火をつけた。俗伝にひれ伏した自らを罰し、相模屋という大店
に憑いた化けものを焼き殺すつもりで。
そうして、この世で充分に愛情をかけられなかった息子に詫びようと、後を追った
のではないか。
「ともあれ、これは大事なものだ。お内儀か藤一郎にきちんと返さねばならん」

食い違った蓋を戻し、信左はふたつの毬香炉を袂に入れた。ふたつ揃って初めて二羽の鶯が呼び合っているように見える意匠。ようやく揃った一対の毬香炉。

だが、それを持つべき者は。

——この世ではすれ違ってしまったお内儀さんと藤一郎さんが、あの世で仲良くできるといいですね。

おまきの心からの願いだ。

「なるほど、大事なものか。だが、今さら死んだ者の心をあれこれ考えたところで、どうにもならんな」

死人はもう語らぬ、と田村は投げ遣りな口調で吐き捨てた。その言で信左の胸に溜まっていたものが膨らみ、喉元までせり上がってきた。

「恒三郎よ。もう一人の死者を忘れておらんか」

「もう一人の死者？」

誰だそれは、と丸顔をほころばせる。気さくで善い人だと誰もが言ったし、信左もそう思っていた。だが、その笑顔が今はどうにも歪んで映る。どうしてか、泣き笑いの顔に見える。

「わからんか。おまえの手下だった男だ」

「ああ、利助か。だが、あいつは見つからんだろう」

「なぜ、そう言える？」

信左の問いかけに田村の顔色が変わった。行灯の火が照り映えた面輪は歪な笑みを浮かべたまま凍りついている。

不意に耳奥で風の音が蘇った。すすり泣くような風音は次第に膨らみ、濃い土のにおいと共に信左を焼け跡へと連れていく。

＊＊＊

「旦那、この辺りでいいですかい」

強さを増した風の中で山野屋源一郎が叫ぶように言った。

「ああ、頼む」

信左が頷きを返すと、五名ほどの男衆が一斉に地面を掘り始めた。山野屋の若い衆である。信左の横ではおまきが身じろぎもせずに作業を見守っている。唇は色が変わるほどきつく嚙み締められ、平素は明るい頰の辺りは青ざめていた。

捨吉とおはるが江の島へ発《た》った日、おまきが単身で八丁堀の屋敷を訪ねてきた。

――座敷牢を作るのに、どうしてわざわざ建て増しをしたんでしょう。あんなに大きなお屋敷だったら幾らでも広い座敷があるはずなのに。

だから、あの場を掘りたい。もしかしたら無駄骨になるかもしれないけれど、掘ってこの目で確かめたい。でも、ひとりでは無理だ。どうか力を貸してもらえないか。

おまきは畳に額を擦り付けて信左に頼んだ。その様子には必死さはもちろん、痛いほどの覚悟がこめられていた。

火付盗賊改方の検分は終わっているし、相模屋にも一応の沙汰は下っている。だが、公に掘るとなれば色々と面倒な手続きが要るだろう。何よりも田村に知られずに事を進めたかった。一介の見廻り同心がひとりでできることなど高が知れている。だから、山野屋源一郎に助力を請うことにしたのだった。

「ひと雨、来るかもしれねぇな」

誰に言うともなく低い声で呟き、源一郎が太い首をもたげた。手の届きそうなほど低い空では風が凄《すさ》まじい勢いで疾走していた。湿り気を含んだ、重たい風は不機嫌に唸りを上げ、信左たちのいる場所にも降りてくる。焦げた木屑《きくず》。油のにおい。煤交じりの土埃《つちぼこり》。地面に積もった炎の残滓《ざんし》を、風の手はあっという間に掬《すく》い上げ、空へと乱暴に放り投げた。

やがて、その空から大粒の雨が落ちてきた。雨は宙に舞う種々《くさぐさ》のものを抱きかかえ、あっという間に地面を泥濘に変えていく。勢いを増した風は上空で吠《ほ》えている。ひと雨どころか、春嵐といった様相になってきた。

それでも、男たちの手は止まらない。皆黙々と地面を掘り進めていた。彼らは山野屋源一郎に指示されてここにいるのではなく、何としてでも父を捜したいというおまきの熱意に打たれて、鍬《くわ》を振るっているのだった。

頬を打つ雨が痛いほどになったときだった。

「旦那！」

更地に男衆の高声が響いた。おまきの細い肩がびくりと動いた。だが、火事の晩のように取り乱しはしない。唇を嚙んだまま額や頬を流れ落ちる雨を拭いもせず、一歩一歩踏みしめるようにしてその場所へと歩いていく。

地面は黒々と口を開けていた。その中ほどで亡骸は痩せさらばえた骨と化し、泥にまみれた着物は元の柄がわからぬほどに変色している。男か女かもわからなかった。

おまきはじっとその場に立ち尽くしていた。誰も何も言わない。ただ、風の啼《な》き声と大粒の雨音だけが高く響いていた。骸を覆う泥が雨で洗い流されていくうち、剝き出しになった部分がむごいほどに冴え冴えとした色に変わっていく。

やがて、隣で小さく息を吐き出す音がし、おまきがおもむろに泥濘にひざまずいた。小刻みに震える手が煮しめたような色の着物をそっとはぐる。

現れたものを見て、信左は息を呑んだ。男たちは後じさりし、神聖なものを目にしたかのように頭《こうべ》を垂れた。

亡骸ははっきりと語っていた。

おれは利助だと。

おまき、待っていたぞと。

娘に向かって高らかに呼ばわっていた。

その懐に、しかと十手を抱きながら。

お父っつぁん、待たせてごめんね。

絞り出すような声が雨音をすり抜け、信左の耳に届いた。

おまきが泥濘の中の十手を手に取った。小ぶりな十手の持ち手には房のような飾りがついているが、すっかり泥にまみれ、色も紋様も定かではない。おまきは着物の袖で十手の泥を拭い、慈しむようにそっと胸に抱いた。その右手は小さな飾りをしっかりと握りしめていた。俯けた頰を幾つもの水粒が震えながら伝い落ちていく。

それを見て信左は思った。

父は、娘を心から愛し、守ってきたのだろうと。

その思いには、やはり理屈などないのだ。血の繋がりがなかろうと、丙午生まれの娘であろうと。捨てられていた子であろうと。

そんなことはどうでもいい。共に時を過ごすうちに大事に思い、手放したくないと思った。かけがえのない、無二の相手となった。

そんな父の思いを知っていたからこそ、おまきは今ここにいるのだ。

茫漠《ぼうばく》とした焼け跡はしんと静まり返り、雨の音と風の唸りだけが耳朶を打つ。やがて、それらの音と慟哭《どうこく》が混じり合い、ひとつになった。

＊＊＊

「そういうわけだ」

信左は帯の後ろに挟んだ十手を取り出し、田村の眼前に突きつけた。行灯の火を照り返し、それは明々と光った。雨に洗われたからだろう、持ち手の飾りは色褪せてはいるが、かろうじて赤色だと知れた。田村はたじろぐようにやや身を引いたが、

「慌ててそのまま埋めちまったか」

莫迦が、と十手から目を逸らし、舌打ちをした。

信左の胸底に落胆が硬い音を立てて沈んだ。心の隅では、利助を殺したのが田村ではないことを祈っていたのだった。同心と岡っ引き。手札を預ける者と預かる者。信左の祖父はその間に繋がりを作れず、父は端から繋がることを諦めた。そして、田村は繋がりかけていたものを自らの手で――

「相模屋に、殺れと言われたか」

信左の問いに、利助は動き過ぎたのだ、と田村は抑揚のない声で答えた。

「動き過ぎたから、相模屋に目をつけられた。寮の近くに毎日張り込み、座敷牢の普請をすることまで嗅ぎつけた。室町に赴き、近所の奉公人にまで話を聞いていたそうだ」

なるほど。そんな岡っ引きを相模屋の裏番頭が放っておくわけがない。

――浮浪人の顔を覚えていないということですよ。

冷ややかな目をして言ったあの男なら、岡っ引きの一人や二人消したくらいでは胸の痛みなどつゆほども感じなかっただろう。

「利助に直接手を下したのは、おまえの手下か」

須臾《しゅゆ》の間の後、

「そうするより仕方なかった」

田村は絞り出すように告げた。

「仕方なかっただと」

「ああ。おれが相模屋と繋がっていることも知らずにあいつは言ったんだ」

相模屋の倅がやったことは間違いねぇんです。このまま放っておいたら、大火事になりかねません。小火のうちに火種を絶っちまいましょう。

利助はそこまで辿りついていたのか。やりきれなさを呑み込み、信左はゆっくりと田村に告げた。

「おまえの手下たちは慌てて埋めたわけではなく、十手が目に入らなかったのだろう」

「どういうことだ」

大事なことだからだ。

「大事なことだからこそ、目に映らなかったのだ」

「おれには、おまえが何を言いたいのか、わからぬ」

はねつけるような物言いとは裏腹に、田村の目の奥に怯懦《きょうだ》のようなものがよぎるのが見えた。

恐らく、この男は鬼にはなりきれなかったのだろう。利助を殺めたことに怯《おび》え、その魂が掘り起こされることを何より恐れた。だから、本所に専念したいと考え、深川を無能な臨時廻り同心に任せたのだ。深川には利助の娘がいるが、女の分際で大したことができるとは思っていなかったのだろう。

だが、その娘は見事に父を捜し当てた。

見えぬものを見ようと懸命に目を見開き、聞こえぬ声を聞こうと必死で耳をそばだてたからだ。

その声をこの男にこそ聞かせねばならぬ。

――十手はお上からの御用を預かっているという印だ。だが、それは人に見せるもんじゃねぇ。てめぇの胸に言い聞かせるもんだ。

「利助はそう言っていたそうだ」

信左は十手を田村の膝元にそっと置いた。その膝がぴくりと動く。

「なぜ、おれに渡す。亡骸が利助だという大事な証だ。まだ番所には届けておらんのだろう。焼け跡から岡っ引きの亡骸が出たとなれば、相模屋への沙汰は変わるやもしれんぞ」

なぜ――おれは番所ではなく田村のところへ来たのだろう。

雨中の慟哭を胸に刻みながら信左なりに考えた。

己はどうするべきなのかと。いや、己に何ができるのかと。

すると、仄暗《ほのぐら》い番所で見た田村の目が、悲しみと諦めの中で生きている男の目の色が蘇った。

――おまえ、湿地に足を踏み入れたことがあるか。ずぶずぶとめり込むぞ。湿地というのはつまりは泥濘だ。底が見えない。

あれは田村自身のことを言っていたのかもしれない。

だが、本件には既に火付盗賊改方が介入している。真実が明るみに出れば田村はお咎めを免れることはできまい。よくて遠島。悪ければ――

その前にこの男を泥濘から引っ張り出さねばならぬ。汚泥にまみれたまま逝かせるわけにはいかぬ。そうしなければ。

決して利助は浮かばれぬ。

あれは手練《てだ》れの岡っ引きだ。田村が相模屋から賄賂を手にしていたことなど、とうに知っていただろう。それでも、十手を持つ者同士の繋がりを信じようとした。

そんな岡っ引きの真っ直ぐな思いを、この男がわからぬはずがあるまい。

歯を食い縛り、田村を見据える。

「おまえが手札を与えた岡っ引きの死だ。おまえの手で番所に真実を届けるべきではないのか」

田村がはっとした面持ちになった。ゆっくりと十手に目を落とす。彼のいる場所だけが表の世界と切り離されたかのように静まり返る。余人が足を踏み入れることのできぬ森閑とした場所を信左は黙って見つめ続けた。

なあ、信左、と淡々とした声が静寂を破る。

「おれを、斬るか」

続く言葉に強く胸を衝かれた。何気ない物言いのうちには、この場で斬って欲しいと訴える切実さがあった。

もしかしたら。田村はこうなることを、いつか自分の身が破綻することを、わかっていたのかもしれない。

だが、それは果たしていつからだったのだろう。相模屋と繋がったときか。あるいは、利助を殺めたときか。それとも――もっと以前。五年前、大事なものを全て喪い、抜け殻になったときだったのかもしれない。

済まぬ。恒三郎。

本当に済まぬ。

「おれにはおまえを斬れん。いや、斬る道理がない」

「道理？」

「ああ、おれは利助を知らないし、そもそも一介の見廻り同心に過ぎん。おまえを斬る道理があるとしたら、おまきだ。だが、おまきには刀もないし腕もない。だから」

御定法があるんじゃないのか。

声を抑えて言ったはずなのに、自らの頰をしたたかに打たれる感じがあった。

父の言った通り、決まりごとは、人の心を抑える〝たが〟だ。〝たが〟がなければ、欲深で怠惰な人の心は際限なく膨らんでいく。

だが、それだけではない。

決まりごとは、人を守るためにある。

だから、泥濘に立っていようが、すぐそこに闇がひそんでいようが、〝たが〟を外してはいけないのだ。

なあ、恒三郎、そうではないか。

信左の胸中に呼応したかのように田村が少し顎を上げた。黒々とした目でこちらを見つめた後、小童《こわっぱ》のようにくしゃりと笑った。

「信左、やっぱり、おまえは少しも変わってねぇよ」

ガキの頃から少しも変わってねぇ、と伝法な口ぶりで言った後、

「これは預からせてくれるか。おまきには後で必ず返すと伝えてくれ」

利助の十手を手に取ると、田村はすっくと立ち上がった。

その拍子に灯芯の焼け付くような音がし、縁先に不意の闇が訪れた。奥へ去っていく大きな背が仄白く浮かび上がり、やがて闇に呑まれるように消えた。

通りに出ると、診療所の枝折戸から小柄な老婆を背負った五十がらみの男が出てくるところが見えた。

「おい、どうした。医者に追い返されたか」

信左は男へ近寄り、声を掛けた。

「いえ、滅相もございません。夜分にもかかわらず丁寧に診ていただきました。薬礼も後でいいと。まことに湛山先生は名医でございます」

男は口元をほころばせた。母親なのだろう、老婆は熱っぽい目をしているが、すぐにどうこうというわけではなさそうだ。名医か。機会があれば、要を湛山に会わせてみようかと信左は考えた。己の見えぬものが、あいつには見えるかもしれん。

「そうか。それはよかった。大事にしろよ」

信左の言葉に、ありがとうございます、と男は辞儀をし、背負った母を気遣うように、ぬかるんだ道をゆっくりと歩いていった。

——おれら同心はな、その泥濘の上に立ってるんだ。

ふと思った。

もしも田村の妻子が生きていたら。

利助におまきがいたように、心から大事に思い、守るべき相手が傍にいたら。

たとえ闇夜の泥濘でも道を踏み誤らずに済んだのだろうかと。

人の心の〝たが〟になるのは、御定法だけじゃない。

振り仰げば満天の星だった。昼間の雨で澄み渡った濃紺の空には、手で触れれば雪崩《なだれ》を打《う》ってきそうなほどの星の群れがあった。その場に立ってしばらく眺めているうち、無数の星々が水に浸したようににじんだ。

なぜだか無性に信太郎に会いたくなった。まだ起きているとよいが、と指先で目尻を拭い、信左は妻子の待つ屋敷へとゆるりと歩き出した。

二十

父、利助の亡骸が見つかった日の晩。

同心の田村が八丁堀の屋敷で自害をしたそうだ。血塗られた座敷には、相模屋を巡る一連の事件のあらましについて記された書状と共に、十手が二丁残されていたという。一丁は、朱房のついた田村自身の十手。もう一丁は父の十手。二丁の十手は真っ白な紙の上に並んで置かれていたそうだ。

遺書とも言える書き置きの仔細をおまきはよく知らない。ただ、田村ともう一人、お調べに当たる吟味方与力が相模屋から大金を受け取っていたという。その与力は遠島になったそうだ。当然のことながら相模屋の一件は仕切り直しになり、結果、相模屋の番頭、育三郎が洗いざらい白状したそうだ。

一連の火付けを行っていたのはお内儀ではなく、息子の藤一郎だった。相模屋藤右衛門は息子の所業を必死に隠蔽《いんぺい》したが、岡っ引きの利助に嗅ぎつけられてしまった。そこで、番頭に命じて利助を殺し、行状の改まらぬ息子をも亡き者にし、おはるに濡《ぬ》れ衣《ぎぬ》を着せたのだった。角田屋の小火についても相模屋の主人が金を使ってやらせたことが判明した。飯倉が動いているのを察し、かく乱するためのものだったようだ。相模屋は闕所の上、主人は死罪。番頭は遠島。大内儀は江戸払い。利助に手を下した田村の手下は死罪、相模屋の指示で藤一郎を殺めた者と角田屋に火をつけた者については行方を追っているという。

江の島のおはると卯吉もいずれ江戸に戻ってこられるだろうと飯倉は言い、父の十手をおまきに返してくれた。

罰せられるべき人間は罰せられた。だが、おまきの心はまだ薄靄がかかったようだ。相模屋藤右衛門はなぜ息子の藤一郎を殺したのか。火付けが明らかになるのを恐れただけではなかった。父親に素行を叱咤され、跡取りにはしないと言い渡された藤一郎は逆上し、父の藤右衛門に暴力を振るったそうだ。止めに入った手代頭が足の骨を折るほどの暴れようだったという。このままでは、息子に殺されかねない。だから、番頭と図って息子を手に掛けざるを得なかったのだと、藤右衛門はお白洲で訴えたそうだ。

息子が父を殺そうとし、父が殺されまいとして息子を亡き者にする。恐ろしい事件の裏に見え隠れするのは大内儀の影だ。

明和の大火のお蔭で相模屋は身代を太らせた。大内儀はそう信じ、荒神様を崇《あが》め奉っていたという。お白洲に呼ばれた大内儀は、こう繰り返すばかりだったそうだ。

——あたしは何も悪いことはしておりません。すべては荒神様のお導きでございます。

だが、おはるの言った通り、大内儀が大事に守っていたものは、荒神様などではなく、もっと質の悪いものだったのかもしれない。それが、双子を引き離し、お内儀の心を蝕《むしば》み、藤一郎に火付けをさせ、死に至らしめたのではないか。

くだらない、と一蹴しようとしてもできぬもの。知らぬ間に人の心の洞に忍び込む、粘ついた黒いもの。善い心も悪い心も関わりなく呑み込んでしまうもの。そんなものがこの世にはあるような気がしてならなかった。

そして、気づかぬうちに、丙午生まれのおまきの中にもそれがひそんでいる。だから父は命を落としたのかもしれない。やっぱりあたしは男を喰い殺す鬼っ子だったのではないか。

何度拭っても拭いきれない、そんな思いがおまきの心の中に未だにこびりついていた。

それでも、おまきの周囲に明るい日常は戻った。

折しも春爛漫《はるらんまん》で、紫雲寺の一本桜も満開である。

「おまき親分、これじゃわかんねぇよ」

その紫雲寺の本堂前で、大きな声を上げているのは習い子の春太だ。体も大きく小さな子の面倒見もいいのでみんなに慕われているのだ。おまきよりもよほど〝親分〟らしい。ただ、この〝親分〟はちょっとせっかちだ。

「捜しものはね。そんなに簡単じゃないんだよ。それを読み解かなきゃ、宝物には辿りつかないよ」

おまきは腰に手を当て、叱咤した。

「けど、腹が減っちまってさ」顔をしかめて腹を押さえる。

「よし。そいじゃ、要に訊きな」

傍に立っている要をおまきは目で指した。

「ありがてぇ。神様仏様、要様。これを読み解いてください」

春太はくしゃくしゃになった紙片を広げた。声に出して読み上げる。

――『草枕』を熊がかくしている。

「ああ、なるほど」言い終わるや否や要がにこりと笑った。

「もうわかったのかよ」春太が細い目を大きく見開いた。

「はい。〝くさまくら〟から〝くま〟をのぞけば？」

「あっ！　そうか」

　春太が叫んで振り返った。山門の脇には桜の古木が立っている。その一番下の枝に桜色の風呂敷包みで結わいた重箱が吊るしてあるのだ。三月初旬の花時である。薄紅色に煙る枝は宝物の恰好の隠し場所になった。

「あんなところに隠していやがった。けど、梯子《はしご》がいるな」

おまえたち、来い、と春太は庫裡《くり》目掛けて走り出した。二十人ほどの子どもたちが一斉に後を追う。亀吉が困じた様子で要を見て、逡巡した末に駆けていった。何だか妙だった。いつもなら、迷わず要の手を引いていくのに。

──おれなんかが、要を幸せにしてやることなんか、できないんじゃねぇかって。

いつか聞いた亀吉の言葉を蘇らせながら、

「亀吉と何かあったの？」

おまきは心配になって訊いてみた。要は一拍置いた後、

「そろそろ手を離してください、と亀吉っちゃんにお願いしたのです」

とってつけたような笑みを浮かべた。

「で、亀吉は何て？」

「わかった、と。ただそれだけを言いました」

微笑みが少し崩れる。おまきには、泣きそうなのをこらえているように見えた。

煎餅も大福餅も亀吉がいつもふたつ取ってひとつを渡してくれた。けれど、いつまでもそうするわけにはいかない。欲しいときには自ら手を伸ばさなければいけない。手伝って欲しいときには自らそう言わなければいけない。要はきっとそう悟ったのだ。そして、敏い亀吉はそんな気持ちに気づいている。仲がよいからこそ。相手を思うからこそ。互いの心の動きがはっきりと見えてしまう。

「わたしが愛着の話をしたのを覚えていますか」

うん、覚えてるよ、とおまきは言った。

人が生きる上でなくてはならぬもの。

そのものを大事と思い、手放したくない心のこと。

三年前、要はそんな心があることさえ知らなかった。

「川べりで飯倉様が抱きしめてくださったときは嬉しゅうございました。何よりも」

おれもおまきも亀吉も。みんなおまえを頼ってる。おまえがいなきゃ、困っちまう。

「そんなふうに、おっしゃってくださったことが、胸にしみいりました。おまえはすごいと言われることよりも、何倍も何倍も嬉しゅうございました。でも、その一方で、わたしは大事なことに気づかされたのです。わたしは、捨吉という名に愛着がなかったのではなく、わたし自身に愛着がなかったのだと」

そこで要は一旦切った。満開の桜へと見えぬ目を向け、しばらく黙していたが、静かに言葉を継いだ。

「飯倉様の言葉を嚙み締めながら、わたしは『要』という名を授かったときのことを思い出しておりました。あの日、わたしは芳庵先生にこう訊ねました」

――その名であれば、愛着が湧くのでござりましょうか。

「けれど、頭の隅ではもうひとつ別の問いが浮かんでいたのです。一座を脱け、どこへ行く当てもなく逃げているうちに、胸に萌《きざ》していたことでした。わたしは、本当は芳庵先生にこう訊きたかったのです」

わたしは生きていてもよいのでしょうか。

思い切り頰を張られたような気がした。鈍い痛みがおまきの総身を駆け巡り、心の奥深くにあるものを激しく揺り動かす。

父を喪った悲しみの陰にあったもの、いや、長年胸の内で固く凝《こご》っていたものを。

たった今、要の澄んだ目で掬い取られたような気がした。

丙午の年に生まれた娘。寺の山門前に捨てられていた子。

どうせ人並みの幸せは得られない。だったら端から幸せなんか望まなければいい。

何かある度に、ぐすぐずと丙午生まれのせいにしてきたのは、他でもないおまき自身だったのではないか。だから、心のどこかがぽっかりと穴が開いたみたいに、いつもすうすうしていた。

それは、生きることを半ば諦めていたのと同じではなかったか。

痛みをこらえながら、おまきはびいどろ玉のような目を見つめた。要はゆっくり瞬きをするとおまきを見上げる。その目はいつも正しくこちらを向いている。

捨て子であることも。丙午生まれの女であることも。盲目であることも。

どうやったって変えることはできない。

いや、変えようと思わなくていいのだ。

紫雲寺の前に置かれたからこそ、おまきは大好きなお父っつぁんとおっ母さんの娘になれた。

盲目だからこそ要は心の目が開き、優しく賢い子どもになったのだ。

だとしたら。

「わたしは、わたし自身をもっと大事にしたいと思います。いえ」

もっともっと好きになりたいと思います。

要はそう言って泣き笑いのような面持ちになった。

亀吉から少しずつ離れていくこと。要自身を好きになること。一見、別のように思えるけれど、要の中では繫がっている、いや、同じことなのだ。

そう思えば、ぎこちない笑顔と率直な言葉が、おまきの心に水のようにゆっくりと染み渡っていく。

水は冷たくもあり、温かくもある。

「ありがとう、要」

おまきがそう言ったとき、

「おめぇら、行くぞ！」

弾けるような声がした。

梯子を担いだ春太と子どもたちが庫裡のほうから一斉に駆けてきて、嬉しそうな顔で山門へと向かっていく。ばらばらと通り過ぎる子どもらの群れから、一人の子どもがつぃと抜け、おまきと要の前に立ち止まった。黒く輝くどんぐり眼が真っ直ぐに要へと向けられる。

「腹、減ったぞ」

亀吉が仏頂面で言った。少しの間、要は迷っていたが――

自ら手をゆっくりと差し出した。仏頂面がくしゃりと崩れ、一回り大きな手が小さな手をしっかりと握った。

離れていくのも。自らを好きになるのも。いきなりじゃなく、少しずつでいい。

親分も来いよ、と亀吉が言い置き、要と手を繋いで山門へ向かって走り出した。

春太が重箱を手にしたのか、桜の古木を囲む子どもたちが歓声を上げた。とりどりの声が空の高みへと昇っていく。無邪気で明るい声が胸に沁《し》み、おまきは思わず懐のものへと手を伸ばした。ごつごつした硬い感触が指先に触れる。大切な人から託されたものは、途轍もなく大きく重い。そして温かい。

だから、大事に大事に慈しんで送らなくちゃいけない。

そう胸に言い聞かせた拍子に、懐かしい声が耳奥から蘇った。

おれはおめぇを命懸けで守るからな。

声を上げて泣き出しそうになった――そのとき。

優しい風に頬をふわりと撫でられた。首をもたげると桜の花びらが柔らかに舞う空が広がっている。

それは、六歳のとき、父の膝で見た美しい春空によく似ていた。

小学館文庫
好評既刊

本能寺異聞
信長と本因坊

坂岡 真

ISBN978-4-09-407288-4

「信長公の首級《みしるし》は何処《いずこ》にある」徳川家康の一言で、囲碁名人本因坊算砂《ほんいんぼうさんさ》の息が止まりかけた。大坂の陣が起こる七年ほど前、慶長十二年師走《しわす》、駿府《すんぷ》城での対局中の出来事であった。日海《にっかい》と名乗っていた若かりし頃の算砂は、戦国の荒波に呑《の》まれ、本能寺の変の渦中《かちゅう》に放り込まれていたのだ。行方の知れぬ織田信長の亡骸《なきがら》。謎めく明智光秀の本意。天下布武の裏で、武将、五摂家筆頭、連歌師、堺商人、雑《さい》賀《か》衆、薬師《くすし》、神主、宣教師らが我欲を隠して蠢《うごめ》くが、誰もが捨石に過ぎないのか。そして要石は誰なのか。法華僧の棋士が、戦国人の傍らで見た本能寺の変を描く、刮目《かつもく》の歴史小説。

小学館文庫
好評既刊

横濱王

永井紗耶子

ISBN978-4-09-406557-2

昭和十三年。青年実業家の瀬田修司は、横濱一の大富豪から出資を得ようと原三溪について調べ始める。三溪は富岡製糸場のオーナーで、世界最高ランクの生糸を生産していた。関東大震災では横濱復興の先頭に立ち、私財を抛って被災者の救済にあたった。茶の湯に通じ、三溪園を作り市民に無料解放。日本画の新進画家を育成……と、身辺を嗅ぎ回っても醜聞は見つからず、瀬田は苛立つ。やがて、三溪と話を交わす機会を得た瀬田は少しずつ考えを変えていく。少年時代の瀬田には、三溪との忘れ得ぬ出来事があった。現代にも求められるリーダー像を描いた長編小説。

――本書のプロフィール――

本書は、二〇二二年十二月に小学館より単行本として刊行された作品を改稿して、文庫化したものです。

小学館文庫

恩送《おんおく》り
泥濘《でいねい》の十手《じって》

著者 麻宮《あさみや》 好《こう》

二〇二四年二月十一日 初版第一刷発行

発行人 庄野 樹
発行所 株式会社 小学館
〒一〇一-八〇〇一
東京都千代田区一ツ橋二-三-一
電話 編集〇三-三二三〇-五九五九
販売〇三-五二八一-三五五五
印刷所 ―――― 大日本印刷株式会社

ISBN978-4-09-407328-7